U0005523

原著
羅貫中
編撰
王暢
圖說
Classic
經典
Romance of Three Kingdoms
09
三國演義
赤壁鏖兵
好讀出版

導讀

歷史的天空群星璀璨

主編 王暢

一部中國古典小説史，經過歷史的淘洗沉澱，遺留下四顆燦爛奪目的珍珠：這便是現代以來學界和民間公認的四大名著，包括《三國演義》、《西遊記》、《水滸傳》和《紅樓夢》。四者當中，《三國演義》誕生最早，距今已六百餘年，它處於中國古代章回體長篇小説從草創走向成熟的階段，而《紅樓夢》則誕生最晚，至今不過二百五十年左右，在它產生的年代，章回體這一文學樣式早已爛熟，而《紅樓夢》也被視為中國古典長篇小説的高峰。不過從在社會上造成的廣泛影響看，最早面世、因而被一些人視作不免粗糙的《三國演義》卻絲毫不遜色於其他三大名著，如果檢閱各類戲曲臉譜、年畫、剪紙、皮影、木偶雕刻等民間藝術書籍，甚至很容易發現取材於《三國演義》故事題材的明顯多於取材自另外三部名著的。至於實物形態的物質文化遺產，例如遺址、文物、建築等，更以與《三國演義》相關的為最多。因此，完全可以大膽作出結論説，在四大名著中，《三國演義》的「群眾基礎」最廣泛，歷史遺存最繁多，民間影響最深遠。

老百姓為什麼愛看《三國》？原因可能多種多樣，但最根本的一點，我認為是源自三國歷史本身的魅力。《三國演義》能得到廣大讀者的青睞，在很大程度上可以視為一種歷史的饋贈。中國人向來「好古」，中國文化一個很重要的傳統即是文史不分，從兩千一百多年前的史學巨著《史記》誕生至今，優秀的歷史著作和歷史小說從來都是人們津津閱讀的類型和縱情談論的話題。《三國演義》作為中國最優秀的歷史小說，自然擁有最廣大的讀者群。關於這一點，明代人蔣大器對《三國演義》的經典論述——「文不甚深，言不甚俗；事紀其實，亦庶幾乎史。」——其實早已作出了對祕密的揭示。「文不甚深，言不甚俗」說的是《三國演義》的語言表達，但這顯然不是它吸引讀者的根本原因，因為對於廣大百姓來說，更為淺顯通俗的白話歷史小說汗牛充棟，他們何必要去讀這半文不白的《三國》？顯然，更重要的是後面兩句，「事紀其實，亦庶幾乎史」，這說的是內容取材和寫法——從史書中取材，以紀實的筆法寫出，雖是小說，卻近似於歷史。用清代學者章學誠另一句更為經典的評價，就是《三國演義》是在大量取材於歷史的基礎上加

以虛構，其比例是「七實三虛」。當然，這虛實如何搭配才能產生最好的效果？要以假亂真，讓讀者「或不免並信虛者為真」（魯迅語），完全追隨作者的思路，體會作者的呼吸，陶醉於書中的一點一滴，那就得看作者的本事了。在這上面，原書作者羅貫中和通行本改定者清初的毛宗崗，兩人皆展現出了個人博大精深的學識和卓越非凡的才情。中國的歷史小說中，對歷史的忠實程度各各有別，從「一實九虛」到「九實一虛」都不乏其例，而唯有「七實三虛」的《三國演義》最受歡迎，這一方面說明了作品取得的傑出藝術成就，另一方面也反映了民眾在「好古」、熱心追尋歷史真實的同時，同樣擁有一份充滿幻想和浪漫主義、英雄主義的歷史情懷。

在中國悠久的歷史和頻繁的朝代更替中，天下分分合合，亂世治世輪轉，每一個歷史時期都有所謂的演義小說對之加以描繪，而以「說三分」最為洋洋大觀。這是由於，正如清代著名才子金聖歎所言，歷朝歷代中，「從未有六十年中，興則俱興，滅則俱滅，如三國爭天下之局之奇者也。」歷史的奇局成就了小說的奇觀，其中引人注目的一點便是《三國演義》的讀者範圍特別廣泛，「今覽此書之奇，足以使學士讀之而快，委巷不學之人讀之而亦快；英雄豪傑讀之而快，凡夫俗子讀之而亦快也。」

歷來讀《三國》者，往往會取一個特別的角度：人才。時至今日，「三國人才學」更被不少公司管理人員視為必修課。其實，這一傳統是三百年以前由《三國演義》的改定者和評點者毛宗崗所開創的。毛宗崗在《讀三國志法》中提到：「古史甚多，而人獨貪看《三國志》者，以古今人才之聚未有盛於三國者也。」其中最著名的人才有三個，「吾以為三國有三奇，可稱三絕：諸葛孔明一絕也，關雲長一絕也，曹操亦一絕也」，三人分別是古往今來賢相中「名高萬古」、名將中「絕倫超群」、奸雄中「智足以攬人才而欺天下」之「第一奇人」。除此以外，各方面的傑出人才簡直數不勝數：運籌帷幄如徐庶、龐統，行軍用兵如周瑜、陸遜、司馬懿，料人料事如郭嘉、程昱、荀彧、賈詡、顧雍、張昭，武功將略如張飛、趙雲、黃忠、嚴顏、張遼、徐晃、徐盛、朱桓，衝鋒陷陣如馬超、馬岱、關興、張苞、許褚、典韋、張郃、夏侯惇、黃蓋、周泰、甘寧、太史慈、丁奉，兩才相當如姜維、鄧艾及羊祜、陸抗，道學如馬融、鄭玄，文藻如蔡邕、王粲，穎捷如曹植、楊修，早慧如諸葛恪、鍾會，應對如秦宓、張松，舌辯如李恢、闞澤，不辱君命如趙諮、鄧芝，飛書馳檄如陳琳、阮瑀，治繁理劇如蔣琬、董允，揚譽蜚聲如馬良、荀爽，好古如杜預，博物如張華……這些通常分見於各朝各代、須千百年才能出齊的風流人物，卻齊齊在三國湧現，使得三國成了「人才一大都會」，「收不勝收，接不暇接，吾於《三國》有觀止之歎矣。」（按：毛宗崗此處所說的《三國》指《三國志通俗演義》，即《三國演義》。）

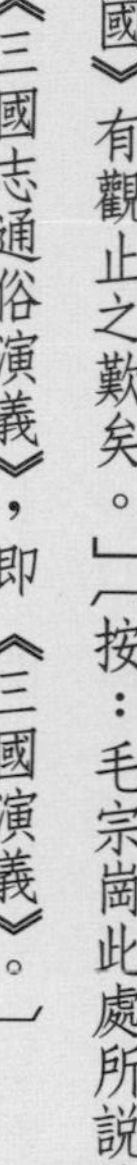

《三國演義》寫到的人物有一千多個，能被視為優秀人才的至少超過二百。這些人雖然各為其主，才智各異，品行不一，但絕大多數都懷有雄心壯志，且能埋頭苦幹，為了自己的理想，鞠躬盡瘁，死而後已，令人油然而生一份感動與敬意。他們以歷史為舞臺，與命運作抗爭，雖然「紛紛世事無窮盡，天數茫茫不可逃」（第一百二十回），加上各自性格中難以避免的悲劇性因素，最終只落得個「鼎足三分已成夢」（第一百二十回）、「是非成敗轉頭空」（書首）的結局，然而他們的生命畢竟熾烈燃燒過，而燃燒著的生命是美麗的。從後世看來，他們——包括其中最傑出的諸葛亮、曹操等人——不過是歷史天際的流星，然而當其燃燒的時候，卻發出過炫目的光芒。群星璀璨，照亮了歷史的天空，也點燃了後人的心靈。如果說，本書在歷史觀上仍然沒有擺脱「分久必合，合久必分」的循環論和一定程度上的宿命論，那麼，它在人生觀上，則無疑是提倡一種「天行健，君子以自強不息」的有所為的、甚至是知其不可為而為之的積極入世精神。或許這，正是千載而下人們仍然能夠從書中吸取的核心價值。

最後，感謝本書責任編輯陳詩恬小姐，以及處理圖片版權事務的何敬茹小姐給予的細緻而友好的合作。在本書編輯過程中，自始至終得到了侯桂新先生的大力支持；他運用編輯本【圖説經典】系列之《紅樓夢》收穫的寶貴經驗，在某些環節上對本書的編輯提供了關鍵性的幫助，此情此景，當銘感於心。

如何閱讀本書

列出各回回目
便於索引翻閱

名家評點：
選收不同名家之評點，
隨文直書於奇數頁最左側，
並於文中以◎記號標號，
以供對照

精緻彩圖：
名家繪圖、相關照片等精緻彩圖，
使讀者融入小說情境

第三十八回　定三分隆中決策　戰長江孫氏報讎

卻說玄德訪孔明兩次不遇，欲再往訪之。關公曰：「兄長兩次親往拜謁，其禮太過矣！想諸葛亮有虛名而無實學，故避而不敢見。兄何惑于斯人之甚也！」玄德曰：「不然。昔齊桓公欲見東郭野人，五反而方得一面※1。況吾欲見大賢耶？」

張飛曰：「哥哥差矣！量此村夫，何足為大賢？今番不須哥哥去，他如不來，我只用一條麻繩縛將來！」玄德叱曰：「汝皆不聞周文王謁姜子牙之事乎？文王且如此敬賢，汝何太無禮！今番汝休去，我自與雲長去。」

飛曰：「既兩位哥哥都去，小弟如何落後？」玄德曰：「汝若同往，不可失禮。」◎1飛應諾，於是三人乘馬，引從者往隆中。

離草廬半里之外，玄德便下馬步行，◎2正遇諸葛均。玄德忙施禮，問曰：「令兄在莊否？」均曰：「昨暮方歸！將軍今日可與相見。」言罷，飄然自去。玄德曰：「今番僥倖得見先生矣！」張飛曰：「此人無禮！便引我等到莊也不妨，何故竟自去了？」玄德曰：「彼各有事，豈可相強？」

三人來到莊前叩門，童子開門出問。玄德曰：「有勞仙童轉報：劉備專來拜見先生！」童子曰：「今日先生雖在家，但今在草堂上晝寢未醒。」◎3玄德曰：「既如此，且休通報。」分付關、張二人，只在門首等著。

玄德徐步而入，見先生仰臥于草堂几席之上。玄德拱立階下。半晌，先生未醒。

關、張在外立久，不見動靜。入見玄德，猶見侍立。張飛大怒，謂雲長曰：「這先生如何傲慢？見我哥哥侍立階下，他竟高臥推睡不起。等我去屋後放一把火，看他起不起。」雲長再三勸住。

玄德乃命二人出門外等候。望堂上時，見先生翻身將起，忽又朝口壁睡著。童子欲報。玄德曰：「且勿驚動。」又立了一個時辰，孔明纔醒，口吟詩曰：◎4

「大夢誰先覺？平生我自知。草堂春睡足，窗外日遲

〈評點〉
◎1：麻繩一條不勞帶得。（毛宗崗）
◎2：其慕也如是。（毛宗崗）
◎3：今之晝寢，誰是諸葛亮？（李漁）
◎4：妙在還不便起，且自吟詩。（毛宗崗）

◆《武侯高臥圖》，明宣宗朱瞻基(1399～1435)繪，描繪諸葛亮隱居南陽躬耕田樂的形象。（fotoe 提供）

注釋

※1：春秋時齊桓公親自去看一個小臣，三次都沒見著。旁人勸他不要去了，他不聽，第五次去才終於得見。這　說的東郭野人就是指原故事　的「小臣」。

詳細注釋：
解釋艱難字詞，
隨文橫書於頁面的下方欄位，
並於文中以※記號標號，以供對照

詳細圖說：
說明性和評點性的圖說，
提供讓讀者理解

閱讀性高的原典：
將一百二十回原典
分為六大分冊，
版面美觀流暢、閱讀性強

目錄

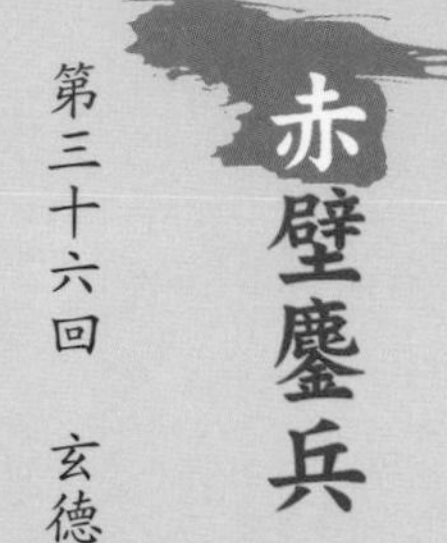

赤壁鏖兵

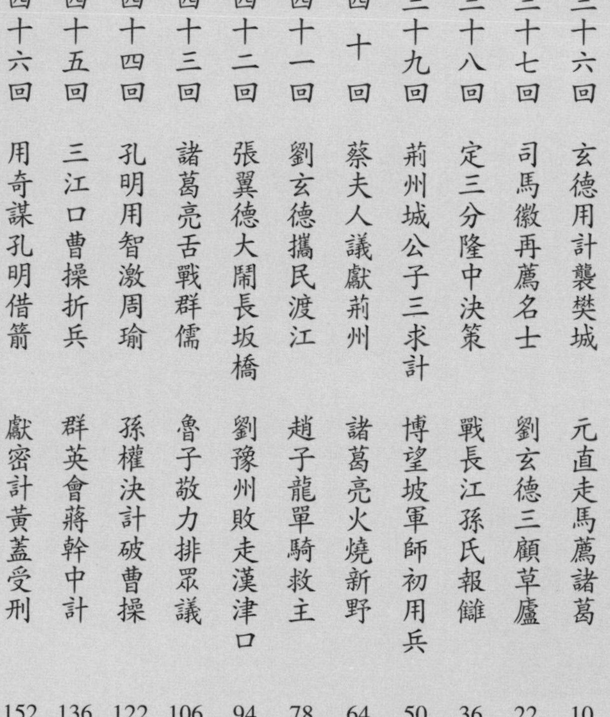

第三十六回　玄德用計襲樊城　元直走馬薦諸葛

卻說曹仁忿怒，遂大起本部之兵，星夜渡河，意欲踏平新野——

且說單福得勝回縣，謂玄德曰：「曹仁屯兵樊城。今知二將被誅，必起大軍來戰！」玄德曰：「當何以迎之？」福曰：「彼若盡提兵而來，樊城空虛，可乘間奪之。」◎[1]玄德問計，福附耳低言：「如此！如此！……」玄德大喜，預先準備已定。忽探馬報說：「曹仁引大軍渡河來了！」單福曰：「果不出吾所料！」遂請玄德出軍迎敵。

兩陣對圓，趙雲出馬，喚彼將答話。曹仁命李典出陣，與趙雲交鋒。約戰十數合，李典料敵不過，撥馬回陣。雲縱馬追趕，兩翼軍射住，遂各罷兵歸寨。

李典回見曹仁，言：「彼軍精銳，不可輕敵，不如回樊城。」曹仁怒曰：「汝未出軍時，已慢吾軍心。今又賣陣，罪當斬首！」便喝刀斧手推出李典要斬！眾將苦告方免。乃調李典領後軍，仁自引兵爲前部。

次日，鳴鼓進軍，布成一個陣勢，使人問玄德曰：「識吾陣否？」

單福便上高處觀看畢，謂玄德曰：「此『八門金鎖陣』也！八門者：休、生、傷、杜，景、死、驚、開。如從生門、景門、開門而入則吉，從傷門、驚門、休門而入則傷，從杜門、死門而入則亡。今八門雖布得整齊，只是中間還欠主持。◎2如從東南角上生門擊入，往正西景門而出，其陣必亂！」

玄德傳令：教軍士把住陣角，命趙雲引五百軍從東南而入，遶往西出。雲得令，挺槍躍馬，引兵逕投東南角上，吶喊殺入中軍！曹仁便投北走，雲不追趕，卻突出西門，又從西殺轉東南角上來。曹仁軍大亂，玄德麾軍衝擊，曹兵大敗。單福命休追趕，收軍自回。

卻說曹仁輸了一陣，方信李典之言，因復請典商議，言：「劉備軍中必有能者，吾陣竟爲所破！」

李典曰：「吾雖在此，甚憂樊城。」曹仁曰：「今夜去刦寨。如得勝再作計議，如不勝，便退軍回樊城。」李典曰：「不可，劉備必有準備。」仁曰：「如此多疑，何以用兵？」

〈評點〉

◎1：寫單福宛然一武侯小樣。（毛宗崗）

◎2：貽笑大方。（李漁）

◆楊柳青年畫《八門金鎖陣》，描繪趙雲大戰曹仁情景。（Legacy images 提供）

遂不聽李典之言，自引軍為前隊，使李典為後應，當夜二更劫寨。

卻說單福正與玄德在寨中議事。忽狂風驟起！福曰：「今夜曹仁必來劫寨。」玄德曰：「何以敵之？」福笑曰：「吾已預算定了！」遂密密分撥已畢。至二更，曹仁兵將近寨，只見寨中四圍火起，燒著寨柵。曹仁知有準備，急令退軍。趙雲掩殺將來，曹仁不及收兵回寨，急望河北而走。

將到河邊，纔欲尋船渡河，岸上一彪軍殺到。為首大將，乃張飛也！曹仁死戰，李典保護曹仁下船渡河。

◆玄德用計襲樊城。劉備採用徐庶計策，曹仁大敗。（fotoe提供）

曹軍大半渰死水中。

曹仁渡過河面，上岸奔至樊城，令人叫門。只見城上一聲鼓響！一將引軍而出，大喝曰：「吾已取樊城多時矣！」眾驚視之，乃關雲長也。

仁大驚！撥馬便走。雲長追殺過來，曹仁又折了好些軍馬，星夜投許昌，於路打聽，方知有單福爲軍師，設謀定計。◎3

不說曹仁敗回許昌。且說玄德大獲全勝，引軍入樊城，縣令劉泌出迎。玄德安民已定。

那劉泌乃長沙人，亦漢室宗親。遂請玄德到家，設宴相待。只見一人侍立於側。玄德視其人器宇軒昂，因問泌曰：「此何人？」泌曰：「此吾之甥寇封，本羅侯寇氏之子也。因父母雙亡，故依於此。」玄德愛之，欲嗣爲義子。劉泌欣然從之，遂使寇封拜玄德爲父，改名劉封。

玄德帶回，令拜雲長、翼德爲叔。雲長曰：「兄長既有子，何必用螟蛉※1？後必生亂。」

玄德曰：「吾待之如子，彼必事吾如父。何亂之有？」雲長不悅。◎4玄德與

〈評點〉

◎3：於此時方打聽出。（李漁）

◎4：爲後孟達說劉封伏案。（毛宗崗）

注釋

※1：義子的代稱。螟蛉本是一種幼蟲，蜾蠃（蜂類的一種）常捕螟蛉存放在窩裏，在牠身體內產卵，古人誤以爲蜾蠃不產子，養螟蛉爲子，所以有稱「螟蛉」爲義子的說法。

單福計議，令趙雲引一千軍守樊城，玄德領眾自回新野。

卻說曹仁與李典回許都見曹操，泣拜於地請罪，具言損將折兵之事。操曰：「勝負乃軍家之常，但不知誰爲劉備畫策？」曹仁言：「是單福之計。」

操曰：「單福何人也？」程昱笑曰：「此非單福也！此人幼好學擊劍。中平末年，嘗爲人報讎殺人，披髮塗面而走，爲吏所獲。問其姓名，不答。吏乃縛於車上，擊鼓行於市，令市人識之。雖有識者不敢言，而同伴竊解救之，乃更姓名而逃。折節※2向學，遍訪名師。嘗與司馬徽談論。此人乃潁川徐庶，字元直。單福乃其託名耳。」

操曰：「徐庶之才比君何如？」昱曰：「十倍於昱。」操曰：「惜乎！賢士歸於劉備，羽翼成矣！奈何？」昱曰：「徐庶雖在彼，丞相要用，召來不難。」

操曰：「安得彼來歸？」◎5昱曰：「徐庶爲人至孝。幼喪其父，止有老母在堂。現今其弟徐康已亡，老母無人侍養。丞相可使人賺其母至許昌，令作書召其子，則徐庶必至矣！」操大喜！使人星夜前去取徐庶母。

不一日，取至。操厚待之。因謂之曰：「聞令嗣徐元直乃天下奇才也。今在新野助逆臣劉備，背叛朝廷。正猶美玉落於汙泥之中，誠爲可惜！今煩老母作書，喚回許都。吾於天子之前保奏，必有重賞。」遂命左右捧過文房四寶，令徐母作書。

徐母曰：「劉備何如人也？」操曰：「沛郡小輩，妄稱皇叔，全無信義。所謂

『外君子而內小人』者也。」

徐母厲聲曰：「汝何虛誑之甚也！◎6吾久聞玄德乃中山靖王之後，孝景皇帝閣下玄孫。屈身下士，恭己待人，仁聲素著。世之黃童、白叟、牧子、樵夫，皆知其名。眞當世之英雄也。吾兒輔之，得其主矣！汝雖託名漢相，實爲漢賊。乃反以玄德爲逆臣，欲使吾兒背明投暗，豈不自恥乎？」言訖，取石硯便打曹操。

操大怒！叱武士執徐母出，將斬之，程昱急止之，入諫操曰：「徐母觸忤丞相者，欲求死也。丞相若殺之，則招不義之名，而成徐母之德。徐母既死，徐庶必死心助劉備以報讎矣！不如留之，使徐庶身心兩處，縱使助劉備，亦不盡力也。且留得徐母在，昱自有計賺徐庶至此，以輔丞相。」操然其言，遂不殺徐母，送於別室養之。◎7

程昱日往問候，詐言曾與徐庶結爲兄弟，待徐母如親母。時常饋送物件，必具

◆徐母，三國謀士徐庶的母親，深明大義。（fotoe提供）

〈評點〉

◎5：曹君眞知人，眞愛才。（李贄）

◎6：好婆子。（李贄）

◎7：操之不殺徐母者，懲於王陵故事也。（毛宗崗）

注釋

※2：折是屈、改變的意思；節，是志節。折節，這裏是改變平時行爲、作風的意思。

手啓。徐母因亦作手啓答之。

程昱賺得徐母筆跡，乃仿其字體，詐修家書一封。差一心腹人持書逕奔新野縣，尋問單福行幕，軍士引見徐庶，庶知母有家書至，急喚入問之。來人曰：「某乃館下走卒，奉老夫人言語，有書附達。」庶拆封視之。書曰：

「近汝弟康喪，舉目無親。正悲淒間，不期曹丞相賺至許昌，言汝背反，下我於縲絏。賴程昱等救免。若得汝來降，能免我死。如書到日，可念劬勞※3之恩，星夜前來，以全孝道然後徐圖歸耕故園，免遭大禍。吾今命若懸絲，耑望救援，更不多囑。」◎8

徐庶覽畢，淚如泉湧。持書來見玄德曰：「某本穎川徐庶，字元直。爲因逃難更名單福。前聞劉景升招賢納士，特往見之。及與論事，方知是無用之人，故作書別之。夤夜至司馬水鏡莊上，訴說其事。水鏡深責庶不識主。因說：『劉豫州在此，何不事之？』庶故作狂歌於市，以動使君。幸蒙不棄，即賜重用。爭奈老母今被曹操奸計賺至許昌囚禁，將欲加害，老母手書來喚，庶不容不去。非不欲效犬馬之勞以報使君，奈慈親被執，不得盡力。今當告歸，容圖後會。」

玄德聞言，大哭曰：「母子乃天性之親，元直無以備爲念。待與老夫人相見之後，或者再得奉教。」◎9徐庶便拜謝欲行，玄德曰：「乞再聚一宵，來日餞行。」

孫乾密謂玄德曰：「元直天下奇才。久在新野，盡知我軍中虛實。今若使歸曹

操，必然重用。我其危矣！主公宜苦留之，切勿放去。操見元直不去，必斬其母。元直知母死，必爲母報讎，力攻曹操也。」

玄德曰：「不可！使人殺其母，而吾用其子，不仁也。留之不使去，以絕其子母之道，不義也。吾寧死，不爲不仁不義之事。」◎10眾皆感嘆！

玄德請徐庶飲酒。庶曰：「今聞老母被囚。雖金波玉液，不能下咽矣！」玄德曰：「備聞公將去，如失左右手，雖龍肝鳳髓，亦不甘味。」二人相對而泣，坐以待旦。

諸將已於郭外安排筵席餞行，玄德與徐庶並馬出城，至長亭下馬相辭。玄德舉杯謂徐庶曰：「備分淺緣薄，不能與先生相聚，望先生善事新主，以成功名。」庶泣曰：「某才微智淺，深荷使君重用。今不幸半途而別，實爲老母故也。縱使曹操相逼，庶亦終身不設一謀。」◎11

玄德曰：「先生既去，劉備亦將遠遁山林矣！」庶曰：「某所以與使君共圖王

〈評點〉

◎8：書詞亦肖，妙手，妙手。（李贄）

◎9：元直、玄德都是人傑。（李贄）

◎10：玄德謝孫乾留庶之計，與謝單福相馬之說，一樣意思。（毛宗崗）

◎11：是血性語。其急歸見母，則依依孺子；其誓不佐操，則烈烈丈夫。（毛宗崗）

注釋

※3：辛勞的意思。《詩經．小雅．蓼莪》有句：「哀哀父母，生我劬勞。」一般多用指父母養育子女的辛勞。

霸之業者，恃此方寸※4耳。今以老母之故，方寸亂矣！縱使在此，無益於事。使君宜別求高賢輔佐，共圖大業。何便灰心如此？」

玄德曰：「天下高賢恐無出先生右者。」庶曰：「某樗櫟※5庸材，何敢當此重譽？」臨別，又顧謂諸將曰：「願諸公善事使君，以圖名垂竹帛，功標青史。切勿效庶之無始終也。」諸將無不傷感。

玄德不忍相離，送了一程，又送一程。庶辭曰：「不勞使君遠送，庶就此告別。」玄德就馬上執庶之手曰：「先生！此去天各一方，未知相會卻在何日？」說罷淚如雨下，庶亦涕泣而別。

玄德立馬于林畔，看徐庶乘馬，與從者匆匆而去！玄德哭曰：「元直去矣！吾將奈何？」凝淚而望，卻被一樹林隔斷，玄德以鞭指曰：「吾欲盡伐此處樹木！」眾問：「何故？」玄德曰：「因阻吾望徐元直之目也。」◎12

正望間，忽見徐庶拍馬而回，玄德曰：「元直復回，莫非無去意乎？」遂欣然拍馬向前迎，問曰：「先生此回，必有主意。」

庶勒馬，謂玄德曰：「某因心緒如麻，忘卻一語。此間有一奇士，只在襄陽城外二十里隆中。使君何不求之？」◎13玄德曰：「敢煩元直爲備請來相見。」庶曰：「此人不可屈致，使君可親往求之。若得此人，無異周得呂望，漢得張良也。」

玄德曰：「此人比先生，才德如何？」庶曰：「以某比之，譬猶『駑馬並麒麟，寒鴉配鸞鳳』耳。此人每嘗自比管仲、樂毅※6。以吾觀之，管、樂殆不及此人。此人有經天緯地之才，蓋天下一人也。」

玄德喜曰：

〈評點〉

◎12：西廂曲云：「青山隔送行，疏林不做美。」玄德之望元直也，似之！（毛宗崗）

◎13：此時方薦出此人。（李漁）

◆元直走馬薦諸葛。徐庶因老母為曹操挾持，不得已離劉備而去，臨行去而復回，向劉備推舉隱居南陽的諸葛亮。（fotoe提供）

注釋

※4：心的代稱。在文中實指心思計慮，或兼指心緒感情。

※5：兩種樹名。這兩種樹長成的木材都沒有多大用處，用以比喻沒有才能的人。

※6：管仲：春秋時齊國的政治家。曾輔助齊桓公，九合諸侯，稱霸天下。樂毅：戰國時燕國的上將軍。曾率趙、楚、韓、魏、燕五國兵進攻齊國，大破齊兵。

「願聞此人姓名。」庶曰：「此人乃瑯琊陽都人，複姓諸葛，名亮，字孔明。◎14乃漢『司隸校尉』諸葛豐之後。其父名珪，字子貢。為『泰山郡丞』，早卒。亮從其叔玄。玄與荊州劉景升有舊，因往依之，遂家於襄陽。後玄卒，亮與弟諸葛均躬耕於南陽。嘗好為梁父吟※7。所居之地，有一岡名『臥龍岡』，因自號為臥龍先生。此人乃絕代奇才，使君急宜枉駕見之。若此人肯相輔佐，何愁天下不定乎？」

玄德曰：「昔水鏡先生曾為備言：『伏龍、鳳雛，兩人得一，可安天下。』今所云，莫非即『伏龍、鳳雛』乎？」庶曰：「『鳳雛』乃襄陽龐統也。『伏龍』正是諸葛孔明。」玄德踴躍曰：「今日方知『伏龍、鳳雛』之語。何期大賢只在目前？非先生言，備有眼如盲也。」◎15後人有詩讚「徐庶走馬薦諸葛」。詩曰：

「痛恨高賢不再逢，臨岐泣別兩情濃。
片言卻似春雷震，能使南陽起臥龍。」

徐庶薦了孔明，再別玄德，策馬而去。玄德聞徐庶之語，方悟司馬德操之言，似醉方醒，如夢初覺。引眾將回至新野，便具厚幣，同關、張前去南陽請孔明。

且說徐庶既別玄德，感其留戀之情，恐孔明不肯出山輔之。遂乘馬直至臥

◆走馬薦諸葛。與用計謀幫助劉備相比，徐庶推薦諸葛亮，意義更為重大。（鄧嘉德繪）

◆清代年畫《徐庶走馬薦諸葛》。劉備三顧茅廬的故事於此引出。（fotoe提供）

龍岡下，入草廬見孔明。孔明問其來意。庶曰：「庶本欲事劉豫州，奈老母爲曹操所囚，馳書來召，只得捨之而往。臨行時將公薦與玄德。玄德即日將來奉謁，望公勿推阻，即展平生之大才以輔之，幸甚。」◎16孔明聞言，作色曰：「君以我爲享祭之犧牲※8乎？」說罷，拂袖而入！◎17庶羞慚而退，上馬趲程※9赴許昌見母。正是：

「囑友一言因愛主，赴家千里爲思親。」

未知後事若何？且看下文分解……

〈評點〉

◎14：至此方說出孔明姓名。紆徐之極，鄭重之極。（毛宗崗）

◎15：賢人每苦交臂失之。（李漁）

◎16：古之豪傑，背地爲人誠切如此。今小人背後惟謗毀而已。（李贄）

◎17：寫孔明處己之高。（毛宗崗）

注釋

※7：樂府曲名。

※8：古代祭祀中被用作祭品的家畜，如牛、羊、豬等。

※9：趕路。趲：趕。

第三十七回　司馬徽再薦名士　劉玄德三顧草廬

卻說徐庶趲程赴許昌、曹操知徐庶已到，遂命荀彧、程昱等一班謀士往迎之。庶入相府，拜見曹操。◎1操曰：「公乃高明之士，何故屈身而事劉備乎？」

庶曰：「某幼逃難，流落江湖。偶至新野，遂與玄德交厚。老母在此，幸蒙慈念，不勝愧感。」◎2操曰：「公今至此，正可晨昏侍奉令堂。吾亦得聽清誨矣！」庶拜謝而出。急往見其母，泣拜於堂下。母大驚！曰：「汝何故至此？」庶曰：「近于新野事劉豫州。因得母書，故星夜至此。」

徐母勃然大怒，拍案罵曰：「辱子飄蕩江湖數年，吾以爲汝學業有進，何其反不如初也？汝既讀書，須知忠孝不能兩全。豈不識曹操欺君罔上之賊？劉玄德仁義布于四方，況又漢室之胄。汝既事之，得其主矣！今憑一紙僞書，更不詳察，遂棄明投暗，自取惡名。眞愚夫也！吾有何面目與汝相見？汝玷辱祖宗，空生於天地間

◆河南南陽武侯祠徐庶薦賢蠟像。（王士敏／fotoe提供）

耳。」罵得徐庶伏拜於地，不敢仰視。母自轉入屏風後去了。少頃，家人出報曰：「老夫人自縊於梁間。」徐庶慌入救時，母氣已絕。◎3後人有〈徐母讚〉曰：

「賢哉徐母，流芳千古。守節無虧，於家有補；教子多方，處身自苦。氣若邱山，義出肺腑。讚美豫州，毀觸魏武；不畏鼎鑊，不懼刀斧。惟恐後嗣，玷辱先祖；伏劍同流，斷機堪伍。生得其名，死得其所。賢哉徐母，流芳千古。」

徐庶見母已死，哭絕於地，良久方甦。曹操使人齎禮弔問，又親往祭奠。◎4徐庶葬母柩於許昌之南原，居喪守墓。凡操有所賜，庶俱不受。

時操欲商議南征。荀彧諫曰：「天寒未可用兵。姑待春煖，方可長驅大進。」操從之，乃引漳河之水作一池，名「玄武池」，於內教練水軍，準備南征。

卻說玄德正安排禮物，欲往隆中謁諸葛亮。忽人報：「門外有一先生，峨冠博帶※1，道貌非常。特來相探！」玄德曰：「此莫非即孔明否？」遂整衣出迎。視之，乃司馬徽也。

〈評點〉

◎1：為親屈，非為操屈也。（毛宗崗）

◎2：人欲殺其母，而反謝其慈念。眞萬不得已之言。（毛宗崗）

◎3：本欲全母之生以歸，乃歸而反速母之死。元直其抱恨終天乎！（毛宗崗）

◎4：母而有靈，母其吐之。（毛宗崗）

注釋

※1：高帽闊帶，古時形容士大夫的服裝穿戴。

玄德大喜。請入後堂高坐，拜問曰：「備自別仙顏，日因軍務倥傯，有失拜訪。今得光降，大慰仰慕之私。」徽曰：「聞徐元直在此，特來一會。」玄德曰：「近曹操囚其母，徐母遣人馳書，喚回許昌去矣！」

徽曰：「此中曹操之計矣！吾素聞徐母最賢，雖爲操所囚，必不肯馳書召其子。此書必詐也。元直不去，其母尚存；今若去，母必死矣！」玄德驚問其故，徽曰：「徐母高義，必羞見其子也。」◎5

玄德曰：「元直臨行，薦南陽諸葛亮，其人若何？」徽笑曰：「元直欲去，自去便了。何又惹他出來嘔心血也？」◎6

◆司馬徽來探劉備，再次向劉備隆重推薦諸葛亮，對諸葛亮評價極高。（朱寶榮繪）

玄德曰：「先生何出此言？」徽曰：「孔明與博陵崔州平、潁川石廣元、汝南孟公威與徐元直四人爲密友。此四人務於精純，惟孔明獨觀其大略。◎7嘗抱膝長吟，而指四人曰：『公等仕進，可至刺史、郡守。』眾問：『孔明之志若何？』孔明但笑而不答。每常自比管仲、樂毅，其才不可量也。」

玄德曰：「何潁川之多賢乎？」徽曰：「昔有殷馗，善觀天文。嘗謂群星聚於潁分，其地必多賢士。」

時雲長在側曰：「某聞管仲、樂毅乃春秋、戰國名人，功蓋寰宇。孔明自比此二人，毋乃太過？」徽笑曰：「以吾觀之，不當比此二人。我欲另以二人比之。」雲長問：「那二人？」徽曰：「可比興周八百年之姜子牙，旺漢四百年之張子房也。」眾皆愕然。徽下階，相辭欲行，玄德留之不住。徽出門，仰天大笑，曰：「臥龍雖得其主，不得其時。惜哉！」言罷，飄然而去。◎8玄德歎曰：「眞隱居賢士也！」

〈評點〉

◎5：其子不知，而其友知之。所謂「關心者亂，旁觀者清。」（毛宗崗）

◎6：不薦之薦，不讚之讚。妙在極閒！極冷！（毛宗崗）

◎7：便有分別。（李贄）

◎8：寫水鏡，如閒雲野鶴。忽然飛來，忽然飛去。飄灑之極！（毛宗崗）

◆樂毅，生卒年不詳，中山靈壽（今河北靈壽西北）人，魏將樂羊之後，戰國後期傑出的軍事家。（fotoe提供）

次日，玄德同關、張并從人等來隆中。遙望山畔，數人荷鋤耕於田間，而作歌曰：

「蒼天如圓蓋，陸地如棋局。世人黑白分，往來爭榮辱。榮者自安安，辱者自碌碌。南陽有隱居，高眠臥不足。」◎9

玄德聞歌勒馬，喚農夫，問曰：「此歌何人所作？」笑曰：「乃臥龍先生所作也。」玄德曰：「臥龍先生住何處？」農夫曰：「自此山之南，一帶高岡，乃『臥龍岡』也。岡前疎林內，茅廬中，即諸葛先生高臥之地。」玄德謝之，策馬前行。

不數里，遙望臥龍岡，果然清景異常。後人有古風一篇，單道臥龍居處。詩曰：

「襄陽城西二十里，一帶高岡枕流水；高岡屈曲壓雲根，流水潺潺湲石髓；

勢若困龍石上蟠，形如單鳳松陰裏。柴門半掩閉茅廬，中有高人臥不起。

修竹交加列翠屏，四時籬落野花馨；牀頭堆積皆黃卷，座上往來無白丁。

◆高臥隆中圖。諸葛亮雖隱居高臥，實則心懷天下。（鄧嘉德繪）

〈評點〉

◎9：至言，至言。（李贄）

◎10：詩亦不俗。（毛宗崗）

◎11：寫童子，閒冷之甚。（毛宗崗）

◆湖北襄樊古隆中小虹橋，是到諸葛亮府上必經之路。當年劉備三顧茅廬應經過此地。（天浪／fotoe提供）

叩戶蒼猿時獻菓，守門老鶴夜聽經。囊裏名琴藏古錦，壁間寶劍映松文。

廬中先生獨幽雅，閒來親自勤耕稼；專待春雷驚夢回，一聲長嘯安天下！」◎10

玄德來到莊前，下馬親叩柴門。一童出問，玄德曰：「漢左將軍宜城亭侯，領豫州牧，皇叔劉備，特來拜見先生。」童子曰：「我記不得許多名字。」玄德曰：「你只說劉備來訪。」童子曰：「先生今早已出。」

玄德曰：「何處去了？」童子曰：「蹤跡不定。不知何處去了。」玄德曰：「幾時歸？」童子曰：「歸期亦不定，或三五日，或十數日。」◎11玄德惆悵不已。

張飛曰：「既不見，自歸去罷了！」玄德曰：「且待片時。」雲長曰：「不如且歸！再使人來探聽。」玄德從其言。囑付童子：「如先生回，可言劉備拜訪。」遂上馬，

行數里，勒馬回觀隆中景物，果然山不高而秀雅，水不深而澄清，地不廣而平坦，林不大而茂盛。猿鶴相親，松篁交翠。觀之不已！◎12

忽見一人，容貌軒昂，豐姿俊爽。頭戴逍遙巾，身穿皀布袍，杖藜從山僻小路而來。玄德曰：「此必臥龍先生也！」急下馬向前施禮，問曰：「先生非臥龍否？」

其人曰：「將軍是誰？」玄德曰：「劉備也。」其人曰：「吾非孔明。乃孔明之友，博陵崔州平也。」玄德曰：「久聞大名。幸得相遇，乞即席地權坐，請教一言。」二人對坐於林間石上，關、張侍立於側。

州平曰：「將軍何故欲見孔明？」玄德曰：「方今天下大亂，四方雲擾。欲見孔明，求安邦定國之策耳。」州平笑曰：「公以定亂爲主。雖是仁心。但自古以來，治亂無常。自高祖斬蛇起義，誅無道秦，是由亂而入治也。至哀、平之世二百

◆南陽臥龍崗野雲庵內諸葛亮與四位友人聚會的雕塑。（王士敏／fotoe提供）

年。太平日久，王莽纂逆，又由治而入亂。光武中興，重整基業，復由亂而入治。至今二百年，民安已久。故干戈又復四起。此正由治入亂之時，未可猝定也。將軍欲使孔明斡旋天地，補綴乾坤※2，恐不易為，徒費心力耳。豈不聞『順天者逸，逆天者勞』，『數之所在，理不得而奪之；命之所定，人亦不得而強之』乎？」◎13

玄德曰：「先生所言，誠為高見。但備身為漢胄，合當匡扶漢室。何敢委之數與命？」州平曰：「山野之夫，不足與論天下事。適承明問，故妄言之。」

玄德曰：「蒙先生見教，但不知孔明何處去了？」◎14州平曰：「吾亦欲訪之，正不知其何往。」

玄德曰：「請先生同至敝縣若何？」州平曰：「愚性頗樂閒散，無意功名久矣！容他日再見！」言訖，長揖而去。玄德與關、張上馬而行。張飛曰：「孔明又訪不著，卻遇此腐儒，閒談許久。」玄德曰：「此亦隱者之言也。」三人回至新野。

過了數日，玄德使人探聽孔明。回報曰：「臥龍先生已回矣！」玄德便教備

〈評點〉

◎12：亦善敘景物。（李贄）
◎13：腐談可厭。（李贄）
◎14：話不投機半句多。（李漁）

注釋

※2：斡旋：挽回、轉變。補綴：縫補破裂的衣服。這裏是扭轉乾坤的意思。

馬。張飛曰：「量一村夫，何必哥哥自去？可使人喚來便了！」玄德叱曰：「汝豈不聞孟子云：『欲見賢而不以其道，猶欲其入而閉之門也。』孔明當世大賢，豈可召乎？」遂上馬再往訪孔明，關、張亦乘馬相隨。時值隆冬，天氣嚴寒，彤雲密布。行無數里，忽然朔風凜凜，瑞雪霏霏，山如玉簇，林似銀粧。

張飛曰：「天寒地凍，尚不用兵，豈宜遠見無益之人乎？不如回新野，以避風雪。」玄德曰：「吾正欲使孔明知我殷懃之意。如弟輩怕冷，可先回去。」飛曰：「死且不怕，豈怕冷乎？但恐哥哥空勞神思。」玄德曰：「勿多言，只相隨同去。」

將近茅廬，忽聞路旁酒店中有人作歌。玄德立馬聽之。其歌曰：

「壯士功名尚未成，嗚呼久不遇陽春！君不見東海老叟※3辭荊榛，後車遂與文王親。八百諸侯不期會，白魚入舟涉孟津。牧野一戰血流杵，鷹揚偉烈冠武臣！又不見高陽酒徒※4起草中，長揖芒碭隆準公※5！高談王霸驚人耳，輟洗延坐欽英風。東下齊城七十二，天下無人能繼蹤。二人非際聖天子，至今誰復識英雄？」

◆清代年畫《二顧茅廬》，描繪劉備嚴冬雪天往訪諸葛亮的情景。（Legacy images 提供）

歌罷。又有一人擊桌而歌，其歌曰：

「吾皇提劍清寰海，創業垂基四百載。桓、靈季業火德衰，奸臣賊子調鼎鼐。青蛇飛下御座旁，又見妖虹降玉堂；群盜四方如蟻聚，奸雄百輩皆鷹揚。吾儕長嘯空拍手，悶來村店飲村酒，獨善其身盡日安，何須千古名不朽？」◎15

二人歌罷，撫掌大笑。

玄德曰：「臥龍先生在此間乎？」◎16遂下馬入店，見二人憑桌對飲。上首者白面長鬚，下首者清奇古貌。玄德揖而問曰：「二公誰是臥龍先生？」長鬚者曰：「公何人？欲尋臥龍何幹？」玄德曰：「某乃劉備也。欲訪先生，求濟世安民之術。」長鬚者曰：「吾等非臥龍，皆臥龍之友也。吾乃潁川石廣元，此位是汝南孟公威。」

玄德喜曰：「備久聞二公大名。幸得邂逅。今有隨行馬匹在此，敢請二公同往臥龍莊上一談。」廣元曰：「吾等皆山野慵懶之徒，不省治國安民之事，不勞下問。明公請自上馬尋訪臥龍。」玄德乃辭二人，上馬投臥龍岡來。

到岡前，下馬扣門，問童子曰：「先生今在莊否？」童子曰：「現在堂上讀

〈評點〉

◎15：前歌是弔古，此歌是感今。前歌是嗟遇，此歌是自慰。一唱一和，如相贈答。（毛宗崗）

◎16：若是孔明如此，又不好矣。然處處孔明，亦足見玄德之誠也。（李贄）

注釋

※3：指呂望，即姜子牙，東海人氏。

※4：指酈食其。沛公劉邦引兵過陳留，高陽儒生酈食其求見。使者入通，沛公曰：「為我謝之，言我方為天下之事，未暇見儒人也。」使者出以告。酈生瞋目按劍叱使者曰：「走！復入言沛公，吾高陽酒徒也，非儒人也。」遂延入。終受重用。

※5：對漢高祖劉邦的別稱。隆，高大。準，鼻子。據說劉邦的鼻子生得很高大，故有此稱。

書。」玄德大喜，遂跟童子而入。至中門，只見門上大書一聯，云：「淡泊以明志，寧靜以致遠。」

玄德正看間，忽聞吟咏之聲。乃立於門側窺之，見草堂之上，一少年擁爐抱膝，歌曰：

「鳳翺翔于千仞兮！非梧不棲；士伏處于一方兮！非主不依。樂躬耕于隴畝兮！吾愛吾廬。聊寄傲于琴書兮！以待天時。」

玄德待其歌罷，上草堂施禮。曰：「備久慕先生，無緣拜會。前因徐元直稱薦，敬至仙莊，不遇空回。今特冒風雪而來，得瞻道貌，實爲萬幸。」

那少年慌忙答禮曰：「將軍莫非劉豫州，欲見家兄否？」玄德驚訝，曰：「先生又非臥龍耶？」少年曰：「某乃臥龍之弟諸葛均也。愚兄弟三人，長兄諸葛瑾，現在江東孫仲謀處爲幕賓。孔明乃二家兄。」

玄德曰：「臥龍今在家否？」均曰：「昨爲崔州平相約，出外閒遊去矣！」玄德曰：「何處閒遊？」均曰：「或駕小舟遊於江湖之中，或訪僧道於山嶺之上，或尋朋友於村

◆河南南陽臥龍崗，諸葛亮「躬耕南陽」故址。（馬宏杰／fotoe 提供）

落之間，或樂琴棋於洞府之內。往來莫測，不知去所。」

玄德曰：「劉備直如此緣分淺薄，兩番不遇大賢。」均曰：「少坐，獻茶。」張飛曰：「那先生既不在，請哥哥上馬。」◎17玄德曰：「我既到此間，如何無一語而回？」因問諸葛均曰：「聞令兄臥龍先生熟諳韜略，日看兵書，可得聞乎？」均曰：「不知！」

張飛曰：「問他則甚？風雪甚緊，不如早歸！」玄德叱止之。均曰：「家兄不在，不敢久留車騎。容日卻來回禮。」玄德曰：「豈敢望先生枉駕？數日之後，備當再至。願借紙筆，作一書留達令兄，以表劉備慇懃之意。」◎18均遂進文房四寶。玄德呵開凍筆，拂展雲箋，寫書曰：

「備久慕高名，兩次晉謁，不遇空回，惆悵何似！竊念備漢朝苗裔，濫叨名爵。伏覩朝廷陵替※6，綱紀崩摧；群雄亂國，惡黨欺君。備心膽俱裂，雖有匡濟之誠，實乏經綸之策。仰望先生仁慈忠義，慨然展呂望之大才，施子房之鴻略。天下幸甚！社稷甚幸！先此布達，再容齋戒薰沐，特拜尊顏！面傾鄙悃※7，統希鑒原。」

〈評點〉

◎17：老張實耐不得了。（李漁）

◎18：第一次通名，第二次致書。以次而來，漸漸相近。（毛宗崗）

注釋

※6：衰微低落。指漢王朝統治失效，權力減弱。

※7：當面表達我的誠意。悃：誠懇、誠實。

◆黃承彥，三國襄陽名士，其女黃碩為諸葛亮之妻。（fotoe提供）

玄德寫罷，遞與諸葛均收了，拜辭出門。均送出，玄德再三慇懃致意而別。

方上馬欲行，忽見童子招手籬外叫曰：「老先生來也！」玄德視之，見小橋之西，一人煖帽遮頭，狐裘蔽體。騎著一驢，後隨一青衣小童，攜一葫蘆酒，踏雪而來。轉過小橋，口吟詩一首。詩曰：

「一夜北風寒，萬里彤雲厚，長空雪亂飄，改盡江山舊。仰面觀太虛※8，疑是玉龍鬭。紛紛鱗甲飛，頃刻遍宇宙。騎驢過小橋，獨嘆梅花瘦！」

玄德聞歌，曰：「此眞臥龍矣！」滾鞍下馬，向前施禮。曰：「先生冒寒不易！劉備等候久矣。」那人慌忙下驢答禮。諸葛均在後曰：「此非臥龍家兄，乃家兄岳父黃承彥也！」

玄德曰：「適聞所吟之句，極其高妙。」承彥曰：「老夫在小婿家觀梁父吟，記得這一篇。適過小橋，偶見籬落間梅花，故感而誦之！不期爲尊客所聞。」◎19

玄德曰：「曾見令婿否？」承彥曰：「便是老夫也來看他！」玄德聞言，辭別承彥上馬而歸。正值風雪又大，回望臥龍岡，悒怏不已。

後人有詩，單道「玄德風雪訪孔明」。詩曰：

「一天風雪訪賢良，不遇空回意感傷。
凍合溪橋山石滑，寒侵鞍馬路途長。
當頭片片梨花落，撲面紛紛柳絮狂。
回首停鞭遙望處，爛銀堆滿臥龍岡。」

玄德回新野之後，光陰荏苒，又早新春。◎20乃命卜者揲蓍※9，選擇吉期，齋戒三日，薰沐更衣，再往臥龍岡謁孔明。關、張聞之不悅，遂一齊入諫玄德。正是：

「高賢未服英雄志，屈節偏生傑士疑。」

未知其言若何？且聽下文分解。

〈評點〉

◎19：也不是個俗丈人。（李贄）

◎20：冬雪則龍蟄，春雷則龍起。訪臥龍者，固當於春時訪之。（毛宗崗）

◆清代楊柳青年畫《三顧茅廬》。（清末民間年畫，徐震時提供／人民美術出版社）

注釋

※8：天、天空。

※9：卜卦的一種方式：把四十九根蓍草分作兩部分，然後四根一數，以定陰爻或陽爻，推知吉凶禍福。

第三十八回　定三分隆中決策　戰長江孫氏報讎

卻說玄德訪孔明兩次不遇，欲再往訪之。關公曰：「兄長兩次親往拜謁，其禮太過矣！想諸葛亮有虛名而無實學，故避而不敢見。兄何惑于斯人之甚也！」玄德曰：「不然。昔齊桓公欲見東郭野人，五反而方得一面※1。況吾欲見大賢耶？」張飛曰：「哥哥差矣！量此村夫，何足爲大賢？今番不須哥哥去，他如不來，我只用一條麻繩縛將來！」玄德叱曰：「汝皆不聞周文王謁姜子牙之事乎？文王且如此敬賢，汝何太無禮！今番汝休去，我自與雲長去。」

飛曰：「既兩位哥哥都去，小弟如何落後？」玄德曰：「汝若同往，不可失禮。」◎1飛應諾，於是三人乘馬，引從者往隆中。

離草廬半里之外，玄德便下馬步行，◎2正遇諸葛均。玄德忙施禮，問曰：「令兄在莊否？」均曰：「昨暮方歸！將軍今日可與相見。」言罷，飄然自去。玄德曰：「今番僥倖得見先生矣！」張飛曰：「此人無禮！便引我等到莊也不妨，何故竟自去了？」玄德曰：「彼各有事，豈可相強？」

三人來到莊前叩門，童子開門出問。玄德曰：「有勞仙童轉報：劉備專來拜見

先生！」童子曰：「今日先生雖在家，但今在草堂上晝寢未醒。」◎3玄德曰：「既如此，且休通報。」分付關、張二人，只在門首等著。

玄德徐步而入，見先生仰臥于草堂几席之上。玄德拱立階下。半晌，先生未醒。

關、張在外立久，不見動靜。入見玄德，猶見侍立。張飛大怒，謂雲長曰：「這先生如何傲慢？見我哥哥侍立階下，他竟高臥推睡不起。等我去屋後放一把火，看他起不起。」雲長再三勸住。

玄德乃命二人出門外等候。望堂上時，見先生翻身將起，忽又朝裏壁睡著。童子欲報。玄德曰：「且勿驚動。」又立了一個時辰，孔明纔醒，口吟詩曰：◎4

「大夢誰先覺？平生我自知。草堂春睡足，窗外日遲

〈評點〉

◎1：麻繩一條不勞帶得。（毛宗崗）

◎2：其恭也如是。（毛宗崗）

◎3：今之晝寢，誰是諸葛亮？（李漁）

◎4：妙在還不便起，且自吟詩。（毛宗崗）

◆《武侯高臥圖》，明宣宗朱瞻基（1399～1435）繪，描繪諸葛亮隱居南陽躬耕自樂的形象。（fotoe 提供）

注釋

※1：春秋時齊桓公親自去看一個小臣，三次都沒見著。旁人勸他不要去了，他不聽，第五次去才終於得見。這裏說的東郭野人就是指原故事裏的「小臣」。

遲。」

孔明吟罷，翻身問童子曰：「有俗客來否？」◎5童子曰：「劉皇叔在此立候多時。」孔明乃起身曰：「何不早報？尙容更衣。」遂轉入後堂。又半晌，方整衣冠出迎。

玄德見孔明身長八尺，面如冠玉。頭戴綸巾※2，身披鶴氅，飄飄然有神仙之概。玄德下拜曰：「漢室末胄，涿郡愚夫。久聞先生大名，如雷貫耳。昨兩次晉謁，不得一見，已書賤名于文几。未審得入覽否？」孔明曰：「南陽野人，疎懶成性。屢蒙將軍枉臨，不勝愧赧。」

二人敘禮畢，分賓主而坐。童子獻茶。茶罷，孔明曰：「昨觀書意，足見將軍憂民憂國之心。但恨亮年幼才疏，有誤下問。」玄德曰：「司馬德操之言，徐元直之語，豈虛談哉？望先生不棄鄙賤，曲賜教誨。」

孔明曰：「德操、元直，世之高士。亮乃一耕夫耳，安敢談天下事？二公謬舉矣！將軍奈何舍美玉而求頑石乎？」玄德曰：「大丈夫抱經世奇才，豈可空老于林泉之下？願先生以天下蒼生爲念，開備愚魯而賜教。」

孔明笑曰：「願聞將軍之志！」玄德移坐促席，而告曰：「漢室傾頹，奸臣竊命。備不量力，欲伸大義于天下，而智術淺短，迄無所就。惟先生開其愚而拯其厄，實爲萬幸！」

◆諸葛亮（181～234），字孔明，琅琊郡陽都縣（今山東省沂南縣磚埠鄉）人，少年時隨叔父投奔劉表，居於襄樊隆中，後遷居、躬耕於南陽。三國蜀政治家、軍事家，官至丞相，中國歷史上「賢相」、「智聖」的代表。（葉雄繪）

孔明曰：「自董卓造逆以來，天下豪傑並起。曹操勢不及袁紹，而竟能克紹者，非惟天時，抑亦人謀也。今操已擁百萬之眾，挾天子以令諸侯，此誠不可與爭鋒。孫權據有江東，已歷三世，國險而民附，此可用爲援，而不可圖也。

荊州北據漢沔，利盡南海；東連吳、會，西通巴、蜀，此用武之地，非其主不能守。是殆天所以資將軍※3，將軍豈有意乎？益州險塞，沃野千里，天府之國。高祖因之以成帝業。今劉璋闇弱，民殷國富而不知存恤，智能之士思得明君。將軍既帝室之冑，信義著于四海，總攬英雄，思賢如渴。若跨有荊、益，保其巖阻；西和諸戎，南撫彝、越；外

◆三顧茅廬。劉備與諸葛亮在室內侃侃而談，關羽、張飛侍立於外。（葉雄繪）

〈評點〉

◎5：客曰「俗客」，太難爲人。能來此地者，其客亦不俗矣！（毛宗崗）

注釋

※2：古代配有青絲帶的一種冠巾，後來又名「諸葛巾」。
※3：這大概是上天拿來資助您的。

結孫權，內修政理。待天下有變，則命一上將，將荊州之兵，以向宛、洛；將軍身率益州之眾，以出秦川。百姓有不簞食壺漿，以迎將軍者乎？誠如是，則大業可成，漢室可興矣！此亮所以爲將軍謀者。惟將軍圖之！」◎6

言罷，命童子取出畫一軸，挂於中堂。指謂玄德曰：「此西川五十四州之圖也。將軍欲成霸業，北讓曹操占天時，南讓孫權占地利，將軍可占人和。先取荊州爲家，後即取西川建基業，以成鼎足之勢。然後可圖中原也！」

玄德聞言，避席拱手，謝曰：「先生之言，頓開茅塞，使備如撥雲霧而覩青天。但荊州劉表，益州劉璋，皆漢室宗親。備安忍奪之？」孔明曰：「亮夜觀天象，劉表不久人世，劉璋非立業之主。久後必歸將軍。」玄德聞言，頓首拜謝。

只這一席話，乃孔明未出茅廬，已知三分天下。眞萬古之人不及也。後人有詩讚曰：

「豫州當日嘆孤窮，何幸

◆隆中對。諸葛亮在茅廬之中，已奠定三分天下的基本戰略。（鄧嘉德繪）

南陽有臥龍！欲識他年分鼎處，先生笑指畫圖中。」

玄德拜請孔明曰：「備雖名微德薄，願先生不棄鄙賤，出山相助。備當拱聽明誨。」孔明曰：「亮久樂耕鋤，懶於應世。不能奉命。」玄德泣曰：「先生不出，如蒼生何？」言畢，淚沾袍袖，衣襟盡濕。◎7

孔明見其意誠，乃曰：「將軍既不相棄，願效犬馬之勞！」玄德大喜，遂命關、張入拜，獻金帛禮物，孔明固辭不受，玄德曰：「此非聘大賢之禮，但表劉備寸心耳。」孔明方受。◎8

於是玄德等在莊中共宿一宵。次日，諸葛均回。孔明囑付曰：「吾受劉皇叔三顧之恩，不容不出。汝可躬耕於此，勿得荒蕪田畝。待吾成功之日，即當歸隱。」◎9後人有詩嘆曰：

「身未升騰思退步，功成應憶去時言。只因先主丁寧後，星落秋風五丈原。」

〈評點〉

◎6：此等人即三千顧、三萬顧，事之如父、如君、如師亦所甘心。僅僅三顧，何慢之甚也？（李贄）

◎7：玄德乘哭動人。（李漁）

◎8：孔明受聘這個樣子，卻與今人暗合也。（李贄）

◎9：方出山便思退步，是眞「淡泊寧靜」之人。（毛宗崗）

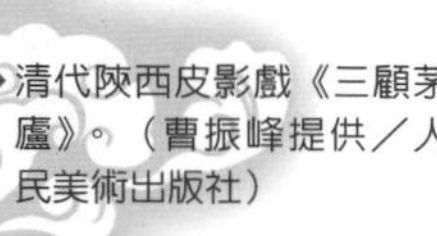

◆清代陝西皮影戲《三顧茅廬》。（曹振峰提供／人民美術出版社）

又有古風一篇曰：

「高皇手提三尺雪，芒碭白蛇夜流血，平秦滅楚入咸陽，二百年前幾斷絕。大哉光武興洛陽，傳至桓、靈又崩裂。獻帝遷都幸許昌，紛紛四海生豪傑。曹操專權得天時，江東孫氏開鴻業。孤窮玄德走天下，獨居新野愁民危。南陽臥龍有大志，腹內雄兵分正奇。只因徐庶臨行語，茅廬三顧心相知。先生爾時年三九，◎10收拾琴書離隴畝。先取荊州後取川，大展經綸補天手。縱橫舌上鼓風雷，談笑胸中換星斗。龍驤虎視安乾坤，萬古千秋名不朽。」

玄德等三人別了諸葛均，與孔明同歸新野。玄德待孔明如師，食則同桌，寢則同榻，終日共論天下之事。孔明曰：「曹操於冀州作玄武池以練水軍，必有侵江南之意。可密令人過江探聽虛實。」玄德從之，使人往江東探聽。

卻說孫權自孫策死後，據住江東。承父兄基業，廣納賢士，開賓館於吳會，命顧雍、張紘延接四方賓客。連年以來，你我相薦。時有會稽闞澤字德潤，彭城嚴畯字曼才，沛縣薛綜字敬文，汝南程秉字德樞，吳郡朱桓字休穆，陸績字公紀，吳人張溫字惠恕，及會稽凌統字公績，烏程吳粲字孔休，此數人皆至江東，孫

◆《三顧一遇圖》，清代孫億繪。描繪劉備三顧茅廬請諸葛亮出山的故事。（孫億／fotoe提供）

權敬禮甚厚。又得良將數人，乃汝陽呂蒙字子明，吳郡陸遜字伯言，瑯琊徐盛字文嚮，東郡潘璋字文珪，廬江丁奉字承淵。文武諸人共相輔佐，由此江東稱得人之盛。

建安七年，曹操破袁紹，遣使往江東，命孫權遣子入朝隨駕，權猶豫未決。吳太夫人命周瑜、張昭等面議。張昭曰：「操欲令我遣子入朝，是牽制諸侯之法也。然若不令去，恐其興兵下江東，勢必危矣！」

周瑜曰：「將軍承父兄遺業，兼六郡之眾。兵精糧足，將士用命，有何逼迫而欲送質於人？質一入，不得不與曹氏連和。彼有命召，不得不往。如此則見制於人也！不如勿遣。徐觀其變，別以良策禦之！」◎11吳太夫人曰：「公瑾之言是也！」

〈評點〉

◎10：亮出山時，年方二十七歲。（毛宗崗）

◎11：孔明為玄德畫策，只數語決疑。周瑜為孫權畫策，亦只數語決疑。（毛宗崗）

◆明代繪畫《孔明出山圖》。諸葛亮終於答應出山輔佐劉備共圖大業，途中，關羽、張飛前頭引路，劉備與諸葛亮在後並輿而行。（fotoe提供）

權遂從其言，謝使者不遣子。自此曹操有下江南之意，但正値北方未寧，無暇南征。

建安八年十一月，孫權引兵伐黃祖，戰於大江之中。祖軍敗績※4，權部將凌操輕舟當先，殺入夏口，被黃祖部將甘寧一箭射死。凌操子凌統，時年方十五歲，奮力往奪父屍而歸。權見風色不利，收軍還東吳。

卻說孫權弟孫翊爲「丹陽太守」。翊性剛好酒，醉後嘗鞭撻士卒。丹陽「督將」媯覽、「郡丞」戴員，二人常有殺翊之心；乃與翊從人邊洪結爲心腹，共謀殺翊。

時諸將縣令皆集丹陽，翊設宴相待。翊妻徐氏美而慧，極善卜易。是日卜一卦，其象大凶，乃勸翊勿出會客，◎12翊不從，遂與眾大會。

至晚席散，邊洪帶刀，跟出門外，即抽刀砍死孫翊。媯覽、戴員乃歸罪邊洪，斬之於市。二人乘勢擄翊家資侍妾。

媯覽見徐氏美貌，乃謂之曰：「吾爲汝夫報仇，汝當從我。不從則死！」徐氏曰：「夫死未幾，不忍便相從。

◆湖北襄樊古隆中三顧堂，門上對聯為：「兩表酬三顧，一對足千秋。」「兩表」指諸葛亮的前、後《出師表》，「一對」即《隆中對》。（劉偉／fotoe提供）

可待至晦日※5，設祭除服，然後成親未遲。」◎13覽從之。

徐氏乃密召孫翊心腹舊將孫高、傅嬰二人入府，泣告曰：「先夫在日，常言二公忠義。今嬀、戴二賊謀殺我夫，只歸罪邊洪。將我家資奴婢盡皆分去。嬀覽又欲強占妾身，妾已詐許之，以安其心。二將軍可差人星夜報知吳侯，一面設密計以圖二賊，雪此仇辱。生死銜※6恩。」言畢再拜。

孫高、傅嬰皆泣曰：「我等平日感府君恩遇。今日所以不即死難者，正欲爲復仇計耳。夫人所命，敢不效力？」於是密遣心腹使者往報孫權。

至晦日。徐氏先召孫、傅二人伏於密室幃幕之中。然後設祭於堂上。祭畢，即除去孝服。沐浴薰香，濃裝艷裹，言笑自若。嬀覽聞之甚喜。

至夜，徐氏遣婢妾請覽入府，設席堂中飲酒。飲既醉，徐氏乃邀覽入密室。覽喜，乘醉而入。徐氏大呼曰：「孫、傅二將軍何在？」二人即從幃幕中持刀躍出！嬀覽措手不及，被傅嬰一刀砍倒在地，孫高再復一刀，登時殺死。徐氏復傳請戴員赴宴。員入府來，至堂中，亦被孫、傅二將所殺。一面使人誅戮二賊家小及其餘黨。◎14徐氏遂重穿孝服，將嬀覽、戴員首級祭於孫翊靈前。

〈評點〉

◎12：好老婆，人人該討一個。（李贄）

◎13：既不從，又不死，權變之極。（毛宗崗）

◎14：更是快暢。（毛宗崗）

注釋

※4：在戰爭中大敗。

※5：陰曆每月的末一日。

※6：藏在心中。

不一日，孫權自領軍馬至丹陽。見徐氏已殺嬀、戴二賊，乃封孫高、傅嬰爲牙門將，令守丹陽。取徐氏歸家養老。江東人無不稱徐氏之德。後人有詩讚曰：

「才節雙全世所無，奸回一旦受摧鋤。
庸臣從賊忠臣死，不及東吳女丈夫。」

且說東吳各處山賊盡皆平復，大江之中有戰船七千餘隻。孫權拜周瑜爲「大都督」，總統江東水陸軍馬。建安十二年，冬十月，權母吳太夫人病危。召周瑜、張昭二人至，謂曰：「我本吳人，幼亡父母，與弟吳景徙居越中。後嫁與孫氏，生四子。長子策，生時吾夢月入懷；後生次子權，又夢日入懷。卜者云：『夢日月入懷者，其子必貴。』不幸策早喪。今將江東基業付權，望公等同心助之，吾死不朽矣！」

又囑權曰：「汝事子布、公瑾以師傅之禮，不可怠慢。吾與我妹共嫁汝父，則亦汝之母也。吾死之後，事吾妹如事我。汝妹亦當恩養，擇佳婿以嫁之。」◎15言訖遂終。孫權哀哭，其喪葬之禮，自不必說。

至來年春，孫權商議欲伐黃祖。張昭曰：「居喪未及期年，不可動兵。」周瑜曰：「報仇雪恨，何待期年？」權猶豫未定。

適「北平都尉」呂蒙入見，告權曰：「某守龍湫水口，忽有黃祖部將甘寧來

◆江蘇蘇州市盤門景區的瑞光塔，又稱「瑞光寺塔」，相傳三國赤烏十年（247年）孫權為報母恩所建，故又稱「報恩塔」。今塔為北宋景德元年（1004年）重建。（嚴向群／fotoe提供）

降。某細詢之，寧字興霸，巴郡臨江人也。頗通書史，有氣力，好遊俠。嘗招合亡命，縱橫於江湖之中，腰懸銅鈴，人聽鈴聲盡皆避之。又嘗以西川錦作帆幔，時人皆稱爲『錦帆賊』。◎16

「後悔前非，改行從善，引衆投劉表。見表不能成事，即欲來投東吳，卻被黃祖留住在夏口。前東吳破祖時，祖得甘寧之力，救回夏口。乃待寧甚薄。都督蘇飛屢薦寧於祖。祖曰：『寧乃刦江之賊，豈可重用？』◎17寧因此懷恨。

「蘇飛知其意，乃置酒邀寧到家，謂之曰：『吾薦公數次，奈主公不能用。日月逾邁，人生幾何？宜自遠圖。吾當保公爲鄂縣長，自作去就之計。』寧因此得過夏口。欲投江東，恐江東恨其救黃祖，殺凌操之事。某具言：『主公求賢若渴，不記舊恨。況各爲其主，又何恨焉？』寧欣然引衆渡江，來見主公。乞鈞旨定奪。」

孫權大喜曰：「吾得興霸，破黃祖必矣！」遂命呂蒙引甘寧入見。參拜已畢，權曰：「興霸來此，大獲我心。豈有記恨

〈評點〉

◎15：何東吳奇女子之多乎！（李漁）

◎16：好名色。（李贄）

◎17：周倉起於黃巾，而關公用爲親隨。甘寧起於刦江，而黃祖不肯用爲心腹。君子用人，最爲通融；小人用人偏極拘執！（毛宗崗）

◆甘寧（？～222），字興霸，巴郡臨江（今重慶忠縣）人，三國時吳國大將。少時不務正業，時人以「錦帆賊」呼之，208年歸吳，見用於孫權，智勇雙全，戰功顯赫。（葉雄繪）

之理？請無懷疑。願教我以破黃祖之策。」

寧曰：「今漢祚※7日危，曹操終必篡竊。荊南之地，操所必爭也。劉表無遠慮，其子又愚劣，不能承業傳基。明公宜早圖之，若遲，則操先圖之矣！今宜先取黃祖。祖今年老昏邁，務於貨利；侵刻吏民，人心皆怨。戰具不修，軍無法律。明公若往攻之，其勢必破。既破祖軍，鼓行而西，據楚關而圖巴蜀，霸業可定也。」◎18

孫權曰：「此金玉之論也！」遂命周瑜為大都督，總水陸軍兵。呂蒙為前部先鋒，董襲與甘寧為副將。權自領大軍十萬，征討黃祖。

細作探知，報至江夏。黃祖急聚眾商議。令蘇飛為大將，陳就、鄧龍為先鋒，盡起江夏之兵迎敵。

陳就、鄧龍各引一隊艨艟※8，截住沔口。艨艟上各設強弓硬弩千餘張，將大索繫定艨艟於水面上。◎19東吳兵至。艨艟上鼓響，弓箭齊發，兵不敢進。約退數里水面。

甘寧謂董襲曰：「事已至此！不得不進。」乃選小船百餘隻，每船用精兵五十人，二十人撐船，三十人各披衣甲，手執鋼刀。不避矢石，直至艨艟傍邊，砍斷大索。艨艟遂橫。

甘寧飛上艨艟，將鄧龍砍死。陳就棄船而走。呂蒙見了，跳下小船，自舉櫓棹，直入船隊，放火燒船。陳就急待上岸，呂蒙捨命趕到跟前，當胸一刀砍翻。比及蘇飛引軍於岸上接應時，東吳諸將一齊上岸，勢不可當。祖軍大敗。

蘇飛落荒而走，正遇東吳大將潘璋。兩馬相交，戰不數合，被璋生擒過去。逕至船中來見孫權。權命左右以檻車囚之，待活捉黃祖一并誅戮。催動三軍，不分晝夜，攻打夏口。正是：

「只因不用錦帆賊，致令衝開大索船。」

不知黃祖勝負如何？且看下文分解……

◆戰長江孫氏報讎。甘寧奮勇殺敵。（fotoe 提供）

〈評點〉

◎18：如此見識，豈得以「刦江之賊」目之耶？（毛宗崗）

◎19：蘇飛不棄黃祖，以其用之也。乃見為朋友之眞情。（李漁）

注釋

※7：漢代帝位。祚：帝位。

※8：古代的一種戰艦，也作蒙衝。

第三十九回　荊州城公子三求計　博望坡軍師初用兵

卻說孫權督眾攻打夏口。黃祖兵敗將亡，情知守把不住，遂棄江夏，望荊州而走。甘寧料得黃祖必走荊州，乃於東門外伏兵等候。

祖帶數十騎突出東門，正走之間，一聲喊起，甘寧攔住。祖於馬上謂寧曰：「我向日不曾輕待汝，今何相逼耶？」寧叱曰：「吾昔在江夏，多立功績。汝乃以『刼江賊』待我，今日尚有何說？」◎1

黃祖自知難免，撥馬而走。甘寧衝開士卒，直趕將來，只聽得後面喊聲起處，又有數騎趕來！寧視之，乃程普也。寧恐普來爭功，慌忙拈弓搭箭，背射黃祖。祖中箭翻身落馬。寧梟其首級，回馬與程普合兵一處，回見孫權，獻黃祖首級。

權命以木匣盛貯，待回江東祭獻於亡父靈前。重賞三軍，陞甘寧為「都尉」，商議欲分兵守江夏。

張昭曰：「孤城不可守，不如且回江東。劉表知我破黃祖，必來報仇。我以逸待勞，必敗劉表。表敗而後乘勢攻之，荊、襄可得也。」◎2權從其言，遂棄江夏，班師回江東。

蘇飛在檻車內，密使人向甘寧求救。寧曰：「飛即不言，吾豈忘之？」◎3大軍既至吳會，權命將蘇飛梟首，與黃祖首級一同祭獻。甘寧乃入見權，頓首哭告曰：「某向日若不得蘇飛，則骨填溝壑矣！安能效命將軍麾下哉？今飛罪當誅，某念其昔日之恩，情願納還官爵，以贖飛罪。」

權曰：「彼既有恩於君，吾爲君赦之。但彼若逃去，奈何？」寧曰：「飛得免誅戮，感恩無地，豈肯走乎？若飛去，寧願將首級獻於階下。」◎4權乃赦蘇飛，止將黃祖首級祭獻。

祭畢設宴，大會文武慶功。正飲酒間，只見座上一人大哭而起，拔劍在手，直取甘寧，寧忙舉坐椅以迎之。權驚視其人，乃凌統也。因甘寧在江夏時射死他父親凌操，今日相見，故欲報仇。

權連忙勸住，謂統曰：「興霸射死卿父，彼時各爲其主，不容

〈評點〉

◎1：今日方認得劫江賊耶！（李漁）

◎2：意不在江夏，而在荊、襄。是舍小而圖大。向來子布畫策，惟此差強人意。（毛宗崗）

◎3：甘寧丈夫。（李贄）

◎4：殺黃祖，以常人畜我也，報蘇飛，以其國士待我也。丈夫自應如此恩怨分明。（李贄）

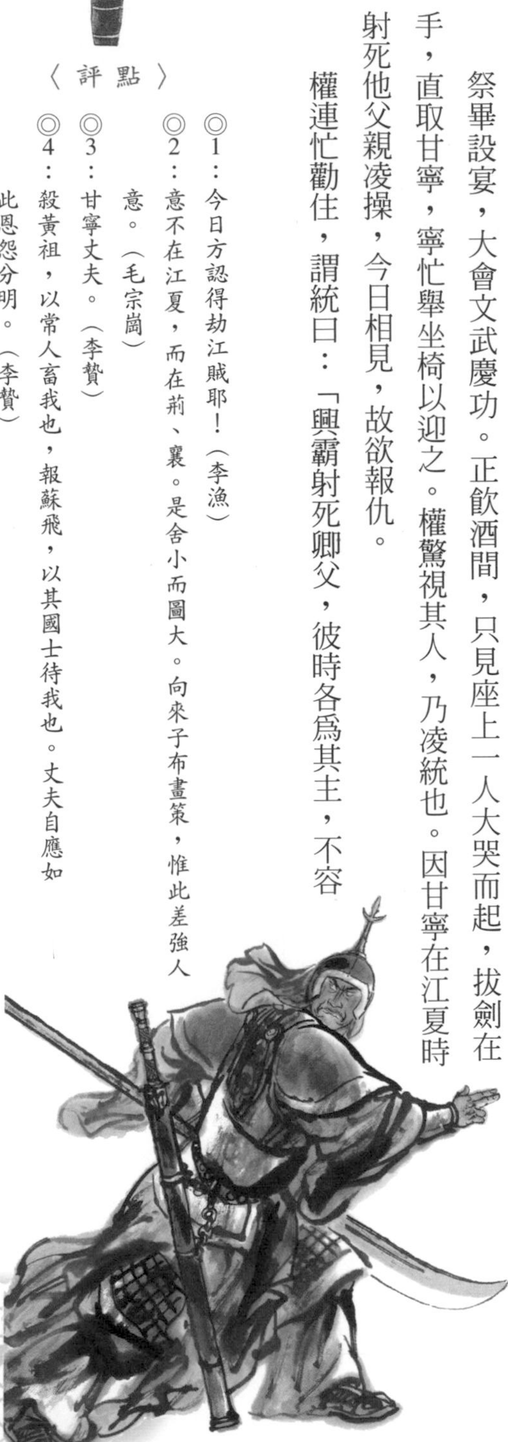

◆凌統（189～237），字公績，吳郡餘杭（今浙江桐廬）人，三國東吳將領。夏口一戰，他的父親凌操不幸中流矢死亡。凌統當時才十五歲，奮力搶奪父屍而歸。孫權嘉其勇，拜凌統為別部司馬，行破賊校尉，使率父部。後屢立戰功。為人重視鄉情，恭敬盡禮。他病死後，孫權悲哀不已，收養他兩個孩子在宮中，愛如己出，有賓客來，就說：「此吾虎子也！」（葉雄繪）

不盡力。今既爲一家人，豈可復理舊讎？萬事皆看吾面。」

凌統叩頭大哭，曰：「不共戴天之讎，豈容不報？」權與眾官再三勸之，凌統只是怒目而視甘寧。權即日命甘寧領兵五千，戰船一百隻，往夏口鎮守，以避凌統。寧拜謝，領兵自往夏口去了。權又加封凌統爲「承烈都尉」。統只得含恨而止。◎5

東吳自此廣造戰船，分兵把守口岸。又命孫靜引一枝軍守吳會。孫權自領大軍屯柴桑。周瑜自於鄱陽湖教練水軍，以備攻戰。◎6

話分兩頭：卻說玄德差人打探江東消息，回報：「東吳已攻殺黃祖，現今屯兵柴桑。」玄德便請孔明計議。正話間，忽劉表差人來請玄德赴荊州議事。孔明曰：「此必因江東破了黃祖，故請主公商議報讎之策也。某當與主公同往，相機而行，自有良策。」玄德從之。留雲長守新野，令張飛引五百人馬跟隨，往荊州來。

玄德在馬上謂孔明曰：「今見景升，備若何對答？」孔明曰：「當先謝襄陽之事。他若令主公去征討江東，切不可應允。但說：『容歸新野，整頓軍馬。』」玄德依言。

來到荊州，館驛安下，留張飛屯兵城外。玄德與孔明入城見劉表。禮畢，玄德請罪於階下。表曰：「吾已悉知賢弟被害之事，當時即欲斬蔡瑁之首，以獻賢弟。因眾人告免，故姑恕之！賢弟幸勿見罪。」玄德曰：「非干蔡將軍之事，想皆下人

所爲耳。」◎7

表曰：「今江夏失守，黃祖遇害。故請賢弟共議報復之策！」玄德曰：「黃祖性暴，不能用人，故致此禍。今若興兵南征，倘曹操北來，又當奈何？」

表曰：「吾今年老多病，不能理事，賢弟可來助我。我死之後，弟便爲荊州之主也。」玄德曰：「兄何出此言？量備安敢當此重任！」孔明以目視玄德。玄德曰：「容徐思良策。」遂辭出。

回至館驛。孔明曰：「景升欲以荊州付主公，奈何卻之？」玄德曰：「景升待我恩禮交至，安忍乘其危而奪之？」孔明嘆曰：「眞仁慈之主也！」

正商論間，忽報公子劉琦來見，玄德接入，琦泣拜曰：「繼母不能相容，性命只在旦夕。望叔父憐而救之！」玄德曰：「此賢姪家事耳。奈何問我？」孔明微笑。玄德求計於孔明，孔明曰：「此家事，亮不敢與聞。」

〈評點〉

◎5：安排得妙，和解得妙。（李贄）

◎6：讀者至此，必謂將來孫權與劉表攻戰矣！孰知卻爲與曹操攻戰之地乎。（毛宗崗）

◎7：一語將前事輕輕抹過。（毛宗崗）

◆《三顧茅廬》，明代戴進繪。（戴進／fotoe提供）

少時，玄德送琦出，附耳低言曰：「來日我使孔明回拜，賢侄可如此如此……。彼定有妙計相告。」琦謝而去。

次日，玄德只推腹痛，乃挽※1孔明代往拜劉琦，孔明允諾。來至公子宅前，下馬入見公子，公子邀入後堂。

茶罷。琦曰：「琦不見容於繼母，幸先生一言相救。」◎8孔明曰：「亮客寄於此，豈敢與人骨肉之事？倘有漏洩，爲害不淺。」說罷，起身告辭。琦曰：「既承光顧，安敢漫別？」乃挽留孔明入密室共飲。

飲酒之間，琦又曰：「繼母不見容，乞先生一言救我。」◎9孔明曰：「此非亮所敢謀也。」言訖，又欲辭去。琦曰：「先生不言則已，何便欲去？」孔明乃復坐。

琦曰：「琦有一古書，請先生一觀。」乃引孔明登一小樓。孔明曰：「書在何處？」琦泣拜曰：「繼母不見容，琦命在旦夕。先生忍無一言相救乎？」◎10孔明作色而起，便欲下樓。只見樓梯已撤去。琦告曰：「琦欲求教良策，先生恐有洩漏，不肯出言；今日上不至天，下不至地。出君之口，入琦之耳，可以賜教矣！」◎11

孔明曰：「『疏不間親』，亮何能爲公子謀？」琦曰：「先生終不幸教琦乎？琦命固不保矣！請即死於先生之前。」乃掣劍欲自刎。孔明止之曰：「已有良計。」

琦拜曰：「願即賜教！」孔明曰：「公子豈不聞申生、重耳之事※2乎？申生在內而亡，重耳在外而安。今黃祖新亡，江夏乏人守禦。公子何不上言，乞屯兵守江夏，則可以避禍矣！」琦再拜謝教。乃命人取梯送孔明下樓。◎12

孔明辭別，回見玄德，具言其事。玄德大喜。

次日，劉琦上言欲守江夏。劉表猶豫未決，請玄德共議。玄德曰：「江夏重地，固非他人可守，正須公子自往。東南之事，兄父子當之。西北之事，備願當之。」表曰：「近聞曹操於鄴郡作玄武池以練水軍，必有征南之意，不可不防。」玄德曰：「備已知之，兄勿憂慮。」遂拜辭回新野。劉表令劉琦引兵三千，往江夏鎮守。

卻說曹操罷三公之職，自以丞相兼之。以毛玠爲「東曹掾」，崔琰爲「西曹掾」※3，司馬懿爲「文學掾」。懿字仲達，河內溫人也：潁川太守司馬雋之孫，京兆尹司馬防之子，主簿司馬朗之弟也。◎13自是文官大備，乃聚武將商議南征。

〈評點〉

◎8：第一次求計。（李漁）
◎9：第二次求計。（李漁）
◎10：此劉琦第三番求計。（毛宗崗）
◎11：公子亦通。（李贄）
◎12：今之求人畫策者，偏會拔短梯。一笑。（毛宗崗）
◎13：司馬懿此處出現。（李漁）

注釋

※1：請託、央求。
※2：兩人都是春秋時晉獻公的兒子。獻公寵愛驪姬，想立她生的兒子奚齊作爲太子。驪姬進讒言陷害他們兩人。申生不肯逃亡，被迫自殺；重耳逃亡到國外，後返晉爲國君（晉文公），成爲春秋時的五霸之一。
※3：古代屬官的通稱。

◆劉表之子劉琦因繼母不見容，請諸葛亮至小樓密室，撤去樓梯，請教對策。諸葛亮一再推辭，劉琦欲要自刎，諸葛亮這才授以計策。（朱寶榮繪）

夏侯惇進曰：「近聞劉備在新野，每日教演士卒。必爲後患，可早圖之！」操即令夏侯惇爲都督，于禁、李典、夏侯蘭、韓浩爲副將，領兵十萬，直抵博望城，以窺新野。

荀彧諫曰：「劉備英雄，今更兼諸葛亮爲軍師，不可輕敵。」惇曰：「劉備鼠輩耳。吾必擒之！」徐庶曰：「將軍勿輕視玄德。今劉玄德得諸葛亮爲輔，如虎生翼矣！」

操曰：「諸葛亮何人也？」庶曰：「亮字孔明，道號臥龍先生。有經天緯地之才，出鬼入神之計，眞當世之奇士，非可小覷。」操曰：「比公若何？」庶曰：「庶安敢比亮？庶如螢火之光，亮乃皓月之明也。」夏侯惇曰：「元直之言謬矣！吾看諸葛亮如草芥耳，何足懼哉？吾若不一陣生擒劉備，活捉諸葛，願將首級獻與丞相。」◎14操曰：「汝早報捷書，以慰吾心。」惇奮然辭曹操，引軍登程。

卻說玄德自得孔明，以師禮待之。關、張二人不悅，曰：「孔明年幼，有甚才學？兄長待之太過！又未見他眞實效驗。」◎15玄德曰：「吾得孔明，如魚之得水也。兩弟勿復多言。」關、張見說，不言而退。

〈評點〉

◎14：大言不慚。（李漁）

◎15：關、張且妒，何況他人與小人乎？（李贄）

一日，有人送犛牛※4尾至，玄德取尾親自結帽，孔明入見，正色曰：「明公無復有遠志，但事此而已耶？」玄德投帽於地，而謝曰：「吾聊假此以忘憂耳。」◎16

孔明曰：「明公自度比曹操若何？」玄德曰：「不如也！」孔明曰：「明公之眾不過數千人。萬一曹兵至，何以迎之？」玄德曰：「吾正愁此事，未得良策。」孔明曰：「可速招募民兵，亮自教之，可以待敵。」玄德遂招新野之民，得三千人。孔明朝夕教演陣法。

忽報曹操差夏侯惇引兵十萬，殺奔新野來了。張飛聞知，謂雲長曰：「可著孔明前去迎敵便了！」◎17正說之間，玄德召二人入，謂曰：「夏侯惇引兵到來，如何迎敵？」張飛曰：「哥哥何不使『水』去？」◎18玄德曰：「智賴孔明，勇須二弟。何可推諉？」

關、張出。玄德請孔明商議。孔明曰：「但恐關、張二人不肯聽吾號令。主公若欲亮行兵，乞假劍、印。」玄德便以劍、印付孔明。

孔明遂聚集眾將聽令。張飛謂雲長曰：「且聽令去．看他如何調度？」

孔明令曰：「博望之左有山，名曰『豫山』，右有林，名曰『安林』，可以埋伏軍馬。◎19雲長可引一千軍往豫山埋伏，等彼軍至，放過休敵。其輜重糧草必在後

◆司馬懿（179～251），字仲達，河內溫縣孝敬里（今河南溫縣招賢鎮）人，三國時期魏國傑出的政治家、軍事家，晉武帝司馬炎的祖父。多次率軍對抗諸葛亮，功勞卓著，封為宣王。（葉雄繪）

面，但看南面火起，可縱兵出擊，就焚其糧草。翼德可引一千軍去安林背後山谷中埋伏，只看南面火起，便可出向博望城舊屯糧草處縱火燒之。關平、劉封可引五百軍，預備引火之物，於博望坡後，兩邊等候。至初更兵到，便可放火矣！」

又命於樊城取回趙雲，令爲前部：「不要贏，只要輸。主公自引一軍爲後援。各須依計而行，勿使有失。」

雲長曰：「我等皆出迎敵，未審軍師卻作何事？」孔明曰：「我只坐守此城。」張飛大笑曰：「我們都去廝殺，你卻在家裏坐地，好自在！」◎20孔明曰：「劍、印在此，違令者斬！」

玄德曰：「豈不聞：『運籌帷幄之中，決勝千里之外※5』？二弟不可違令。」張飛冷笑而去。雲長曰：「我們且看他的計應也不應，那時卻來問他未遲。」二人去了。眾將皆未知孔明韜略，今雖聽令，卻都疑惑不定。

〈評點〉

◎16：種菜所以避禍，結帽所以忘憂。遙遙相對。（毛宗崗）
◎17：張飛一向不服，至此方發洩得一句。（李漁）
◎18：第二句發洩。（李漁）
◎19：不識地理者，不可以爲軍師。（毛宗崗）
◎20：二語絕妙機鋒。（李漁）

注釋

※4：犛牛：全身有長毛，黑褐色、棕色或白色，腿短。
※5：運，運用。籌，兵謀、計畫。帷幄，軍中帳幕。就是說：在帳幕裏運用好了計謀，就可以決定千里之外的勝利。這兩句話原是劉邦稱讚張良的話。

孔明謂玄德曰：「主公今日可便引兵就博望山下屯住。來日黃昏，敵軍必到。主公便棄營而走，但見火起，即回軍掩殺。亮與糜竺、糜芳引五百軍守縣，命孫乾、簡雍準備慶喜筵席，安排功勞簿伺候。」派撥已畢，玄德亦疑惑不定。◎21

卻說夏侯惇與于禁等引兵至博望。分一半精兵作前隊，其餘盡護糧車而行。時當秋月，商飆※6徐起！人馬趲行之間，望見前面塵頭忽起，惇便將人馬擺開，問鄉導官曰：「此間是何處？」答曰：「前面便是博望坡，後面是羅川口。」

惇令于禁、李典押住陣腳，親自出馬陣前，遙望軍馬來到。惇忽然大笑！眾問：「將軍爲何而笑？」惇曰：「吾笑徐元直在丞相面前誇諸葛亮爲天人。今觀其用兵，乃以此等軍馬爲前部與吾對敵？正如『驅犬羊與虎豹鬭』耳。◎22吾於丞相前誇口，要活捉劉備、諸葛亮，今必應吾言矣！」遂自縱馬向前。

◆博望坡軍師初用兵。諸葛亮初次用兵，關羽、張飛心中懷疑，態度傲慢。（fotoe提供）

〈評點〉

◎21：不惟眾人不信，連玄德亦未信，愈顯得下文奇妙。（毛宗崗）

◎22：此是前孔明所教演民兵。（李漁）

◆ 河南南陽博望坡遺址：古博望橋。（聶鳴／fotoe提供）

趙雲出馬。惇罵曰：「汝等隨劉備，如孤魂隨鬼耳！」雲大怒，縱馬來戰。兩馬相交，不數合，雲詐敗而走，夏侯惇從後追趕。雲約走十餘里，回馬又戰。不數合，又走。

韓浩拍馬向前，諫曰：「趙雲誘敵，恐有埋伏！」惇曰：「敵軍如此，雖十面埋伏，吾何懼哉？」遂不聽浩言，直趕至博望坡。一聲礮響！玄德自引軍衝將過來，接應交戰。夏侯惇笑謂韓浩曰：「此即埋伏之兵也！吾今晚不到新野，誓不罷兵。」乃催軍前進！玄德、趙雲退後便走。

時天色已晚，濃雲密布，又無月色。

注釋

※6：秋天的大風。

晝風既起，夜風愈大。夏侯惇只顧催軍趕殺。于禁、李典趕到窄狹處，兩邊俱是蘆葦。典謂禁曰：「欺敵者必敗。南道路狹，山川相隔，樹木叢雜。倘彼用火攻，奈何？」禁曰：「君言是也！吾當往前，爲都督言之。君可止住後軍。」◎23李典便勒回馬，大叫：「後軍慢行！」人馬走發，那裏攔當得住？

于禁驟馬大叫：「前軍都督且住！」夏侯惇正走之間，見于禁從後軍奔來，便問：「何故？」禁曰：「南道路狹，山川相逼，樹木叢雜。應防火攻！」夏侯惇猛省，即回馬令軍馬勿進。

言未已，只聽背後喊聲震起，早望見一派火光燒著，隨後兩邊蘆葦亦著。一霎時，四方八面，盡皆是火。又値風大，火勢愈猛。◎24曹家人馬自相踐踏，死者不計其數。趙雲回軍趕殺，夏侯惇冒烟突火而走。

且說李典見勢頭不好，急奔回博望坡時，火光中一軍攔住，當先大將，乃關雲長也。李典縱馬混戰，奪路而走。于禁見糧草車輛都被火燒，便投小路奔逃去了。

夏侯蘭、韓浩來救糧草，正遇張飛。◎25戰不數合，張飛一槍刺夏侯蘭於馬下，韓浩奪路走脫，直殺到天明，卻纔收軍。殺得屍橫遍野，血流成河。後人有詩曰：

「博望相持用火攻，指揮如意笑談中；直須驚破曹公膽，初出茅廬第一功！」

夏侯蘭

◆戲曲臉譜《博望坡》之夏侯蘭。曹將，勾小藍三塊瓦臉，示其平庸且傲慢，臨敵膽怯面色發青。（田有亮繪）

夏侯惇收拾殘軍，自回許昌。卻說孔明收軍，關、張二人相謂曰：「孔明眞英傑也！」行不數里，見糜竺、糜芳引軍簇擁著一輛小軍，車中端坐一人，乃孔明也。關、張下馬，拜伏於車前。◎26須臾，玄德、趙雲、劉封、關平等皆至。收聚眾軍，把所獲糧草輜重分賞將士，班師回新野。新野百姓望塵遮道而拜，曰：「吾屬生全，皆使君得賢人之力也。」

孔明回至縣中，謂玄德曰：「夏侯惇雖敗去，曹操必自引大軍來。」玄德曰：「似此，如之奈何？」孔明曰：「亮有一計，可敵曹軍。」正是：

「破敵未堪息戰馬，避兵又必賴良謀。」

未知其計若何？且看下文分解……

〈評點〉

◎23：方才知道。（李贄）

◎24：方知前商颻徐起四字，不虛論。（李漁）

◎25：前調諸將，此處逐一敘出前是布棋，此是收著。（毛宗崗）

◎26：惟有前番輕侮，乃有此處拜伏。（毛宗崗）

◆上海年畫《張飛三闖轅門》。描繪博望坡之戰前後，張飛先後三度進入轅門。隨著諸葛亮用兵取勝，張飛才對他心服口服。（王樹村提供／中國工藝美術出版社）

第四十回　蔡夫人議獻荊州　諸葛亮火燒新野

卻說玄德問孔明求拒曹兵之計。孔明曰：「新野小縣，不可久居。近聞劉景升病在危篤，可乘此機會取彼荊州，爲安身之地。庶可拒曹操也。」◎1玄德曰：「公言甚善！但備受景升之恩，安忍圖之？」孔明曰：「今若不取，後悔何及？」玄德曰：「吾寧死不忍作負義之事！」孔明曰：「且再作商議。」

卻說夏侯惇敗回許昌，自縛見曹操，伏地請死，操釋之。惇曰：「惇遭諸葛亮詭計，用火攻破我軍！」操曰：「汝自幼用兵，豈不知狹處須防火攻？」惇曰：「李典、于禁曾言及此，悔之不及。」操乃賞二人。◎2

惇曰：「劉備如此猖獗，眞心腹之患也！不可不急除。」操曰：「吾所慮者，劉備、孫權耳。餘皆不足介意。今當乘此時掃平江南！」便傳令起大兵五十萬，令曹仁、曹洪爲第一隊，張遼、張郃爲第二隊，夏侯淵、夏侯惇爲第三隊，于禁、李典爲第四隊，操自領諸將爲第五隊。每隊各引兵十萬。又令

夏侯惇

◆戲曲臉譜《長坂坡》之夏侯惇。曹營大將，勾藍色三塊瓦臉，左眼有一疤痕，示其獨眼，藍色表示性情粗莽猛烈。勇猛有餘，謀略不足。（田有亮繪）

許褚爲「折衝將軍」，引兵三千爲先鋒。選定建安十三年秋七月丙午日出師。◎3

「大中大夫」孔融諫曰：「劉備、劉表，皆漢室宗親，不可輕伐。孫權虎踞六郡，且有大江之險，亦不易取。今丞相興此無義之師，恐失天下之望。」操怒曰：「劉備、劉表、孫權皆逆命之臣。豈容不討？」遂叱退孔融，下令：「如有再諫者，必斬！」

孔融出府，仰天嘆曰：「以至不仁伐至仁，安得不敗乎？」◎4時「御史大夫」郄慮家客聞此言，報知郄慮。

慮常被孔融侮慢，心正恨之，乃以此言入告曹操。且曰：「融平日每每狎侮丞相。又與禰衡相善。衡贊融曰：『仲尼不死』。融贊衡曰：『顏回復生』。向者禰衡之辱丞相，乃融使之也。」◎5操大怒！遂命廷尉捕捉孔融。

融有二子，年尚少。時方在家，對坐弈棋。左右急報曰：「尊君被廷尉執去！將斬矣！二公子何不急避？」二子曰：「破巢之下，安有完卵乎？」言未已，廷尉

〈評點〉

◎1：孔明決意取荊州爲本。（李漁）

◎2：兵敗而有賞，是曹瞞勝人處。（毛宗崗）

◎3：並記其日，重其事也。（李漁）

◎4：二語取死之道。（李漁）

◎5：小人譖人，大都如此。（李贄）

◆ 清末《歷代名臣像解》所載孔融像。孔融之死，反映出曹操不仁的一面。（fotoe提供）

又至，盡收融家小，并二子皆斬之！號令融屍於市。◎6「京兆」脂習伏屍而哭。◎7操聞之，大怒！欲殺之！荀彧曰：「彧聞脂習常諫融曰：『公剛直太過，乃取禍之道！』今融死而來哭，乃義人也。不可殺！」操乃止。習收融父子屍首，皆葬之。後人有詩讚孔融曰：

「孔融居北海，豪氣貫長虹。坐上客常滿，樽中酒不空。文章驚世俗，談笑侮王公。史筆褒忠直，存官紀『大中』※1。」

曹操既殺孔融，傳令五隊軍馬次第起行，只留荀彧等守許昌。

卻說荊州劉表病重，使人請玄德來託孤。玄德引關、張至荊州見劉表。表曰：「我病入膏肓※2，不久便死矣！特託孤於賢弟。我子無才，恐不能承父業。我死之後，賢弟可自領荊州。」玄德泣拜曰：「備當竭力以輔賢姪，安敢有他意乎？」

正說間，人報：「曹操自統大兵至！」玄德急辭劉表，星夜回新野。劉表病中聞此信，吃驚不小。商議寫遺囑，令玄德輔佐長子劉琦爲荊州之主。蔡夫人聞之大怒！關上內門，使蔡瑁、張允二人把住外門。

時劉琦在江夏知父病危，來至荊州探病。方

〈評點〉

◎6：操之殺禰衡，必假手於他人。今殺孔融，則竟自殺之；更不避殺賢士之名矣！（毛宗崗）

◎7：脂習是個義人。（李贄）

◆蔡夫人議獻荊州。蔡瑁守住城門，不讓劉琦探視病中的父親劉表。（fotoe提供）

注釋

※1：《綱目》書載：「殺太中大夫孔融。」保存了他的官名。

※2：病症已到了不可醫治的地步。膏、肓，胸腔內的兩個部位名稱，舊說以爲是藥物和針灸的力量都達不到的深處。

到外門，蔡瑁擋住，曰：「公子奉父命鎮守江夏，其任至重。今擅離職守，倘東吳兵至，如之奈何？若入見主公，主公必生嗔怒，病將轉增。非孝也！宜速回。」◎8劉琦立於門外，大哭一場。上馬仍回江夏。

劉表病勢危篤，望劉琦不來。至八月戊申日，大叫數聲而死。◎9後人有詩嘆劉表曰：

「昔聞袁氏居河朔，又見劉君霸漢陽。
總爲牝晨致家累※3，可憐不久盡銷亡！」

劉表既死。蔡夫人與蔡瑁、張允商議，假寫遺囑，令次子劉琮爲荊州之主。然後舉哀報喪。

時劉琮年方十四，頗聰明。乃聚眾言曰：「吾父棄世，吾兄現在江夏，更有叔父玄德在新野。汝等立我爲主，倘兄與叔興兵問罪，如何解釋？」◎10眾官未及對，幕官李珪答曰：「公子之言甚善！今可急發哀書至江夏，請大公子爲荊州之主。就命玄德一同理事。北可以敵曹操，南可以拒孫權。此萬全之策也！」◎11蔡瑁叱曰：「汝何人！敢亂言以逆主公遺命?!」李珪大罵曰：「汝內外朋謀，假稱遺命，廢長立幼。眼見荊、襄九郡，送於蔡氏之手。故主有靈，必當殛※4汝！」蔡瑁大怒，喝令左右推出斬之，李珪至死大罵不絕！

於是蔡瑁遂立劉琮爲主。蔡氏宗族分領荊州之兵。命「治中」鄧義、「別駕」

劉先守荊州，蔡夫人自與劉琮前赴襄陽駐紮，以防劉琦、劉備。就葬劉表之棺於襄陽城東漢陽之原，竟不訃告劉琦與玄德。◎12

劉琮至襄陽，方纔歇馬。忽報：「曹操引大軍逕望襄陽而來！」琮大驚！遂請蒯越、蔡瑁等商議。

「東曹掾」傅巽進言曰：「不特曹操兵來爲可憂。今大公子在江夏，玄德在新野，我皆未往報喪。若彼興兵問罪，荊、襄危矣！巽有一計，可使荊、襄之民安如泰山，又可保全主公名爵。」◎13琮曰：「計將安出？」巽曰：「不如將荊、襄九郡獻與曹操，操必重待主公也！」琮叱曰：「是何言也！孤受先君之基業，坐尚未穩。豈可便棄之他人？」蒯越

〈評點〉

◎8：蔡瑁此時但阻琦之見父，而不敢害琦者。畏玄德之在新野耳。（毛宗崗）

◎9：劉表欲立劉琮，而不能殺蔡瑁，以至如此。（毛宗崗）

◎10：劉琮頗勝袁尚。（李漁）

◎11：劉表有如此之臣，而平日不能重託之，乃使蔡瑁掌兵權。何其用人之舛誤也！（毛宗崗）

◎12：如此舉動，不祥極矣，如何得久？（李贄）

◎13：不憂曹操，而憂玄德、劉琦，則其計可知矣！（毛宗崗）

注釋

◆王粲（177～217），字仲宣，山陽高平（今山東今鄒城市西南）人，三國時曹魏名臣，著名文學家，「建安七子」之一。（葉雄繪）

※3：指袁紹和劉表都是因爲女人（兒女之事）的拖累，而致滅亡。牝晨：母雞司晨。古人認爲母雞替代公雞報曉，其家必亂。

※4：誅殺。

曰：「傅公悌之言是也！夫逆順有大體，強弱有定勢。今曹操南征北討，以朝廷爲名。主公拒之，其名不順。且主公新立，外患未寧，內憂將作。荊、襄之民聞曹兵至，未戰而膽先寒。安能與之敵哉？」◎14

琮曰：「諸公之言，非我不從；但以先君之業，一旦棄與他人，恐貽笑於天下耳。」言未已，一人昂然而進，曰：「傅公悌、蒯異度之言甚善！何不從之？」眾視之，乃山陽高平人，姓王名粲，字仲宣。

粲容貌瘦弱，身材短小。幼時往見中郎蔡邕，時邕高朋滿座，聞粲至，倒屣迎之。賓客皆驚曰：「蔡中郎何獨敬此小子耶？」邕曰：「此子有異才，吾不如也。」粲博聞強記，人皆不及。嘗觀道旁碑文，一過便能記誦。觀人弈棋，棋局亂，粲復爲擺出，不差一子。又善算術。其文詞妙絕一時。年十七，辟※5爲「黃門侍郎」，不就。後因避亂至荊、襄，劉表以爲上賓。◎15

當日粲謂劉琮曰：「將軍自料比曹公何如？」琮曰：「不如也！」粲曰：「曹公兵多將勇，足智多謀。擒呂布於下邳，摧袁紹於官渡，逐劉備於隴右，破烏桓於白登。梟除蕩定者，不可勝計。今以大軍南下，荊、襄勢難抵敵。傅、蒯二君之謀，乃長策也。將軍不可遲疑，致生後悔。」

琮曰：「先生見教極是，但須稟告母親知道。」只見蔡夫人從屏後轉出，謂琮曰：「既是仲宣、公悌、異度三人所見相同，何必告我？」於是劉琮意決，便寫降書，令宋忠潛地往曹操軍前投獻。

宋忠領命，直至宛城，接著曹操，獻上降書。操大喜，重賞宋忠。分付：「教劉琮出城迎接，便著他永為荊州之主。」

宋忠拜辭曹操，取路回荊襄。將欲渡江，忽見一枝人馬到來，視之，乃關雲長也。宋忠迴避不及，被雲長喚住，細問荊州之事。忠初時隱諱，後被雲長盤問不過，只得將前後事情一一實告。雲長大驚！隨捉宋忠至新野見玄德，備言其事。玄德聞之大哭！

張飛曰：「事已如此，可先斬宋忠。隨起兵渡江，奪了襄陽，殺了蔡氏、劉琮，然後與曹操交戰。」◎16玄德曰：「你且緘口！我自有斟酌。」

〈評點〉

◎14：言似有理，所以惑人。（李贄）

◎15：忙中偏有閒筆。（李漁）

◎16：話雖粗卻直，言未盡善卻爽快。（李漁）

◆湖北襄樊仲宣樓和王粲雕像，位於襄陽城東南角城牆之上，為紀念東漢末年詩人王粲在襄陽作《登樓賦》而建，因王粲字仲宣，故名。（飛揚／fotoe提供）

注釋

※5：徵召、拜官。

乃叱宋忠曰：「你知眾人作事，何不早來報我？今雖斬汝，無益於事。可速去！」◎17忠拜謝，抱頭鼠竄而去。

玄德正憂悶間，忽報公子劉琦差伊籍到來。玄德感伊籍昔日相救之恩，降階迎之，再三稱謝。籍曰：「大公子在江夏聞荊州已故，蔡夫人與蔡瑁等商議，不來報喪，竟立劉琮爲主。公子差人往襄陽探聽，回說是實。恐使君不知，特差某賫哀書呈報。并求使君盡起麾下精兵，同往襄陽問罪。」

玄德看書畢，謂伊籍曰：「機伯只知劉琮僭立，更不知劉琮已將荊、襄九郡獻與曹操矣！」籍大驚！曰：「使君何以知之？」玄德具言拏獲宋忠之事。籍曰：「若如此，使君不如以弔喪爲名，前赴襄陽。誘劉琮出迎，就便擒下，誅其黨類。則荊州屬使君矣！」

孔明曰：「機伯之言是也。主公可從之！」玄德垂淚曰：「吾兄臨危託孤於我。今若執其子而奪其地，異日死於九泉之下，何面目復見吾兄乎？」◎18孔明曰：「如不行此事，今曹兵已到宛城，何以拒敵？」玄德曰：「不如走樊城以避之。」正商議間，探馬飛報：「曹兵已到博望了！」玄德慌忙發付伊籍回江夏，整頓軍馬。一面與孔明商議拒敵之計。

孔明曰：「主公且寬心，前番一把火燒了夏侯惇大半人馬。今番曹軍又來，必教他中這條計！我等在新野住不得了。不如早到樊城去。」便差人四門張榜，曉諭

居民：「無論老幼男女，願從者，即於今日皆跟我往樊城暫避，不可自誤。」差孫乾往河邊調撥船隻，救濟百姓。差糜竺護送各官家眷到樊城。◎19

一面聚諸將聽令。先教雲長：「引一千軍去白河上流頭埋伏。各帶布袋，多裝沙土，遏住白河之水。至來日三更後，只聽下流頭人喊馬嘶，急取布袋放水渰之，卻順水殺將下來接應。」

又喚張飛：「引一千軍去博陵渡口埋伏。此處水勢最慢，曹軍被渰，必從此逃難。可便乘勢殺來接應。」

又喚趙雲「引軍三千，分為四隊。自領一隊伏於東門外，其三隊分伏西、南、北三門。卻先於城內人家屋上，多藏硫磺焰硝，引火之物。曹軍入城，必安歇民房。來日黃昏後，必有大風。◎20但看風起，便令西、南、北三門伏軍盡將火箭射入城去。待城中火勢大作，卻於城外吶喊助威。只當東門放他出走，汝卻於東門外從後擊之！◎21天明，會合關、張二將，收軍回樊城。」

〈評點〉

◎17：宋忠且不殺，豈肯殺劉琮母子乎？（毛宗崗）

◎18：劉琮既降曹操，則玄德非取荊州於劉琮，而取荊州於曹操也。何尚以劉表為言乎？（毛宗崗）

◎19：先言百姓，後及各官家眷，足見愛民之至。（毛宗崗）

◎20：不知天時者，不可以為軍師。（毛宗崗）

再令糜芳、劉封二人：「帶二千軍，一半紅旗，一半青旗，去新野外三十里鵲尾坡前屯住。一見曹軍到，紅旗軍走在左，青旗軍走在右，他心疑，必不敢追。汝二人卻去分頭埋伏。只望城中火起，便可追殺敗兵。然後卻來白河上流頭接應。」孔明分撥已定，乃與玄德登高瞭望，只候捷音。

卻說曹仁、曹洪引軍十萬爲前隊。前面已有許褚引三千鐵甲軍開路，浩浩蕩蕩，殺奔新野來。

是日午牌時分，來到鵲尾坡，望見坡前一簇人馬，盡打青、紅旗號。許褚催軍向前，劉封、糜芳分爲四隊，青、紅旗各歸左右。許褚勒馬，教：「且休進！前面必有伏兵。我兵只在此處住下。」許褚一騎馬飛報前隊曹仁。曹仁曰：「此是疑兵，必無埋伏。可速進兵！我當催軍繼至。」

許褚復回坡前，提兵殺入。至林下追尋時，

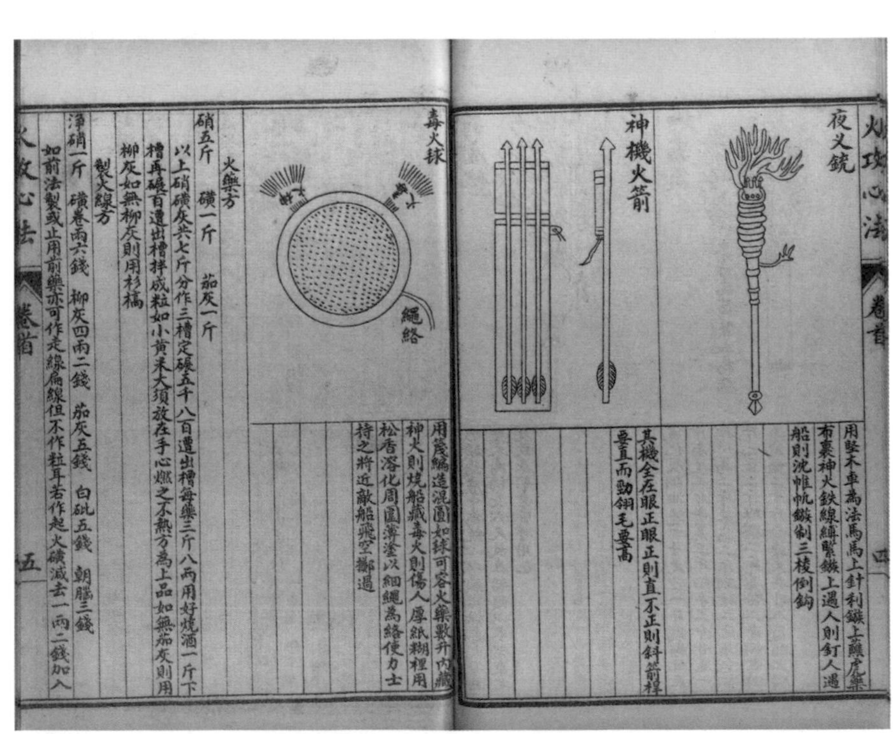

◆諸葛亮《火攻心法》。中國國家圖書館藏。（Legacy images 提供）

不見一人。時日已墜西，許褚方欲前進，只聽得山上大吹大擂；抬頭看時，只見山頂上一簇旗，旗叢中兩把傘蓋，左玄德，右孔明。二人對坐飲酒。

許褚大怒！引軍尋路上山。山上擂木礮石打將下來，不能前進。又聞山後喊聲大震！欲尋路廝殺，天色已晚。曹仁領兵到，教且奪新野城歇馬。

軍士至城下時，只見四門大開。曹兵突入，並無阻擋。城中亦不見一人，竟是一座空城了！◎22

曹洪曰：「此是勢孤計窮，故盡帶百姓逃竄去了！我軍權且在城安歇，來日平明進兵。」此時各軍走乏，都已饑餓，皆去奪房造飯。曹仁、曹洪就在衙內安歇。

初更以後，狂風大作！守門軍士飛報：「火起！」曹仁曰：「此必軍士造飯不小心，遺漏之火！不可自驚。」說猶未了！接連幾次飛報：「西、南、北，三門皆火起！」◎23曹仁急令眾將上馬時，滿縣火起，上下通紅。是夜之火，更勝前日博望燒屯之火。後人有詩嘆曰：

「奸雄曹操守中原，九月南征到漢川；
風伯怒臨新野縣，祝融※6飛下焰摩天。」

〈評點〉

◎21：從後擊之，趕他到水邊去。（李漁）
◎22：誰知以此空城作爐窑。（毛宗崗）
◎23：不見兵，只見火。奇幻！（毛宗崗）

注釋

※6：一說爲帝嚳時的火官，後人尊爲火神。

◆諸葛亮火燒新野。許褚見劉備與諸葛亮在山頂對飲，大怒，卻無法上山廝殺。（fotoe提供）

曹仁引眾將突烟冒火，尋路奔走——聞說東門無火，急急奔出東門。軍士自相踐踏，死者無數。

曹仁等方纔脫得火厄，背後一聲喊起！趙雲引軍趕來混戰。敗軍各逃性命，誰肯回身廝殺？正奔走間，糜芳引一軍至，又衝殺一陣，曹仁大敗，奪路而走。劉封又引一軍截殺一陣。

到四更時分，人馬困乏，軍士大半焦頭爛額，奔至白河邊，喜得河水不甚深，人馬都下河喫水，人相喧嚷，馬盡嘶鳴。

卻說雲長在上流用布袋遏住河水。黃昏時分，望見新野火起。至四更，忽聽得下流頭人語馬嘶！急令軍士一齊掣起布袋，水勢滔天，望下流衝去！曹軍人馬俱溺於水中，死者極多。◎24

曹仁引眾將望水勢慢處奪路而走。行到博陵渡口，只聽喊聲大起！一軍攔路。當先大將乃張飛也！大叫：「曹賊快來納命！」曹軍大驚！正是：

「城內纔看紅焰吐，水邊又遇黑風來。」

未知曹仁性命如何？且看下文分解……

〈評點〉

◎24：既用火燒，又用水浸。十萬之眾，不為灰，定為泥矣！（毛宗崗）

第四十一回　劉玄德攜民渡江　趙子龍單騎救主

卻說張飛因關公放了上流水，遂引軍從下流殺將來，截住曹仁混殺。忽遇許褚，便與交鋒，許褚不敢戀戰，奪路走脫。張飛趕來，接著玄德、孔明，一同沿河到上流。劉封、糜芳已安排船隻等候。遂一齊渡河，盡望樊城而去。孔明教將船筏放火燒毀。

卻說曹仁收拾殘軍，就新野屯住。使曹洪去見曹操，俱言失利之事。操大怒！曰：「諸葛村夫，安敢如此？」催動三軍，漫山塞野，盡至新野下寨。傳令軍士一面搜山，一面填塞白河。令大軍分作八路，一齊去取樊城。

劉曄曰：「丞相初至襄陽，必須先買民心。今劉備盡遷新野百姓入樊城，若我兵逕進，二縣為齏粉矣！不如先使人招降劉備。備即不降，亦可見我愛民之心！若其來降，則荊州之地可不戰而定也！」

操從其言，便問：「誰可為使？」劉曄曰：「徐庶與劉備至

◆河南南陽臥龍崗的「布衣」諸葛亮蠟像。因諸葛亮曾隱居鄉里，曹操蔑稱他為「諸葛村夫」。（王士敏／fotoe提供）

厚。今現在軍中，何不命他一往？」操曰：「他去恐不復來！」曄曰：「他若不來，貽笑於人矣！丞相勿疑。」

操乃召徐庶至，謂曰：「我本欲踏平樊城，奈憐眾百姓之命。公可往說劉備：『如肯來降，免罪賜爵。若更執迷，軍民共戮！玉石俱焚！』吾知公忠義，故特使公往，願勿相負。」◎1

徐庶受命而行。至樊城，玄德、孔明接見，共訴舊日之情。庶曰：「曹操使庶來招降使君，乃假買民心也。今彼分兵八路，填白河而進，樊城恐不可守。宜速作行計。」玄德欲留徐庶，庶謝曰：「某若不還，恐惹人笑我。今老母已喪，抱恨終天。身雖在彼，誓不為設一謀！公有臥龍輔佐，何愁大業不成？庶請辭。」◎2玄德不敢強留。◎3

徐庶辭回。見了曹操，言玄德並無降意。操大怒！即日進兵。

玄德問計於孔明。孔明曰：「可速棄樊城，取襄陽暫歇！」玄德曰：「奈百姓

〈評點〉

◎1：明知備之不降，而招之；又明知庶之不勸備降，而遣之。皆詐也。不過「先禮後兵」，以示虛惠於百姓耳。（毛宗崗）

◎2：若無臥龍輔佐，此時徐庶亦不留乎？或曰：「徐庶孝子也！母雖死，而墳墓在焉！故不敢絕操耳。」（毛宗崗）

◎3：豪傑相與，心期如此，豈比今日市交面友也乎！（李贄）

相隨許久，安忍棄之？」孔明曰：「可令人遍告百姓，有願隨者同去，不願者留下。」

玄德先使雲長往江岸整頓船隻。令孫乾、簡雍在城中聲揚曰：「今曹兵將至，孤城不可久守。百姓願隨者便同過江。」兩縣之民齊聲大呼曰：「我等雖死，亦願隨使君！」◎4即日號泣而行，扶老攜幼，將男帶女，滾滾渡河。兩岸哭聲不絕。

玄德於船上望見，大慟曰：「爲吾一人，而使百姓遭此大難，吾何生哉？」欲投江而死。左右急救止。聞者莫不痛哭。◎5

船到南岸，回顧百姓，有未渡者望南而哭。玄德急令雲長催船渡之，方纔上馬。

行至襄陽東門，只見城上遍插旌旗，濠邊密布鹿角。玄德勒馬，大叫曰：「劉琮賢姪，吾但欲救百姓，並

◆劉玄德攜民渡江。劉備不忍遺棄百姓，讓關羽回船渡過北岸之人，共同前行。（fotoe提供）

無他念。可快開門！」劉琮聞玄德至，懼而不出。蔡瑁、張允逕來敵樓上，叱軍士亂箭射下！城外百姓皆望敵樓而哭。

城中忽有一將引數百人逕上城樓，大喝：「蔡瑁、張允賣國之賊！劉使君乃仁德之人，今爲救民而來投，何得相拒？」眾視其人，身長八尺，面如重棗。乃義陽人也，姓魏名延，字文長。

當下魏延輪刀砍死守門將士，開了城門，放下吊橋，大叫：「劉皇叔快領兵入城，共殺賣國之賊！」◎6張飛便躍馬欲入，玄德急止之曰：「休驚百姓。」魏延只管招呼玄德軍馬入城，只見城內一將飛馬引軍而出，大喝：「魏延無名小卒，安敢造亂？認得我大將文聘麼？」魏延大怒！提刀躍馬，便來交戰。兩下軍兵在城邊混殺，喊聲大震！

玄德曰：「本欲保民，反害民也！吾不願入襄陽。」◎7孔明曰：「江陵乃荊

〈評點〉

◎4：此之謂人和。（毛宗崗）

◎5：或曰：「玄德之欲投江，與曹操之買民心一樣，都是假處。」然曹操之假，百姓知之。玄德之假，百姓偏不以爲假。雖同一假也，而玄德勝曹操多矣！（毛宗崗）

◎6：暢快。（李贄）

◎7：處處以百姓爲重。（毛宗崗）

◆魏延（？～234），字文長，義陽新野（今河南桐柏縣）人，三國蜀漢著名將領。為人孤高，善養兵卒，勇猛過人，跟隨劉備入川後表現突出，屢次被委以重任。但和蜀漢重臣楊儀不和。諸葛亮死後，魏延率軍欲殺楊儀，反被楊儀派馬岱殺死，夷滅三族。（葉雄繪）

州要地，不如先取江陵爲家。」玄德曰：「正合吾意。」於是引著百姓，盡離襄陽大路，望江陵而走。襄陽城中百姓，多有乘亂逃出城來，跟玄德而去。

魏延與文聘交戰，從巳至未，兩下兵卒皆已折盡。延乃撥馬而逃，卻尋不見玄德。自投長沙太守韓玄去了。

卻說玄德同行軍民十餘萬，大小車數千輛，挑擔背負者，不計其數。路過劉表之墓，玄德率眾將拜於墓前，哭告曰：「辱弟備，無德無才，負兄寄託之重。罪在備一身，與百姓無干，望兄英靈垂救荊、襄之民。」言甚悲切！軍民無不下淚。

忽哨馬報說：「曹操大軍已屯樊城。使人收拾船筏，即日渡江趕來也！」眾將皆曰：「江陵要地，足可拒守。今擁民眾數萬，日行十餘里，似此幾時得至江陵？倘曹兵到，如何迎敵？不如暫棄百姓，先行爲上。」玄德泣曰：「舉大事者必以人爲本。今人歸我，奈何棄之？」◎8百姓聞玄德此言，莫不傷感。後人有詩讚之曰：

「臨難仁心存百姓，登舟揮淚動三軍。至今憑弔襄江口，父老猶然憶使君。」

卻說玄德擁著百姓，緩緩而行。孔明曰：「追兵不久即至！可遣雲長往江夏求救於公子劉琦，教他速起兵乘船，會於江陵。」◎9玄德從之，即修書令雲長同孫

◆文聘（？～226），字仲業，南陽宛（今河南省南陽市）人，初為劉表大將，後降曹操，成為曹魏名將。（葉雄繪）

乾帶五百軍往江夏求救。令張飛斷後，趙雲保護老小。其餘俱管顧百姓而行，每日只走十餘里便歇。

卻說曹操在樊城，使人渡江至襄陽召劉琮相見。琮懼怕，不敢往見，蔡瑁、張允請行。王威密告琮曰：「將軍既降，玄德又走，曹操必懈弛無備。願將軍奮整奇兵，設於險處擊之！操可獲矣！獲操則威震天下，中原雖廣，可傳檄而定。此難遇之機，不可失也。」

琮以其言告蔡瑁。瑁叱王威曰：「汝不知天命，安敢妄言？」威怒罵曰：「賣國之徒！吾恨不生啖汝肉。」瑁欲殺之，蒯越勸止。◎10

瑁遂與張允同至樊城，拜見曹操，瑁等辭色甚是諂佞。操問：「荊州軍馬錢糧，今有多少？」瑁曰：「馬軍五萬，步軍十五萬，水軍八萬，共二十八萬。錢糧大半在江陵，其餘各處亦足供給一載。」操曰：「戰船多少？原是何人管領？」瑁曰：「大小戰船共七千餘隻。原是瑁等二人掌管。」操遂加瑁為鎮南侯「水軍大都督」，張允為助順侯「水軍副都督」。二人大喜拜謝。

〈評點〉

◎8：不攜百姓則已，既已攜之，豈可攜於前而棄於後？到底同行，亦必然之勢也！（毛宗崗）

◎9：方知前日為劉琦畫策，已早為今日玄德伏線。（毛宗崗）

◎10：李珪死而王威不死，亦僥倖耳。（毛宗崗）

操又曰：「劉景升既死，其子降順，吾當表奏天子，使永爲荊州之主。」二人大喜而退。荀攸曰：「蔡瑁、張允乃諂佞之徒，主公何遂加以如此顯爵？更教都督水軍乎？」操笑曰：「吾豈不識人？止因吾所領北地之眾不習水戰，故且權用此二人。待成事之後，別有理會。」◎11

卻說蔡瑁、張允歸見劉琮，具言曹操許保奏將軍永鎮荊、襄。琮大喜。次日，與母蔡夫人齎捧印綬兵符，親自渡江拜迎曹操。操撫慰畢，即引隨征將軍，進屯襄陽城外。

蔡瑁、張允令襄陽百姓焚香拜接，曹操俱用好言撫諭。入城，至府中坐定。即召蒯越近前，撫慰曰：「吾不喜得荊州，喜得異度也。」遂封蒯越爲「江陵太守」樊城侯，傅巽、王粲等皆爲「關內侯」。而以劉琮爲「青州刺史」，便教起程。

琮聞令大驚！辭曰：「琮不願爲官，願守父母鄉土。」操曰：「青州近帝都，教你隨朝爲官，免在荊、襄，被人圖害。」琮再三推辭，曹操不准。琮只得與母蔡夫人同赴青州，只有故將王威相隨。其餘官員，俱送至江口而回。

操喚于禁囑付曰：「你可輕騎追劉琮母子殺之！以絕後患。」于禁得令，領眾趕上，大喝曰：「我奉丞相令，教來殺汝母子。可早納下首級！」蔡夫人抱劉琮而大哭。◎12于禁喝令軍士下手，王威忿怒！奮力相鬥，竟被眾軍所殺。軍士殺死劉琮及蔡夫人，于禁回報曹操，操重賞于禁。便使人往隆中搜尋孔明妻小，卻不知去向，原來孔明先已令人搬送至三江內隱避矣！◎13操深恨之。

襄陽既定。荀攸進言曰：「江陵乃荊、襄重地，錢糧極廣。劉備若據此地，急難搖動。」操曰：「孤豈忘之？」隨命於襄陽諸將中選一員引軍開道，諸將中卻獨不見文聘。操使人尋問，方纔來見。

操曰：「汝來何遲？」對曰：「爲人臣而不能使其主保全境土，心實悲慚，無顏早見耳！」言訖欷歔流涕。操曰：「眞忠臣也！」除「江夏太守」，賜爵「關內侯」。便教引軍開道。

探馬報說：「劉備帶領百姓，日行止十數里。計程只有三百餘里。」操教各部下精選五千鐵騎，星夜前進。限一日一夜趕上劉備，大軍陸續隨後而進。

卻說玄德引十數萬百姓，三千餘軍馬，一程程挨著，往江陵進發。趙雲保護老小，張飛斷後。孔明曰：「雲長往江夏去了，絕無回音。不知若何？」玄德曰：「敢煩軍師親自走一遭，劉琦感公昔日之教，今若見公親至，事必諧矣！」孔明允諾。便同劉封引五百軍先往江夏求救去了。

當日，玄德自與簡雍、糜竺、糜芳同行。正行間，忽然一陣狂風在馬前刮起。

〈評點〉

◎11：奸雄用人全是權詐，可恨！可愛！（毛宗崗）

◎12：勢所必然。早知今日，悔不當初。（李漁）

◎13：徐庶之母被執，而孔明之家杳然。畢竟臥龍妙人，勝元直十倍。（毛宗崗）

塵土沖天，平遮紅日。◎14玄德驚曰：「此何兆也？」簡雍頗明陰陽。袖占一課，失驚曰：「此大凶之兆也！應在今夜。主公可速棄百姓而走。」玄德曰：「百姓從新野相隨至此，吾安忍棄之？」◎15雍曰：「主公若戀而不棄，禍不遠矣！」

玄德問：「前面是何處？」左右答曰：「前面是當陽縣，有座山名爲景山。」玄德便教就此山紮住。時秋末冬初，涼風透骨。黃昏將近，哭聲遍野。

至四更時分，只聽得西北喊聲震地而來！玄德大驚，急上馬引本部精兵二千餘人迎敵。曹兵掩至，勢不可當。玄德死戰，正在危迫之際，幸得張飛引軍至，殺開一條血路，救玄德望東而走。文聘當先攔住，玄德罵曰：「背主之賊，尚有何面目見人？」文聘羞慚滿面，引兵自投東北去了。

張飛保著玄德，且戰且走。奔至天明，聞喊聲漸漸遠去，玄德乃纔歇馬。看手下隨行人，止有百餘騎。百姓老小，并糜竺、糜芳、簡雍、趙雲等一干人，皆不知下落。玄德大哭曰：「十數萬生靈，皆因戀我，遭此大難。諸將及老小皆不知存亡，雖土木之人，寧不悲乎？」

◆清代楊柳青年畫《當陽長坂坡》，描繪劉備等棄城渡江、張飛斷後，奔向長坂坡，而曹營大將許褚、張郃已尾追而來的情景。（fotoe提供）

正悽惶時，忽見糜芳面帶數箭，踉蹌而來。口言：「趙子龍反投曹操去了也！」玄德叱曰：「子龍是吾故交，安肯反乎？」

張飛曰：「他今見我勢窮力盡，或者反投曹操，以圖富貴耳。」玄德曰：「子龍從我於患難，心如鐵石，非富貴所能動搖也。」◎16糜芳曰：「我親見他投西北去了！」張飛曰：「待我親自尋他去。若撞見時，一槍刺死！」◎17玄德曰：「休錯疑了，豈不見你二兄誅顏良文醜之事乎？子龍此去，必有事故。我料子龍必不棄我也！」張飛那裏肯聽？引二十餘騎而去。

至長坂橋，見橋東有一帶樹木。飛生一計，教所從二十餘騎都砍下樹枝，拴在馬尾上，在樹林內往來馳騁，沖起塵土，以爲疑兵。◎18飛卻親自橫矛立馬於橋上，向西而望。

卻說趙雲自四更時分與曹軍廝殺，往來衝突，殺至天明，尋不見玄德，又失了玄德老小。雲自思曰：「主公將甘、糜二夫人與小主人阿斗託付在我身上。今日軍

〈評點〉

◎14：未寫兵來，先寫風報。使人凜凜。（毛宗崗）

◎15：仁人。（李贄）

◎16：知心之語！（毛宗崗）

◎17：讀者至此，爲趙雲寒心。（毛宗崗）

◎18：趣事。（李贄）

中失散，有何面目去見主公？不如去決一死戰，好歹要尋主母與小主人下落。」回顧左右，只有三四十騎相隨。雲拍馬在亂軍中尋覓，二縣百姓號哭之聲震天動地！中箭著槍，拋男棄女而走者不計其數。

趙雲正走之間，見一人臥在草中，視之，乃簡雍也。雲急問曰：「曾見兩位主母否？」雍曰：「二主母棄了車仗，抱阿斗而走。我飛馬趕去，轉過山坡，被一將刺了一槍，跌下馬來！馬被奪去，我爭鬪不得，故臥在此。」

雲乃將從人所騎之馬借一匹與簡雍騎坐，又著二卒：「扶護簡雍，先去報與主公。我上天入地，好歹尋主母與小主人來。如尋不見，死在沙場上也！」說罷，拍馬望長坂坡而去。

忽一人大叫：「趙將軍那裏去？」雲勒馬，問曰：「你是何人？」答曰：「我乃劉使君帳下護送車仗的軍士。被箭射倒在此。」趙雲便問二夫人消息。軍士曰：「恰纔見甘夫人披頭跣足※1，相

◆木偶雕刻三國人物：趙子龍。（徐竹初刻／上海人民美術出版社）

隨一夥百姓婦女，投南而走。」

雲見說，也不顧軍士，急縱馬望南趕去。只見一夥百姓，男女數百人，相攜而走。雲大叫曰：「內中有甘夫人否？」夫人在後面望見趙雲，放聲大哭！

雲下馬，插槍而泣曰：「使主母失散，雲之罪也。糜夫人與小主人安在？」甘夫人曰：「我與糜夫人被逐，棄了車仗，雜於百姓內步行。又撞見一枝軍馬，衝散糜夫人與阿斗，不知何往。我獨自逃生至此。」◎19

正言間，百姓發喊，又衝出一枝軍來。趙雲拔槍上馬看時，面前馬上綁著一人，乃糜竺也。背後一將，手提大刀，引著千餘軍，乃曹仁部將淳于導，拏住糜竺，正要解去獻功。

趙雲大喝一聲，挺槍縱馬，直取淳于導。導抵敵不住，被雲一槍刺落馬下，雲向前救了糜竺，奪得馬二匹。

雲請甘夫人上馬，殺開條血路，直送至長坂坡，只見張飛橫矛立馬於橋上，大叫：「子龍！你如何反我哥哥？」雲曰：「我尋不見主母與小主人，因此落後。何言反耶？」飛曰：「若非簡雍先來報信，我今見你，怎肯干休也？」

雲曰：「主公在何處？」飛曰：「只在前面不遠。」雲謂糜竺曰：「糜子仲保

〈評點〉

◎19：糜夫人失散，借甘夫人口中點出。又省筆。（毛宗崗）

注釋

※1：赤腳。

甘夫人先行，待我往尋糜夫人與小主人去！」言罷，引數騎再回舊路。◎20

正走之間，見一將手提鐵槍，背著一口劍，引十數騎躍馬而來！趙雲便不打話，直取那將。交馬只一合，把那將一槍刺倒，從騎皆走。◎21原來那將乃曹操隨身背劍之將夏侯恩也。曹操有寶劍二口，一名「倚天」，一名「青釭」。倚天劍自佩之，青釭劍令夏侯恩佩之。那青釭劍砍鐵如泥，鋒利無比。當時夏侯恩自恃勇力，背著曹操，只顧引人搶奪擄掠。不想撞著趙雲，被他一槍刺死，奪了那口劍。看靶上有金嵌「青釭」二字，方知是寶劍也。

雲插劍提槍，復殺入重圍。回顧手下從騎，已沒一人，只剩得孤身。雲並無半點退心，只顧往來尋覓。但逢百姓便問糜夫人消息。忽一人指曰：「夫人抱著孩兒，左腿上著了槍，行走不得。只在前面牆缺內坐地。」趙雲聽了，連忙追尋。

只見一個人家，被火燒壞土牆，糜夫人抱著阿斗，坐於牆下枯井之旁啼哭。雲急下馬，伏地而拜。夫人曰：「妾得見將軍，阿斗有命矣！望將軍可憐他父親飄蕩半世，只有這點骨血。將軍可護持此子，教他得見父面，妾死無恨！」◎22

雲曰：「夫人受難，雲之罪也。不必多言，請夫人上馬，雲自步行死戰，保夫人透出重圍。」糜夫人曰：「不可。將軍豈可無馬？此子全賴將軍保護。妾已重傷，死不足惜。望將軍速抱此子前去，勿以妾為累也！」

雲曰：「喊聲將近，追兵已至！請夫人速速上馬！」糜夫人曰：「妾身委實難

去，休得兩誤。」乃將阿斗遞與趙雲，曰：「此子性命全在將軍身上！」◎23

趙雲三回五次請夫人上馬，夫人只不肯上馬，四邊喊聲又起！雲厲聲曰：「夫人不聽吾言，追軍若至，爲之奈何？」糜夫人乃棄阿斗於地，翻身投入枯井中而死。◎24後人有詩讚之曰：

「戰將全憑馬力多，步行怎把幼君扶？
拚將一死存劉嗣，勇決還虧女丈夫。」

趙雲見夫人已死，恐曹軍盜屍，便將土牆推倒，掩蓋枯井。掩訖，解開勒甲絲※2，放下掩心鏡。將阿斗抱護在懷，綽槍上馬。早有一將引一隊步軍至，乃曹洪

〈評點〉

◎20：妙在此時不即見玄德。（毛宗崗）

◎21：好個趙子龍。（李贄）

◎22：阿斗乃甘夫人所生，而患難之中糜夫人能擕持付託，勝如己出，更自難得。（毛宗崗）

◎23：人知昭烈在白帝城託阿斗於孔明，不知糜夫人在長坂坡託阿斗於子龍。一樣付託之重。（毛宗崗）

◎24：人但知趙雲不惜死以保其主，不知糜夫人不惜死以保其子。趙雲固奇男子，糜夫人亦奇婦人。（毛宗崗）

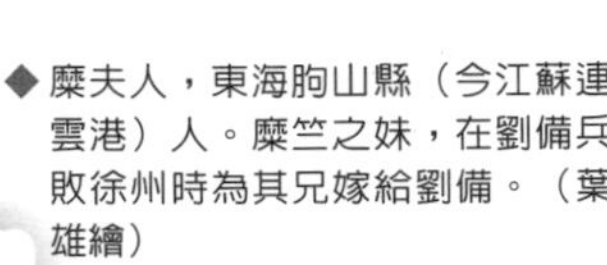

◆糜夫人，東海朐山縣（今江蘇連雲港）人。糜竺之妹，在劉備兵敗徐州時為其兄嫁給劉備。（葉雄繪）

注釋

※2：絲編的腰帶。

部將晏明也，持三尖兩刃刀來戰趙雲。不三合，被趙雲一槍刺死。殺散眾軍，衝開一條路。

正走間，前面又一枝軍馬攔路，當先一員大將，旗號分明，大書「河間張郃」，雲更不答話，挺槍便戰。

約十餘合，雲不敢戀戰，奪路而走！◎25背後張郃追來，雲加鞭而行。不想「趷蹬！」※3一聲，連人和馬顛入土坑之內。張郃挺槍來刺，忽然一道紅光從土坑中滾起，那匹馬，平空一躍，跳出坑外。後人有詩曰：

「紅光罩體困龍飛，征馬衝開長坂圍。
四十二年眞命主※4，將軍因得顯神威。」

張郃見了，大驚而退。趙雲縱馬正走，背後忽有二將大叫：「趙雲休走！」前面又有二將，使兩般軍器，截住去路。後面趕的是馬延、張顗，前面阻的是焦觸、張南。都是袁紹手下降將。

趙雲力戰四將，曹軍一齊擁至。雲乃拔青釭劍亂砍。手起處，衣甲透過，血如湧泉！殺退眾軍將，直透重圍。◎26

卻說曹操在景山頂上，望見一將，所到之處，威不可當。急問左右：「是誰？」曹洪飛馬下山，大叫：「軍中戰將，可留姓

◆清代楊柳青年畫《長坂坡》。趙子龍單槍匹馬，力敵萬軍，懷中阿斗的頭頂上現出一個龍形，預示阿斗日後為帝。（王樹村提供／百花文藝出版社）

名！」雲應聲曰：「吾乃常山趙子龍也。」曹洪回報曹操。操曰：「眞虎將也！吾當生致之。」遂令飛馬傳報各處：「趙雲到，不許放冷箭，只要捉活的。」因此趙雲得脫此難。此亦阿斗之福所致也。◎27這一場殺，趙雲懷抱後主，直透重圍。砍倒大旗兩面，奪搠三條，前後槍刺劍砍，殺死曹營名將五十餘員。後人有詩曰：

「血染征袍透甲紅，當陽誰敢與爭鋒？
古來衝陣扶危主，只有常山趙子龍。」

趙雲當下殺透重圍，已離大陣，血滿征袍。正行間，山坡下又撞出兩枝軍，乃夏侯惇部將鍾縉、鍾紳兄弟二人。一個使大斧，一個使畫戟，大喝：「趙雲！快下馬受縛！」正是：

「纔離虎窟逃生去，又遇龍潭鼓浪來。」

究竟子龍怎能脫身？且看下文分解……

◆1990年發行的三國故事主題郵票《單騎救主》。（Legacy images提供）

〈評點〉

◎25：勇也，智也，雲也，龍也。（李贄）

◎26：前有好馬，此有好劍，所以子龍愈好也。（李贄）

◎27：曹操要捉生趙雲，卻使趙雲保得活阿斗。（毛宗崗）

注釋

※3：這裏是形容跌倒的聲音。

※4：指蜀後主劉禪，公元223到263年在位，實際上當了41年皇帝。

第四十二回　張翼德大鬧長坂橋　劉豫州敗走漢津口

卻說鍾縉、鍾紳二人攔住趙雲厮殺！趙雲挺槍便刺！鍾縉當先，揮大斧來迎。兩馬相交，戰不三合，被雲一槍刺落馬下，雲奪路便走。背後鍾紳持戟趕來，馬尾相啣，那枝戟只在趙雲後心內弄影，雲急撥轉馬頭，恰好兩胸相拍，雲左手持槍，隔過畫戟；右手拔出「青釭」寶劍砍去！帶盔連腦，砍去一半，紳落馬而死。餘眾奔散！

趙雲得脫，望長坂橋而走，只聞後面喊聲大震！原來文聘引軍趕來。趙雲到得橋邊，人困馬乏，◎1見張飛挺矛立馬於橋上。雲大呼曰：「翼德援我！」飛曰：「子龍速行，追兵我自當之。」雲縱馬過橋，行二十餘里，見玄德與眾人憩於樹下。雲下馬伏地而泣，玄德亦泣。

雲喘息而言，曰：「趙雲之罪，萬死猶輕。糜夫人身帶重傷，不肯上馬，投井而死。雲只得推土牆掩之，懷抱公子，身突重圍。賴主公洪福，幸而得脫。適纔公子尚在懷中啼哭，此一會不見動靜，想是不能保也！」遂解視之，原來阿斗正睡著未醒。◎2

雲喜曰：「幸得公子無恙！」雙手遞與玄德。玄德接過，擲之於地，曰：「爲汝這孺子，幾損我一員大將。」◎3趙雲忙向地下抱起阿斗，泣拜曰：「雲雖肝腦塗地，不能報也！」後人有詩讚曰：

「曹操軍中飛虎出，趙雲懷内小龍眠。
無由撫慰忠臣意，故把親兒擲馬前。」

卻說文聘引軍追趙雲。至長坂橋，只見張飛倒豎虎鬚，圓睜環眼，手綽蛇矛，立於橋上。又見橋東樹林之後塵頭大起。疑有伏兵，便勒住馬不敢近前。◎4

俄而，曹仁、夏侯惇、夏侯淵、樂進、張

〈評點〉

◎1：人困馬乏矣！偏又有追軍至！令讀者著急。（毛宗崗）

◎2：睡得著，真有癡福。（李漁）

◎3：袁紹憐幼子，而拒田豐之諫。玄德擲幼子，以結趙雲之心。一智一愚，相去天壤。（毛宗崗）

◎4：可知繫樹枝於馬尾，馳騁林間，的是妙計。（毛宗崗）

◆單騎救主。趙雲一生對劉備父子忠心耿耿，曾幾度在重要關頭保護阿斗安全。（鄧嘉德繪）

遼、張郃、許褚等都至，見飛怒目橫矛，立於橋上，又恐是諸葛孔明之計，都不敢近前。紮住陣腳，一字兒擺在橋西。使人飛報曹操。操聞知，急上馬從陣後來。

張飛圓睜環眼，隱隱見後軍青羅傘蓋，旄鉞旌旗來到。料得是曹操心疑，親自來看。飛乃厲聲大喝！◎5曰：「我乃燕人張翼德也！誰敢與我決一死戰！」聲如巨雷！曹軍聞之，盡皆股栗※1。曹操急令去其傘蓋，回顧左右曰：「吾向曾聞雲長言：『翼德於百萬軍中取上將之首，如探囊取物。』今日相逢，不可輕敵。」言未已，張飛睜目又喝：「燕人張翼德在此！誰敢來決死戰?!」

曹操見張飛如此氣概，頗有退心。飛望見曹操後軍陣腳移動，乃挺矛又喝：「戰又不戰！退又不退！卻是何故?!」

喊聲未絕，曹操身邊夏侯傑驚得肝膽碎裂，倒撞於馬下！操便回馬而走。於是諸將一齊望西逃奔，正是：「黃口孺子，怎聞霹靂之聲？病體樵夫，難聽虎豹之吼。」一時棄槍落盔者，不計其數；人如潮湧，馬似山崩，自相踐踏。◎6後人有詩讚曰：

「長坂橋頭殺氣生，橫槍立馬眼圓睜。一聲好似轟雷震，獨退

◆京劇《長坂坡》中的曹操及曹仁、李典、樂進、夏侯惇、夏侯淵、張郃、許褚、張遼等八員大將。（毛小雨提供／江西美術出版社）

曹家百萬兵。」

卻說曹操懼張飛之威，驟馬望西而走，冠簪盡落，披髮奔逃。張遼、許褚趕上，扯住轡環。曹操倉皇失措。張遼曰：「丞相休驚！料張飛一人，何足深懼？今急回軍殺去，劉備可擒也！」曹操方纔神色稍定。乃令張遼、許褚再至長坂橋探聽消息。

且說張飛見曹軍一擁

◆張翼德大鬧長坂橋。張飛一聲斷喝，夏侯傑嚇破了膽，倒撞於馬下。（fotoe提供）

〈評點〉

◎5：半日不喝，此時方喝。妙！（毛宗崗）

◎6：前因寫趙雲死戰，有死戰之勇；此回寫張飛不戰，有不戰之威！兩樣文章一樣出色。（毛宗崗）

注釋

※1：兩腿發抖。

◆戲曲臉譜《長坂坡》之夏侯傑。曹軍將領，勾白腰子粉塊臉，酒糟鼻頭，額側畫膏藥塊，示其酒囊飯袋，膽小如鼠。（田有亮繪）

而退，不敢追趕，速喚回原隨二十騎，摘去馬尾樹枝，令將橋梁拆斷。◎7然後回馬來見玄德，具言斷橋一事。

玄德曰：「吾弟勇則勇矣！惜失於計較。」飛問其故？玄德曰：「曹操多謀，汝不合拆斷橋梁，彼必追至矣！」飛曰：「他被我一喝，倒退數里，何敢再追？」玄德曰：「若不斷橋，彼恐有埋伏，不敢進兵。今拆斷了橋，彼料我無軍而卻，必追趕。彼有百萬之眾，雖涉江、漢，可填而過，豈懼一橋之斷耶？」於是即起身，從小路斜投漢津，望沔陽路而走。

卻說曹操使張遼、許褚探長坂橋消息。回報曰：「張飛已拆斷橋梁而去矣！」操曰：「彼斷橋而去，乃心怯也！」遂傳令：「差一萬軍，速搭三座浮橋。只今夜就要過。」李典曰：「此恐是諸葛亮之詐謀，不可輕進。」操曰：「張飛一勇之夫，豈有詐謀？」遂傳下號令，火速進兵。

卻說玄德行近漢津，忽見後面塵頭大起，鼓聲連天，喊聲震地！玄德曰：「前有大江，後有追兵。如之奈何？」急令趙雲準備抵敵。

曹操下令軍中曰：「今劉備釜中之魚，穽中之虎。若不就此時擒捉，如放魚入海，縱虎歸山矣！◎8眾將可努力向前！」眾將領命，一個個奮威追趕。

忽山坡後鼓聲響處，一隊軍馬飛出，大叫曰：「我在此等候多時了！」當頭那員大將，手執青龍刀，坐下赤兔馬，原來是關雲長去江夏借得軍馬一萬，探知當陽、長坂大戰，特地從此路截出。曹操一見雲長，即勒住馬，回顧眾將曰：「又中諸葛亮之計也！」◎9傳令大軍：「速退！」

雲長追趕十數里，即回軍保護玄德等。到漢津，已有船隻伺候。雲長請玄德并甘夫人、阿斗至船中坐定。

雲長問曰：「二嫂嫂如何不見？」玄德訴說當陽

〈評點〉

◎7：失算矣！（毛宗崗）

◎8：劉備此時此勢，果然不差。（李漁）

◎9：與李典之言相照。（毛宗崗）

◆清代年畫《張翼德大鬧長坂坡》。趙雲之勇，張飛之威，相得益彰。
（清末民間年畫，徐震時提供／人民美術出版社）

之事。雲長嘆曰：「曩日※2獵於許田時，若從吾意，可無今日之患！」玄德曰：「我於其時，亦『投鼠忌器』耳。」

正說之間，忽見江南岸戰鼓大鳴，舟船如蟻，順風揚帆而來。玄德大驚！船來至近，只見一人白袍銀鎧，立於船頭上，大呼曰：「叔父別來無恙？小姪得罪！」玄德視之，乃劉琦也。

琦過船，哭拜。曰：「聞叔父困於曹操，小姪特來接應。」玄德大喜！遂合兵一處，放舟而行。

在船中正訴情由，忽西南上戰船一字兒擺開，乘風唿哨※3而至！劉琦驚曰：「江夏之兵小姪已盡起至此矣！今有戰船攔路，非曹操之軍，即江東之軍也。如之奈何？」玄德出船頭視之！見一人綸巾道服，坐在船頭上，乃孔明也。背後立著孫乾。◎10

◆民間藝術：捏麵工藝者和三國人物作品。（張登偉／fotoe 提供）

玄德慌請過船，問其：「何故卻在此？」孔明曰：「亮自至江夏，先令雲長於漢津登陸地而接。我料曹操必追趕，主公必不從江陵來，必斜取漢津矣！故特請公子先來接應。我竟往夏口盡取軍前來相助。」玄德大悅。合爲一處，商議破曹之策。

孔明曰：「夏口城險，頗有錢糧，可以久守。請主公且到夏口屯住；公子自回江夏整頓戰船，收拾軍器。爲犄角之勢，可以抵擋曹操。若共歸江夏，則勢反孤矣！」劉琦曰：「軍師之言甚善！但愚意欲請叔父暫至江夏，整頓軍馬停當，再回夏口不遲。」玄德曰：「賢姪之言亦是。」遂留下雲長，

◆劉豫州敗走漢津口。劉備、劉琦與諸葛亮、孫乾在江上會合。（fotoe提供）

〈評點〉

◎10：只雲長、劉琦、孔明三人，分作三次相見。皆故作驚人之筆。（毛宗崗）

注釋

※2：昔日。

※3：哨聲，這裏比喻船行之快。

引五千軍守夏口。玄德、孔明、劉琦共投江夏。

卻說曹操見雲長在旱路引軍截出，疑有伏兵，不敢來追。又恐水路先被玄德奪了江陵，便星夜提兵赴江陵來。荊州「治中」鄧義、「別駕」劉先已備知襄陽之事。料不能抵敵曹操，遂引荊州軍民出郭投降。

曹操入城，安民已定。釋韓嵩之囚，加爲「大鴻臚」。其餘眾官各有封賞。

曹操與眾將議曰：「今劉備已投江夏。恐結連東吳，是滋蔓也。當用何計破之？」荀攸曰：「我今大振兵威！遣使馳檄江東，請孫權會獵於江夏，共擒劉備，分荊州之地，永結盟好。孫權必驚疑而來降，則吾事濟矣！」◎11操從其計，一面發檄遣使赴東吳，一面計點馬步水軍，共八十三萬，詐稱一百萬。水陸並進，船騎雙行，沿江而來。西連荊、陝，東接蘄、黃。寨柵連絡三百餘里。◎12

話分兩頭。卻說江東孫權屯兵柴桑郡，聞曹操大軍至襄陽，劉琮已降。今又星夜兼道取江陵。乃集眾謀士商議禦守之策。

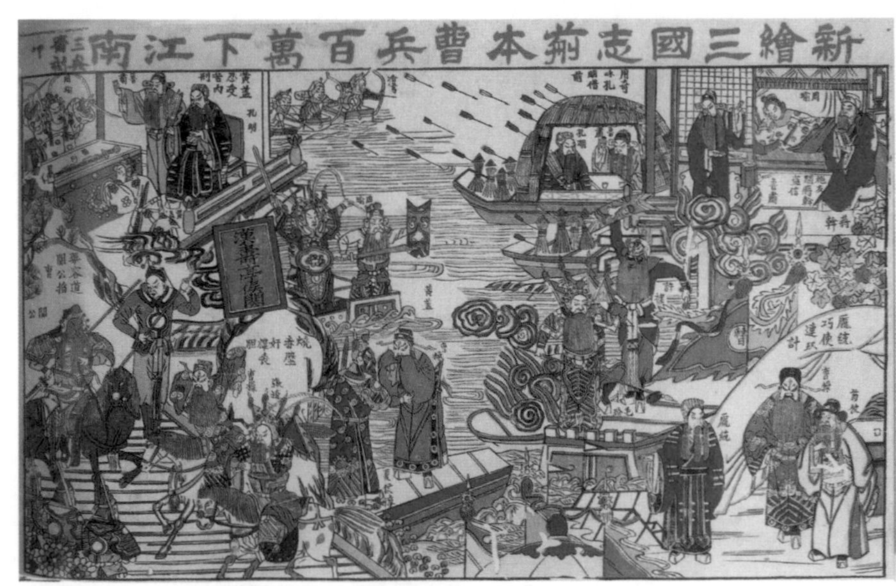

◆ 清末上海年畫《曹兵百萬下江南》，描繪赤壁之戰的前後經過。
（清末民間年畫，徐震時提供／人民美術出版社）

魯肅曰：「荊州與國鄰接。江山險固，士民殷富。吾若據而有之，此帝王之資也。今劉表新亡，劉備新敗。肅請奉命往江夏弔喪，因說劉備使撫劉表眾將，同心一意，共破曹操。備若喜而從命，則大事可成矣！」◎13權喜，從其言。即遣魯肅齎禮往江夏弔喪。

卻說玄德至江夏。與孔明、劉琦共議良策。孔明曰：「曹操勢大，急難抵敵。不如往投東吳孫權，以爲應援。使南北相持，吾等於中取利。有何不可？」◎14玄德曰：「江東人物極多，必有遠謀。安肯相容耶？」

孔明笑曰：「今操引百萬之眾，虎踞江、漢，江東安得不使人來探聽虛實？若有人到此，亮借一帆風，直至江東，憑三寸不爛之舌，說南北兩軍互相吞併。若南軍勝，共誅曹操，以取荊州之地。若北軍勝，則我乘勢取江南可也。」玄德曰：「此論甚高。但如何得江東人到？」正說間，人報：「江東孫權差魯肅來弔喪。船已傍岸。」孔明笑曰：「大事濟矣！」遂問劉琦曰：「往日孫策亡時，襄陽曾遣人去弔喪否？」

〈評點〉

◎11：此計甚通。（李贄）

◎12：極寫曹操軍威，正爲下文赤壁襯染。（毛宗崗）

◎13：結連劉備是魯肅識見過人處。（李漁）

◎14：英雄所見略同。（李贄）

琦曰：「江東與我家有殺父之讎，安得通慶弔之禮？」孔明曰：「然則魯肅此來，非爲弔喪，乃來探聽軍情也。」遂謂玄德曰：「魯肅至，若問曹操動靜，主公只推不知。再三問時，主公只說：『可問諸葛亮』……。」計議已定，使人迎接魯肅。

肅入城弔喪，收過禮物，劉琦請肅與玄德相見。禮畢，邀入後堂飲酒。

肅曰：「久聞皇叔大名，無緣拜會。今幸得見，實爲欣慰！近聞皇叔與曹操會戰，必知彼虛實。敢問操軍約有幾何？」玄德曰：「備兵微將寡。一聞操至即走，竟不知彼虛實。」魯肅曰：「聞皇叔用諸葛孔明之謀，兩場火燒得曹操魂亡膽落。何言不知耶？」玄德曰：「除非問孔明，便知其詳！」肅曰：「孔明安在？願求一見。」玄德教請孔明出來相見。

肅見孔明，禮畢。問曰：「向慕先生才德，未得拜晤。今幸相遇，願問目今安危之事。」孔明曰：「曹操奸計亮已盡知。但恨力未及，故且避之！」◎15

◆浙江富陽龍門鎮景象，這裏是東吳帝王孫權後裔的聚居地。（黃金國／fotoe 提供）

肅曰：「皇叔今將止於此乎？」孔明曰：「使君與蒼梧太守吳臣有舊。將往投之！」

肅曰：「吳臣糧少兵微。自不能保，焉能容人？」孔明曰：「吳臣處雖不足久居，今且暫依之，別有良圖。」肅曰：「孫將軍虎踞六郡，兵精糧足。又極敬賢禮士，江東※4英雄多歸附之。今爲君計，莫若遣心腹往結東吳，以共圖大事。」◎16孔明曰：「劉使君與孫將軍自來無舊※5，恐徒費詞說。且別無心腹之人可使。」肅曰：「先生令兄現爲江東參謀，日望與先生相見。肅不才，願與公同見孫將軍，共議大事。」玄德曰：「孔明是吾之師，頃刻不可相離。安可去也？」肅堅請孔明同去，玄德佯不許。孔明曰：「事急矣！請奉命一行。」玄德方纔許諾。◎17

魯肅遂別了玄德、劉琦，與孔明登舟，望柴桑郡來。正是：

「只因諸葛扁舟去，致使曹兵一旦休！」

不知孔明此去畢竟如何，且聽下文分解……

〈評點〉

◎15：曰：「亮已盡知」，隱然要孫權請教；曰：「力未及」，隱然要孫權助力。卻妙在不直說出來！（毛宗崗）

◎16：心往東吳久矣，必待子敬先之，從來事貴幹局，此類是也。孔明一生只用這著，不比今人淺露也。（李贄）

◎17：寫魯肅一味老實；孔明、玄德兩下會意，裝腔做勢。好看之極。（毛宗崗）

注釋

※4：古地區名，指長江以南一地。

※5：沒有往來，沒有老關係。

第四十三回　諸葛亮舌戰群儒　魯子敬力排眾議

卻說魯肅、孔明辭了玄德、劉琦，登舟望柴桑郡來，二人在舟中共議。魯肅謂孔明曰：「先生見孫將軍，切不可實言曹操兵多將廣。」孔明曰：「不須子敬叮嚀，亮自有對答之語。」

及船到岸。肅請孔明于館驛中暫歇，先自往見孫權。權正聚文武於堂上議事，聞魯肅回，急召入。問曰：「子敬往江夏探聽虛實，若何？」肅曰：「已知其略，尚容徐稟。」權將曹操檄文示肅，曰：「操昨遣使齎文至此。孤先發遣來使，現今會眾，商議未定。」肅接檄文觀看，其略曰：

「孤近承　帝命，奉詔伐罪。旄麾南指，劉琮束手；荊、襄之民，望風歸順。今統雄兵百萬，上將千員。欲與將軍會獵於江夏，共伐劉備。同分土地，永結盟好。幸勿觀望，速賜回音……。」

魯肅看畢，曰：「主公尊意若何？」權曰：「未有定論。」

張昭曰：「曹操擁百萬之眾，借天子之名，以征四方。拒之不順。且主公大勢可以拒操者，長江也。今操既得荊州，長江之險已與我共之矣！勢不可敵。以愚之

計，不如納降爲萬安之策。」眾謀士皆曰：「子布之言，正合天意。」孫權沉吟不語。張昭又曰：「主公不必多疑。如降操，則東吳民安，江南六郡可保矣！」孫權低頭不語。

須臾，權起更衣，肅隨於權後。權知肅意，乃執肅手而言曰：「卿欲如何？」肅曰：「恰纔眾人所言，深誤將軍。眾人皆可降曹操，惟將軍不可降曹操。」權曰：「何以言之？」肅曰：「如肅等降操，當以肅還鄉黨※1，累官故不失郡也。將軍降操，欲安所歸乎？位不過封侯，車不過一乘，騎不過一匹，從不過數人。豈得南面稱孤哉？眾人之意，各自爲己，不可聽也！將軍宜早定大計。」◎1

權嘆曰：「諸人議論大失孤望。子敬開說大計，正與我見相同。此天以子敬賜我也！但操新得袁紹之眾，近又得荊州之兵，恐勢大，難以抵敵。」肅曰：「肅至江夏，引諸葛瑾之弟諸葛亮在此。主公可問之，便知虛實。」權曰：「臥龍先生在此乎？」肅曰：「現在館驛中安歇。」權曰：「今日天晚，且未相見。來日聚文武于帳下，先教見我江東英俊，然後升堂議事。」◎2肅領命而去。

次日，至館驛中見孔明，又囑曰：「今見我主，切不可言曹操兵多。」孔明笑

〈評點〉

◎1：眾人是就東吳全勢論，子敬只就孫權一人身上說。極其痛快。（毛宗崗）

◎2：吳人好勝，往往如此。（李漁）

注釋

※1：指鄉里。周代制度，以五百家爲黨，一萬二千五百家爲鄉。

曰：「亮自見機而行，決不有誤。」

肅乃引孔明至幕下。早見張昭、顧雍等一班文武二十餘人，峨冠博帶，整衣端坐。孔明逐一相見，各問姓名。施禮已畢，坐於客位。

張昭等見孔明豐神飄灑，器宇軒昂。料道：「此人必來游說！」張昭先以言挑之，曰：「昭乃江東微末之士。久聞先生高臥隆中，自比管、樂，此語果有之乎？」孔明曰：「此亮平生小可之比也！」◎[3]

昭曰：「近聞劉豫州三顧先生於草廬之中，幸得先生，以爲：『如魚得水』，思欲席捲荊州。今一旦以※[2]屬曹操，未審是何主見？」◎[4]

孔明自思：「張昭乃孫權手下第一個謀士，若不先難倒他，如何說得孫權？」遂答曰：「吾觀取漢上之地，易如反掌。我主劉豫州躬行仁義，不忍奪同宗之基業，故力辭之。劉琮孺子，聽信佞言，暗自投降。致使曹操得以猖獗。今我

◆湖北襄陽古隆中劉備三顧茅廬塑像。（飛揚／fotoe提供）

主屯兵江夏，別有良圖。非等閒可知也。」

昭曰：「若此，是先生言行相違也！先生自比管、樂，管仲相桓公，霸諸侯，一匡天下。樂毅扶持微弱之燕，下※3齊七十餘城。此二人者，眞濟世之才也！先生在草廬之中，但笑傲風月，抱膝兀坐。今既從事劉豫州，當爲生靈興利除害，剿滅亂賊。

「且劉豫州未得先生之時，尚且縱橫寰宇，割據城池。◎5今得先生，人皆仰望。雖三尺童蒙，亦謂『彪虎生翼』，將見漢室復興，曹氏即滅矣！朝廷舊臣，山林隱士，無不拭目以待，以爲『拂高天之雲翳，仰日月之光輝，拯斯民於水火之中，措天下於衽席之上※4。』在此時也！

「何先生義歸豫州，曹兵一出，棄甲抛戈，望風而竄。上不能報劉表以安庶民，下不能輔孤子而據疆土。乃棄新野，走樊城，敗當陽，奔夏口，無容身之地。是豫州既得先生之後，反不如其初也！◎6管仲、樂毅果如是乎？愚直之言，幸勿見怪。」

〈評點〉

◎3：身分更高。（李漁）

◎4：亦問得惡，是當面嘲笑。（毛宗崗）

◎5：更狠。（李贄）

◎6：對他極口一貶，說「玄德反不如初」，是更進一層。其語尤惡！（毛宗崗）

注釋

※2：這裏通「已」

※3：使之降服的意思。

※4：意思是天下太平。衽、席同義，都是坐臥的鋪墊物。衽席之上，比喻安全舒適的地方。

孔明聽罷，啞然而笑！曰：「鵬飛萬里，其志豈群鳥能識哉？譬如人染沉痾，當先用糜粥以飲之，和藥以服之。待其腑臟調和，形體漸安；然後用肉食以補之，猛藥以治之。則病根盡去，人得全生也！若不待氣脉和緩，便投以猛藥厚味，欲求安保，誠爲難矣！

「吾主劉豫州，向日軍敗于汝南，寄跡劉表。兵不滿千，將止關、張、趙雲而已，此正如病勢危羸※5已極之時也。新野山僻小縣，人民稀少，糧食鮮薄。豫州不過暫借以容身，豈眞將坐守於此耶？夫以甲兵不完，城郭不固，軍不經練，糧不繼日；然而博望燒屯，白河用水；使夏侯惇、曹仁輩心驚膽裂。竊謂管仲、樂毅之用兵，未必過此。

「至於劉琮降操，豫州實出不知，且又不忍乘亂奪同宗之基業。此眞大仁大義也！當陽之敗，豫州見有數十萬赴義之民，扶老攜幼相隨，不忍棄之，日行十里，不思進取江陵，甘與同敗。此亦大仁大義也！

「寡不敵眾，勝負乃其常事。昔高皇數敗於項羽，而垓下一戰成功，此非韓信之良謀乎？夫信久事高皇，未嘗累勝。◎7蓋國家大計，社稷安危，是有主謀。非比誇辯之徒，虛譽欺人。坐議立談，無人可及；臨機應變，百無一能！誠爲天下笑耳。」◎8這一篇言語，說得張昭並無一言回答。◎9

座上忽一人抗聲問曰：「今曹公兵屯百萬，將列千員；龍驤虎視※6，平吞江

夏。公以爲如何？」孔明視之，乃虞翻也。孔明曰：「曹操收袁紹蟻聚之兵，劫劉表烏合之眾。雖數百萬不足懼也。」

虞翻冷笑曰：「軍敗于當陽，計窮于夏口。區區求救於人，而猶言不懼，此眞大言欺人也！」孔明曰：「劉豫州以數千仁義之師，安能敵百萬殘暴之眾？退守夏口，所以待時也。今江東兵精糧足，且有長江之險。猶欲使其主屈膝降賊，不顧天下恥笑！由此論之，劉豫州眞不懼操賊者矣！」◎10虞翻不能對。

座間又一人問曰：「孔明欲效儀、秦※7之舌，游說東吳耶？」◎11孔明視之，乃步騭也。孔明曰：「步子山以蘇秦、張儀爲辯士；不知蘇秦、張儀亦豪傑也。蘇秦佩六國相印，張儀兩次相秦。皆有匡扶人國之謀，非比畏強凌弱，懼刀避劍之人也。君等聞曹操虛發詐僞之詞，便畏懼請降。敢笑蘇秦、張儀乎？」◎12步騭默然無語。

〈評點〉

◎7：隱然以玄德比高皇，自比韓信。（毛宗崗）
◎8：說盡今日秀才病痛。（李贄）
◎9：戰勝了一個。（毛宗崗）
◎10：借贊玄德以鄙薄江東，詞令妙品。（毛宗崗）
◎11：此人直是沒甚說。（毛宗崗）
◎12：也說得好。（李贄）

注釋

※5：重病。
※6：龍馬昂首快跑，猛虎注視獵物。比喻人志氣高遠或氣勢威武。
※7：即張儀、蘇秦，兩人都是戰國時以雄辯著稱的說客。

忽一人問曰：「孔明以操爲何如人也？」孔明視其人，乃薛綜也。孔明答曰：「曹操乃漢賊也！又何必問？」綜曰：「公言差矣！漢歷傳至今，天數將終。今曹公已有天下三分之二，人皆歸心。劉豫州不識天時，強欲與爭。正如『以卵擊石』，安得不敗乎？」

孔明厲聲曰：「薛敬文安得出此無父無君之言乎？夫人生天地間，以『忠孝』爲立身之本。公既爲漢臣。則見有不臣之人，當誓共戮之，臣之道也！今曹操祖宗叨食漢祿，不思報效，反懷篡逆之心，天下之所共憤。公乃以天數歸之，眞無父無君之人也！不足與語！請勿復言。」◎13薛綜滿面羞慚，不能對答。

◆諸葛亮木雕像，浙江金華市蘭溪縣諸葛八卦村。（傅光／fotoe提供）

座上又一人應聲問曰：「曹操雖挾天子以令諸侯，猶是『相國』曹參※8之後。劉豫州雖云『中山靖王』苗裔，卻無可稽考。眼見只是織蓆販屨之夫耳！何足與曹操抗衡哉？」孔明視之，乃陸績也。

孔明笑曰：「公非袁術座間懷橘※9之陸郎乎？請安坐，聽吾一言。曹操既爲曹相國之後，則世爲漢臣矣！今乃專權肆橫，欺凌君父。是不惟無君，亦且蔑祖。不惟漢室之亂臣，亦曹氏之賊子也。劉豫州堂堂帝胄，當今皇帝按譜賜爵，何云：『無可稽考？』且高祖起身亭長，而終有天下。織蓆販屨又何足爲辱乎？◎14公小兒之見，不足與高士共語。」◎15陸績語塞。

座上一人忽曰：「孔明所言，皆強詞奪理。均非正論，不必再言。且請問孔明治何經典？」孔明視之，乃嚴畯也。孔明曰：「尋章摘句，世之腐儒也！何能興邦立事？且古耕莘伊尹，釣渭子牙，張良、陳平之流，鄧禹、耿弇之輩，皆有匡扶宇宙之才。未審其平生治何經典？豈亦效書生區區于筆硯之間，數黑論黃，舞文弄墨而已乎？」◎16嚴畯低頭喪氣而不能對。

〈評點〉

◎13：鑿鑿侃侃，愧殺薛綜。（毛宗崗）

◎14：又以高祖比玄德。（毛宗崗）

◎15：這罵得是。（李贄）

◎16：若使臥龍以文章名世，亦不過蔡邕、王粲、陳琳、楊修等輩耳。何足爲重？（毛宗崗）

注釋

※8：漢高祖劉邦的功臣。

※9：陸績六歲時，曾在袁術座間藏起三個待客的橘子，放在懷裏，臨走時不小心掉了出來。袁術問他時，他說要帶回去孝敬母親。這裏暗含調侃揶揄的意思。

忽又一人大聲曰：「公好爲大言，未必眞有實學。恐適爲儒者所笑耳！」孔明視其人，乃汝南程德樞也。孔明答曰：「儒有君子、小人之別。君子之儒，忠君愛國，守正惡邪；務使澤及當時，名留後世。若夫小人之儒，惟務雕蟲※10，專工翰墨，青春作賦，皓首窮經；筆下雖有千言，胸中實無一策。且如楊雄※11以文章名世，而屈身事莽，不免投閣而死。此所謂小人之儒也。雖日賦萬言，亦何取哉？」◎17程德樞不

◆《陸績懷橘遺親》，清代王素繪，二十四孝故事之一。陸績，字公紀，三國時期吳國吳郡（今江蘇蘇州）人。出身官宦世家，從小深懂忠義孝悌之道。（王素／fotoe提供）

◆舌戰群儒。諸葛亮在本書中以智慧聞名，除了運用各種計謀，口才也是智慧的重要表現。（鄧嘉德繪）

能對。

眾人見孔明對答如流，盡皆失色。時座上張溫、駱統二人又欲問難，忽一人自外而入，厲聲言曰：「孔明乃當世奇才，君等以唇舌相難，非敬客之禮也！曹操大軍臨境，不思退敵之策，乃徒鬬口耶！」◎18眾視其人，乃零陵人，姓黃名蓋字公覆。現為東吳糧官。

當時黃蓋謂孔明曰：「愚聞：『多言獲利，不如默而無言。』何不將金石之論為我主言之？乃與眾人辯論也！」孔明曰：「諸君不知世務，互相問難，不容不答耳。」◎19

於是黃蓋與魯肅引孔明入，至中門，正

〈評點〉

◎17：以楊雄事莽，為當日降操者比。（毛宗崗）

◎18：彼此問難，一往一復，畢竟作何結局？得此人來喝倒，絕妙收科。（毛宗崗）

◎19：未見周郎與曹操戰，先見孔明與眾謀士戰。周郎之戰，是舟師水卒；孔明之戰，是舌劍唇槍。然周郎為應兵，孔明亦為應兵耳。（毛宗崗）

注釋

※10：指辭賦的雕辭琢句，不切實際，沒有實用性。有鄙薄的意思。

※11：西漢的辭賦家，在王莽的新朝做過官，因事害怕要受刑，跳樓自殺，幾乎摔死。

遇諸葛瑾。

孔明施禮。瑾曰：「賢弟既到江東，如何不來見我？」孔明曰：「弟既事劉豫州，理宜先公後私。公事未畢，不敢及私。望兄見諒！」瑾曰：「賢弟見過吳侯，卻來敘話。」說罷自去。

魯肅曰：「適間所囑，不可有誤！」孔明點頭應諾。引至堂上，孫權降階而迎，優禮相待。施禮畢，賜孔明坐，眾文武分兩行而立。魯肅立於孔明之側，只看他講話。

孔明致玄德之意畢，偷眼看孫權，碧眼紫鬚，堂堂一表。孔明暗思：「此人相貌非常。只可激，不可說。等他問時，用言激之便了！」

獻茶已畢。孫權曰：「常聞魯子敬談足下之才。今幸得相見，敢求教益！」孔明曰：「不才無學，有辱明問。」權曰：「足下近在新野佐劉豫州與曹操決戰，必深知彼軍虛實！」孔明曰：「劉豫州兵微將寡，更兼新野城小無糧。安能與曹操相持？」

權曰：「曹兵共有多少？」孔明曰：「馬步水軍，約有一百餘萬。」◎20權曰：「莫非詐乎？」孔明曰：「非詐也！曹操就兗州已有青州軍二十萬。平了袁

◆黃蓋，字公覆，零陵泉陵（今湖南零陵北）人。三國時期孫吳大將，少時家貧困苦，依靠賣柴為生，刻苦讀書，希望出人頭地。成年後忠心追隨孫氏，久戰沙場，殺敵無數。最著名的便是赤壁之戰，他配合周瑜，行苦肉計，詐降曹操，乘機放火，為東吳帶來勝利。（葉雄繪）

紹，又得五六十萬。中原新招之兵三四十萬。今又得荊州之兵二三十萬。以此計之，不下一百五十萬。亮以百萬言之，恐驚江東之士也。」魯肅在旁聞言失色，以目視孔明。孔明只做不見。

權曰：「曹操部下，戰將還有多少？」孔明曰：「足智多謀之士，能征慣戰之將，何止一二千人！」權曰：「今曹操平了荊、楚，復有遠圖乎？」孔明曰：「即今沿江下寨，準備戰船。不欲圖江東，待取何地？」◎21

權曰：「若彼有併吞之意，戰與不戰，請足下為我一決。」孔明曰：「亮有一言，但恐將軍不肯聽從！」權曰：「願聞高論！」

孔明曰：「向者宇內大亂，故將軍起江東，劉豫州收眾漢南，與曹操並爭天下。今操芟除大難，略已平矣！近又新破荊州，威震海內。縱有英雄，無用武之地。故豫州遁逃至此，願將軍量力而處之。若能以吳、越之眾與中國※12抗衡，不如早與之絕；若其不能，何不從眾謀士之論，按兵束甲，北面而事之？」權未及答，孔明又曰：「將軍外託服從之名，內懷疑貳之見。事急而不斷，禍至無日矣！」

〈評點〉

◎20：三次應承魯肅，至此忽然變卦。妙甚！（毛宗崗）

◎21：直逼將來。（李漁）

注釋

※12：中原，中土。指古代帝都所在的黃河流域，相對於其餘地區而言。

權曰：「誠如君言，劉豫州何不降操？」孔明曰：「昔田橫※13，齊之壯士耳，猶守義不辱。況劉豫州帝室之胄，英才蓋世，眾士仰慕。事之不濟，此乃天也！又安能屈處人下乎？」孫權聽了孔明此言，不覺勃然變色！拂衣而起，退入後堂，眾皆哂笑而散。◎22

魯肅責孔明曰：「先生何故出此言？幸是我主寬洪大度，不即面責。先生之言，藐視我主甚矣！」孔明仰面笑曰：「何如此不能容物耶？我自有破曹之計，彼不問我，我故不言。」

肅曰：「果有良策，肅當請主公求教。」孔明曰：「吾視曹操百萬之眾，如群蟻耳。但我一舉手，則皆爲虀粉矣！」

肅聞言，便入後堂見孫權，權怒氣未息，顧謂肅曰：「孔明欺吾太甚！」肅曰：「臣亦以此責孔明，孔明反笑主公不能容物。破曹之策，孔明不肯輕言。主公何不求之？」權回嗔作喜，曰：「原來孔明有良謀，故以言詞激我。我一時淺見，幾誤大事。」◎23便同魯肅重復出堂，再請孔明敘話。

權見孔明，謝曰：「適來冒瀆威嚴，幸勿見罪！」孔明亦謝曰：「亮言語冒犯，望乞恕罪！」權邀孔明入後堂，置酒相待。數巡之後，權曰：「曹操平生所惡者，呂布、劉表、袁紹、袁術、豫州與孤耳。

◆四川皮影戲之三國故事《三英戰呂布》。（馮暉／fotoe提供）

今數雄已滅，獨豫州與孤尚存。孤不能以全吳之地受制於人，吾計決矣！非劉豫州莫與當曹操者。然豫州新敗之後，安能抗此難乎？」

孔明曰：「豫州雖新敗，然關雲長猶率精兵萬人，劉琦領江夏戰士亦不下萬人。曹操之眾遠來疲憊。近追豫州，輕騎一日夜行三百里。此所謂『強弩之末，勢不能穿魯縞※14』者也。且北方之人不習水戰，荊州士民附操者迫於勢耳，非本心也。今將軍誠能與豫州協力同心，破曹軍必矣！操軍破，必北還。則荊、吳之勢強，而鼎足之形成矣！◎24成敗之機，在于今日。惟將軍裁之！」權大悅，曰：「先生之言，頓開茅塞。吾意已決，更無他疑。即日商議起兵，共滅曹操！」遂令魯肅將此意傳諭文武官員。就送孔明於館驛安歇。

張昭知孫權欲興兵，遂與眾議曰：「中了孔明之計也！」急入見權，曰：「昭等聞主公將興兵與曹操爭鋒。主公自思比袁紹若何？曹操向日兵微將寡，尚能一鼓克袁紹，何況今日擁百萬之眾南征，豈可輕敵？若聽諸葛亮之言，妄動甲兵，此所謂『負薪救火』也。」孫權只低頭不語。顧雍曰：「劉備因爲曹操所敗，故欲借我

〈評點〉

◎22：有此一折，幾疑孫、劉之好不合矣！而下文忽轉出無數奇文奇事，令人不測。（毛宗崗）

◎23：好孫權！（毛宗崗）

◎24：隱然以荊州自處，而與吳、魏並列爲三國。（毛宗崗）

注釋

※13：秦末齊國人。齊王田廣被韓信俘虜，田橫自立爲王，後來退守海島。漢高祖派人去招降，田橫及部下五百餘人都不屈自殺。

※14：這裏是用了《左傳》上的成語。魯國的縞（絲織品）最薄，就連這種薄縞，強力的弩箭到了射程終了時，也無力穿透了。比喻原本強大的力量已經衰竭，不能再發揮效用。

◆魯子敬力排眾議。魯肅一再勸說孫權不可降曹，應聯劉抗曹。（fotoe提供）

江東之兵以拒之。主公奈何爲其所用乎？願聽子布之言。」◎25孫權沉吟未決。

張昭等出，魯肅入見曰：「適張子布等又勸主公休動兵，力主降議。此皆全軀保妻子之臣，自爲謀之計耳。願主公勿聽也！」孫權尚在沉吟，肅曰：「主公若遲疑，必爲眾人誤矣！」權曰：「卿且暫退，容我三思。」肅乃退出。時武將或有要戰的，文官都是要降的，議論紛紛不一。◎26

且說孫權退入內宅，寢食不安，猶豫不決。吳國太見權如此，問曰：「何事在心，寢食俱廢？」權曰：「今曹操屯兵於江、漢，有下江南之意。問諸文武，或欲降者，或欲戰者。欲待戰來，恐寡不敵眾；欲待降來，又恐曹操不容。因此猶豫不決。」吳國太曰：「汝何不記吾姊臨終之語乎？」◎27孫權如醉方醒，似夢初覺，想出這句話來。正是：

「追思國母臨終語，引得周郎立戰功！」

畢竟說著甚的？且聽下文分解……

〈評點〉

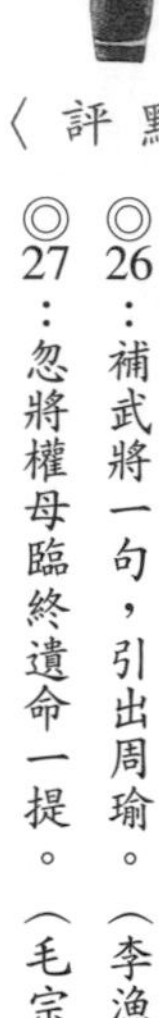

◎25：舌戰之時，顧雍獨無一言。卻在此時開口。（毛宗崗）

◎26：補武將一句，引出周瑜。（李漁）

◎27：忽將權母臨終遺命一提。（毛宗崗）

第四十四回　孔明用智激周瑜　孫權決計破曹操

卻說吳國太見孫權疑惑不決，乃謂之曰：「先姊遺言云：『伯符臨終有言：內事不決問張昭，外事不決問周瑜。』今何不請公瑾問之？」

權大喜！即遣使往鄱陽請周瑜議事。◎1原來周瑜在鄱陽湖訓練水師。聞曹操大軍至漢上，便星夜回柴桑郡議軍機事。使者未發，周瑜已先到。

魯肅與瑜最厚，先來接著。將前項事細述一番。周瑜曰：「子敬休憂，瑜自有主張。今可速請孔明來相見。」魯肅上馬去了。

周瑜方纔歇息。忽報：「張昭、顧雍、張紘、步騭四人來相探。」瑜接入堂中坐定，敘寒溫畢。張昭曰：「都督知江東之利害否？」◎2瑜曰：「未知也！」

昭曰：「曹操擁眾百萬，屯於漢上。昨傳檄文至此，欲

◆江西省九江市甘棠湖心的煙水亭，相傳周瑜曾在此操練水軍，又稱「周瑜點將台」。（騰飛／fotoe 提供）

請主公會獵於江夏。雖有相吞之意，尚未露其形。昭等勸主公且降之，庶免江東之禍。不想魯子敬從江夏帶劉備軍師諸葛亮至此，彼因自欲雪憤，特下說詞以激主公。子敬卻執迷不悟，正欲待都督一決。」

瑜曰：「公等之見皆同否？」顧雍等曰：「所議皆同！」瑜曰：「吾亦欲降久矣！公等請回。明早見主公，自有定議。」◎3昭等辭去。

少頃，又報：「程普、黃蓋、韓當等一班戰將來見。」瑜迎入，各問慰訖。程普曰：「都督知江東早晚屬他人否？」◎4瑜曰：「未知也！」

普曰：「吾等自隨孫將軍開基創業，大小數百戰，方纔戰得六郡城池。今主公聽謀士之言，欲降曹操。此眞可恥可惜之事。吾等寧死不辱，望都督勸主公決計興兵，吾等願效死戰。」

瑜曰：「將軍等所見皆同否？」黃蓋忿然而起，以手拍額，曰：「吾頭可斷，誓不降曹。」眾人皆曰：「吾等皆不願降！」瑜曰：「吾正欲與曹操決戰，安肯投

〈評點〉

◎1：可知前文寫孫權沉吟猶豫，不過欲逼出周瑜。（毛宗崗）

◎2：開口便說張惶之話。（李漁）

◎3：周郎通得。（李贄）

◎4：一樣急話，卻有主降不主降之別。（李漁）

降?將軍等請回。瑜見主公，自有定議。」◎5程普等別去。

又未幾，諸葛瑾、呂範等一班兒文官相候，瑜迎入，講禮畢。諸葛瑾曰：「舍弟諸葛亮自漢上來，言劉豫州欲結東吳共伐曹操。文武商議未定。因舍弟爲使，瑾不敢多言，專候都督來決此事。」

瑜曰：「以公論之，若何?」瑾曰：「降者易安，戰者難保!」周瑜笑曰：「瑜自有主張。來日同至府下定議。」瑾等辭退。

忽又報呂蒙、甘寧等一班兒來見，瑜請入，亦敘談此事。有要戰者，有要降者，互相爭論。瑜曰：「不必多言!來日都到府下公議。」眾乃辭去。周瑜冷笑不止。◎6

至晚，人報：「魯子敬引孔明來拜。」瑜出中門迎入。敘禮畢，分賓主而坐。肅先問瑜曰：「今曹操驅眾南侵。『和』與『戰』二策主公不能決，一聽於將軍。將軍之意若何?」瑜曰：「曹操以天子爲名，其師不可拒。且其勢大，未可輕敵；戰則必敗，降則易安。吾意已決。來日見主公，便當遣使納降。」◎7

魯肅愕然，曰：「君言差矣!江東基業已歷三世，豈可一旦棄於他人，伯符遺言：外事付託將軍。今正欲仗將軍保全國家，爲泰山之靠。奈何亦從懦夫之議耶?」◎8瑜曰：「江東六郡，生靈無限。若罹兵革之禍，必有歸怨於我。故決計

◆京劇臉譜：黃蓋。（毛小雨提供／江西美術出版社）

請降耳。」肅曰：「不然。以將軍之英雄，東吳之險固，操未必便能得志也。」

二人互相爭辯，孔明只袖手冷笑。◎9 肅曰：「先生何故哂笑？」孔明曰：「亮不笑別人，笑子敬不識時務耳。」肅曰：「先生如何反笑我不識時務？」孔明曰：「公瑾主意欲降操，甚為合理。」瑜曰：「孔明乃識時務之士，必與我有同心。」◎10

肅曰：「孔明！你也如何說此？」孔明曰：「操極善用兵，天下莫敢當。向前有呂布、袁紹、袁術、劉表敢與對敵，今數人皆被操滅，天下無人矣！獨有劉豫州不識時務，強與爭衡。今孤身江夏，存亡未保。將軍決計降曹，可以保妻子，可以全富貴。國祚遷移，付之天命，何足惜哉？」

魯肅大怒！曰：「汝教我主屈膝受辱於國賊乎？」◎11 孔明曰：「愚有一計，並不勞牽羊擔酒，納土獻印；亦不須親自渡江。只須遣一介之使，扁舟送兩個人到

〈評點〉

◎5：亦用渾語答去。（李漁）

◎6：不知他葫蘆裏賣甚藥？（毛宗崗）

◎7：又倒跌一番，妙。（李漁）

◎8：周瑜不過欲挑撥孔明開口，卻妙在孔明不言，只讓魯肅回答。（毛宗崗）

◎9：前寫周瑜冷笑，此又寫孔明冷笑。都是滿腹春秋。（毛宗崗）

◎10：大家說假語。好看煞人！（毛宗崗）

◎11：又夾著魯肅一句老實話。（毛宗崗）

◆大小二喬，東漢末太尉喬玄之女。大喬為東吳孫策之妻，小喬為周瑜之妻。（fotoe提供）

江上。操若得此兩人，百萬之眾皆卸甲捲旗而退矣！」

瑜曰：「用何二人，可退操兵？」孔明曰：「江東去此二人，如大木飄一葉，太倉減一粟耳。而操得之，必大喜而去。」

瑜又問：「果用何二人？」孔明曰：「亮居隆中時，即聞操於漳河新造一臺，名曰『銅雀』，極其壯麗；廣選天下美女以實其中。操本好色之徒，久聞江東喬公有二女，長曰大喬，次曰小喬。有沉魚落雁之容，閉月羞花之貌。操曾發誓曰：『吾一願掃平四海，以成帝業。二願得江東二喬，置之銅雀臺，以樂晚年。雖死無恨矣！』今雖引百萬之眾虎視江南，其實爲此二女也。將軍何不去尋喬公，以千金買此二女，差人送與曹操。操得二女，稱心滿意，必班師矣！此『范蠡獻西施』之計，何不速爲之？」◎12

瑜曰：「操欲得二喬，有何證驗？」孔明曰：「曹操幼子曹植，字子建，下筆成文。操嘗命作一賦，名曰『銅雀臺賦』。賦中之意，單道他家合爲天子，誓取二喬。」

瑜曰：「此賦公能記否？」孔明曰：「吾愛其文華美，嘗竊記之。」瑜曰：「試請一誦！」◎13孔明即時誦銅雀臺賦云：

「從明后以嬉游兮，登層臺以娛情。見太府之廣開兮！觀聖德之所營；建高門之嵯峨兮！浮雙闕乎太清。直中天之華觀兮！連飛閣乎西城；臨漳水之長流兮！望園果之滋榮。立雙臺於左右兮！有玉龍與金鳳。攬『二喬』※1於東南兮！樂朝夕之與共。俯皇都之宏麗兮！瞰雲霞之浮動。欣群才之來萃兮！協飛熊之吉夢※2。仰春風之和穆兮！聽百鳥之悲鳴。雲天亘其既立兮！家願得乎雙逞。◎14揚仁化於宇宙兮！盡肅恭於上京。惟桓、文之爲盛兮！豈足方乎聖明。休矣！美矣！惠澤遠揚。翼佐我皇家兮！寧彼四方。同天地之規量兮！齊日月之輝光。永貴尊而無極兮！等君壽於東皇。御龍旂以遨遊兮！迴鸞駕而周章。恩化及乎四海兮！嘉物阜而民康。願斯台之永固兮！樂終古而未央。』

〈評點〉

◎12：置刺痛處，惡極妙極。（李漁）
◎13：又核實一句，不即發怒。妙甚！（毛宗崗）
◎14：彼作有心之聽，二語亦堪作證。（李漁）

注釋

※1：本書第三十四回有「更作兩條飛橋，橫空而上」之語，則賦中之「二喬」，當即指這兩條橋。此處是寫諸葛亮的機智，巧妙地曲解此二字（「喬」姓，古時本作「橋」，後來才省作「喬」），用作曹操自白欲奪取二喬，進而坐實此事，起到醜化曹操的作用。這裏所引《銅雀臺賦》，眞僞雜糅。其中「立雙臺於左右兮」至「協飛熊之吉夢」八句及「御龍旂以遨遊兮」至「樂終古而未央」六句，爲曹植原詩所無，當係僞託。
※2：傳說周文王因夢見飛熊而得到姜子牙。

周瑜聽罷，勃然大怒！離座，指北而罵曰：「老賊欺吾太甚！」◎15孔明急起止之曰：「昔單于屢侵疆界，漢天子許以公主和親。今何惜民間二女乎？」瑜曰：「公有所不知！大喬是孫伯符將軍主婦，小喬乃瑜之妻也。」孔明佯作惶恐之狀，曰：「亮實不知，失口亂言。死罪！死罪！」

瑜曰：「吾與老賊誓不兩立！」孔明曰：「事須三思，免致後悔。」◎16瑜曰：「吾承伯符寄託，安有屈身降曹之理？適來所言，故相試耳。吾自離鄱陽湖，便有北伐之心。雖刀斧加頭，不易其志也。望孔明助一臂之力，同破曹操。」◎17孔明曰：「若蒙不棄，

◆孔明用智激周瑜。諸葛亮善於揣摩和利用他人心理特點，達到預定目的。（fotoe提供）

願效犬馬之勞，早晚拱聽驅策。」

瑜曰：「來日入見主公，便議起兵。」孔明與魯肅辭出，相別而去。

次日清晨，孫權升堂。左邊文官張昭、顧雍等三十餘人，右邊武官程普、黃蓋等三十餘人，衣冠濟濟，劍佩鏘鏘。分班侍立。少頃，周瑜入見。禮畢，孫權問慰罷。瑜曰：「近聞曹操引兵屯漢上，馳書至此。主公尊意若何？」

權即取檄文與周瑜看，瑜看畢，笑曰：「老賊以我江東無人，敢如此相侮耶？」◎18權曰：「君之意若何？」瑜曰：「主公曾與眾文武商議否？」權曰：「連日議此事。有勸我降者，有勸我戰者。吾意未定，故請公瑾一決。」瑜曰：「誰勸主公降？」權曰：「張子布等皆主其意。」

瑜即問張昭曰：「願聞先生所以主降之意？」◎19昭曰：「曹操挾天子而征四方，動以朝廷爲名。近又得荊州，威勢愈大。吾江東可以拒操者，長江耳。今操艨艟戰艦，何止千百？水陸並進，何可當之？不如且降，更圖後計。」瑜曰：「此迂

〈評點〉

◎15：至此，不得不怒，不得不罵。（毛宗崗）

◎16：既知是他妻子及其主之嫂矣！又故意說此兩句。愈惡！愈妙！（毛宗崗）

◎17：本借周郎爲助，反使周郎借我爲助，妙矣妙矣！（李贄）

◎18：聽賦則怒，見檄則笑。怒極而笑，笑正其怒也！（毛宗崗）

◎19：昨日隨口答應，此時忽然盤問。（毛宗崗）

儒之論也！◎20江東自開國以來，今歷三世，安忍一旦廢棄？」

權曰：「若此，計將安出？」瑜曰：「操雖託名漢相，實爲漢賊。將軍以神武雄才，仗父兄餘業，據有江東。兵精糧足，正當橫行天下，爲國家除殘去暴。奈何降賊耶？且操今此來，多犯兵家之忌。北土未平，馬騰、韓遂爲其後患，而操久於南征。一忌也！北軍不熟水戰，操捨鞍馬，仗舟楫，與東吳爭衡。二忌也！又時値隆冬盛寒，馬無藁草。三忌也！驅中國士卒遠涉江湖，不服水土，多生疾病。四忌也！操兵犯此數忌，雖多必敗！將軍擒操，正在今日。瑜請得精兵數千，進屯夏口，爲將軍破之！」

◆ 孫權決計破曹操。經過魯肅、諸葛亮和周瑜的分析和支持，孫權下決心和曹操決戰。（fotoe提供）

〈評點〉

◎20：一句罵倒張昭。周瑜罵，勝是孔明罵。（毛宗崗）

◎21：張昭此時大難爲情。（毛宗崗）

◎22：君臣如此，皆爲孔明提著線索也。（李贄）

◆劈案決戰。孫權表態，要和曹操勢不兩立。（鄧嘉德繪）

權矍然※3起！曰：「老賊欲廢漢自立久矣！所懼二袁、呂布、劉表與孤耳。今數雄已滅，惟孤尚存。孤與老賊，誓不兩立。卿言當伐，甚合孤意，此天以卿授我也！」

瑜曰：「臣爲將軍決一血戰，萬死不辭。只恐將軍狐疑不定。」權拔佩劍，砍面前奏案一角，曰：「諸官將有再言降操者，與此案同。」◎21言罷！便將此劍賜周瑜，即封瑜爲「大都督」，程普爲「副都督」，魯肅爲「贊軍校尉」。如文武官將有不聽號令者，即以此劍誅之。◎22

瑜受了劍，對眾言曰：「吾奉主公之

注釋

※3：張大眼睛的樣子，形容驚喜振奮的神情。

命，率眾破曹。諸將官吏，來日俱於江畔行營聽令。如遲誤者，依七禁令、五十四斬※4施行！」言罷，辭了孫權，起身出府。眾文武各無言而散。

周瑜回到下處，便請孔明議事。孔明至。瑜曰：「今日府下公議已定。願求破曹良策。」孔明曰：「孫將軍心尚未穩，不可以決策也！」瑜曰：「何謂心不穩？」孔明曰：「心怯曹兵之多，懷寡不敵眾之意。將軍能以軍數開解，使其了然無疑，然後大事可成！」◎23瑜曰：「先生之論甚善！」乃復入見孫權。

權曰：「公瑾夜至，必有事故?!」瑜曰：「來日調撥軍馬，主公心疑否？」權曰：「但憂曹操兵多，寡不敵眾耳。他無所疑。」瑜笑曰：「瑜正為此，特來開解主公。主公因見操檄文，言水陸大軍百萬。故懷疑懼，不復料其虛實。今以實較之：彼將中國之兵，不過十五六萬，且已久疲。所得袁氏之眾，亦止七八萬耳，尚多懷疑未服。夫以久疲之卒，狐疑之眾，其數雖多，不足畏也。瑜得五萬兵，自足破之！願主公勿以為慮。」

權撫瑜背曰：「公瑾此言，足釋我疑。子布無謀，深失孤望！獨卿及子敬與孤同心耳。卿可與子敬、程普即日選軍前進。孤當續發人馬，多載資糧，為卿後應。卿前軍倘不如意，便還就孤。孤當親與曹賊決戰，更無他疑。」

周瑜謝出，暗忖曰：「孔明早已料著吳侯之心，其計畫又高我一頭，久必為江東之患。不如殺之！」乃令人連夜請魯肅入帳，言欲殺孔明之事。

肅曰：「不可。今操賊未破，先殺賢士，是自去其助也。」瑜曰：「此人助劉備，必爲江東之患。」肅曰：「諸葛瑾乃其親兄，可令招此人，同事東吳。豈不妙哉！」瑜善其言。◎24

次日平明，瑜赴行營，升中軍帳高坐。左右立刀斧手，聚集文官武將聽令。原來程普年長於瑜，今瑜爵居其上，心中不樂。是日，乃託病不出，令長子程咨自代。

瑜令眾將曰：『王法無親』，諸君各守乃職。方今曹操弄權，甚於董卓。囚天子於許昌，屯暴兵於境上。吾今奉命討之，諸君幸皆努力向前！大軍到處，不得擾民。賞勞罰罪，並不徇縱。」

令畢，即差韓當、黃蓋爲「前部先鋒」，領本部戰船，即日起行，前至三江口下寨，別聽將令。蔣欽、周泰爲第二隊，凌統、潘璋爲第三隊，太史慈、呂蒙爲第四隊，陸遜、董襲爲第五隊。呂範、朱治爲四方巡警使，催督六郡官軍，水陸並進尅期取齊。◎25調撥已畢，諸將各自收拾船隻軍器起行。

〈評點〉

◎23：孫權屢以曹兵多寡爲問，孔明便從此看出他心未穩。（毛宗崗）

◎24：可見周郎非忌勝己者，特忌勝己者之爲敵用耳。（毛宗崗）

◎25：只五萬兵，覷其調撥卻有數十萬之勢！（毛宗崗）

注釋

※4：古代的軍法條例。七禁令指輕軍、慢軍、盜軍、欺軍、背軍、亂軍、誤軍等。其中每條禁令又包括若干具體細則，合共五十四項；違反任何一項都要處以斬刑，叫五十四斬。（見《太平御覽》錄《侯兵法》）。

程咨回見父程普，說：「周瑜調兵，動止有法。」普大驚，曰：「我素欺周郎懦弱，不足爲將，今能如此，眞將才也。我如何不服？」◎26遂親詣行營謝罪。◎27瑜亦遜謝。

次日。瑜請諸葛瑾，謂曰：「令弟孔明有王佐之才，如何屈身事劉備？今幸至江東，欲煩先生不惜齒牙餘論※5，使令弟棄劉備而事東吳。則主公既得良輔，而先生兄弟又得相見，豈不美哉？先生幸即一行。」瑾曰：「瑾自至江東，愧無寸功。今都督有令，敢不效力？」即時上馬，逕投驛亭，來見孔明。

孔明接入，哭拜，各訴闊情。瑾泣曰：「弟知伯夷、叔齊乎？」孔明暗思：「此必周郎教來說我也！」遂答曰：「夷、齊古之聖賢也。」瑾曰：「夷、齊雖至餓死首陽山

◆ 湖北襄陽「古隆中」石坊。（飛揚／fotoe提供）

下，兄弟二人亦在一處。我今與你同胞共乳，乃各事其主，不能旦暮相聚。視夷、齊之爲人，能無愧乎？」

孔明曰：「兄所言者，情也！弟所守者，義也！弟與兄皆漢人，今劉皇叔乃漢室之冑，兄若能去東吳，而與弟同事劉皇叔，則上不愧爲漢臣，而骨肉又得相聚。此『情義兩全』之策也！不識兄意以爲如何？」瑾思曰：「我來說他，反被他說了我也！」◎28遂無言回答，起身辭去。

回見周瑜細述孔明之言。瑜曰：「公意若何？」瑾曰：「我受孫將軍厚恩，安肯相背？」瑜曰：「公既忠心事主，不必多言。我自有服孔明之計！」正是：

「智與智逢宜必合，才同才角又難容。」

究竟周瑜定何計服孔明，且看下回分解……

〈評點〉

◎26：眞知己。（李贄）

◎27：關、張之服孔明，在奏捷之後；程普之服周郎，即在調兵之時。又不同。（毛宗崗）

◎28：眞可笑矣！（毛宗崗）

注釋

※5：指肯費言語、口舌之力。

第四十五回　三江口曹操折兵　群英會蔣幹中計

卻說周瑜聞諸葛瑾之言，轉恨孔明。存心欲謀殺之。次日，點齊軍將，入辭孫權。權曰：「卿先行！孤即起兵繼後。」瑜辭出，與程普、魯肅領兵起行，便邀孔明同往，◎1孔明欣然從之。一同登舟，駕起帆檣※1，迤邐望夏口而進。

離三江口五六十里，船依次第歇定。周瑜在中央下寨，岸上依西山結營，週圍屯住。孔明只在一葉小舟內安身。◎2

周瑜分撥已定。使人請孔明議事。孔明至中軍帳，敘禮畢。瑜曰：「昔曹操兵少，袁紹兵多，而操反勝紹者，因用許攸之謀，先斷烏巢之糧也。今操兵八十三萬，我兵只五六萬，安能拒之？亦必須先斷操之糧，然後可破。我已探知曹軍糧草俱屯於聚鐵山。先生久居漢上，熟知地理。敢煩先生與關、張、子龍輩，吾亦助兵千人，星夜往聚鐵山，斷操糧道。彼此各為主人之事，幸勿推調！」◎3

孔明暗思：「此因說我不動，設計害我。我若推調，必為所笑！不如應之，別有計議。」乃欣然領諾。瑜大喜！孔明辭出。魯肅密謂瑜曰：「公使孔明劫糧，是何意見？」瑜曰：「吾欲殺孔明，恐惹人笑。故借曹操之手殺之，以絕後患耳。」

肅聞言，乃往見孔明，看他知也不知。只見孔明略無難色，整點軍馬要行。肅不忍，以言挑之曰：「先生此去可成功否？」◎4孔明笑曰：「吾水戰、步戰、馬戰、車戰，各盡其妙，何愁功績不成？非比江東公與周郎輩，止一能也。」

肅曰：「吾與公瑾何謂一能？」孔明曰：「吾聞江南小兒謠云：『伏路把關饒子敬，臨江水戰有周郎。』公等於陸地但能伏路把關，周公瑾但堪水戰，不能陸戰耳。」

肅乃以此言告知周瑜。瑜怒曰：「何欺我不能陸戰耶？不用他去，我自引一萬馬軍，往聚鐵山斷操糧道。」◎5

肅又將此言告孔明。孔明笑曰：「公瑾令吾斷糧者，實欲使曹操殺吾耳。吾故以片言戲之，公瑾便容納不下。目今用人之際，只願吳侯與劉使君同心，則功可成；如各相謀害，大事休矣！操賊多謀，他平生慣斷人糧道，今如何不以重兵隄

〈評點〉

◎1：便不懷好意。孔明也只當不知。（李漁）

◎2：孔明之舟如一葉，孔明之身亦如一葉。以一葉之身寄於東吳，而安如泰山。眞神人也！（毛宗崗）

◎3：天下惟不懷好意人，最會說好話。（毛宗崗）

◎4：寫魯肅忠厚，以反襯周瑜。（李漁）

◎5：孔明耐得，周瑜反耐不得。（毛宗崗）

注釋

※1：船上的桅竿。

備？公瑾若去，必爲所擒！今只當先決水戰，挫動北軍銳氣，別尋妙計破之。望子敬善言以告公瑾爲幸。」◎6

魯肅遂連夜回見周瑜，備述孔明之言。瑜搖首頓足，曰：「此人見識勝吾十倍。今不除之，後必爲我國之禍。」◎7肅曰：「今用人之際，望以國家爲重。且待破曹之後，圖之未晚。」瑜然其說。

卻說玄德分付劉琦守江夏，自領眾將引兵往夏。遙望江南岸旗旛隱隱，戈戟重重，料是東吳早已動兵。乃盡移江夏之兵，至樊口屯紮。

玄德聚眾，曰：「孔明一去東吳，杳無音信，不知事體何如？誰人可去探聽虛實回報？」糜竺曰：「竺願往。」玄德乃備羊酒禮物，令糜竺至東吳，以犒軍爲名，探聽虛實。

竺領命，駕小舟順流而下，逕至周瑜大寨前。軍士入報周瑜，瑜召入。竺再拜，致玄德相敬之意，獻上酒禮。瑜受訖，設宴款待糜竺。竺曰：「孔明在此已久。今願與同回。」瑜曰：「孔明方與我同謀破曹，豈可便去？吾亦欲見劉豫州，共議良策；奈身統大軍，不可暫離。若豫州肯枉駕來臨，深慰所望。」◎8竺應諾，拜辭而回。

肅問瑜曰：「公欲見玄德，有何計議？」瑜曰：「玄德世之梟雄，不可不除。吾今乘機誘至殺之，實爲國家除一後患。」魯肅再三勸諫，瑜只不聽，遂傳密令：

「如玄德至，先埋伏刀斧手五十人於壁衣中，看我擲盃爲號，便出下手。」◎9

卻說糜竺回見玄德，具言：「周瑜欲請主公到彼面會，別有商議。」玄德便教收拾快船一隻，只今便行。雲長諫曰：「周瑜多謀之士。又無孔明書信，恐其中有詐。不可輕去！」玄德曰：「我今結東吳以共破曹操。周郎欲見我，我若不往，非同盟之意。兩相猜忌，事不諧矣！」

雲長曰：「兄長若堅意要去，弟願同往。」張飛曰：「我也跟去！」玄德曰：「只雲長隨我去，翼德與子龍守寨，簡雍固守鄂縣，我去便回。」分付畢，即與雲長乘小舟，并從者二十餘人，飛棹赴江東。玄德觀看：江東艨艟戰艦，旌旗甲兵，左右分布整齊，心中甚喜。◎10

軍士飛報周瑜：「劉豫州來了！」瑜問：「帶多少船隻來？」軍士答曰：「只有一隻船，二十餘從人。」瑜笑曰：「此人命合休矣！」乃命刀斧手先埋伏定，然後出寨迎接。

〈評點〉

◎6：此則公瑾不如孔明多矣。（李贄）

◎7：愈敬之！愈服之！愈欲殺之！（毛宗崗）

◎8：不放孔明去，反欲賺玄德來。寫周瑜一發不懷好意了。（毛宗崗）

◎9：周瑜眞小人，然亦奸雄，不比今之小人無故而忌人也。（李贄）

◎10：又寫玄德坦直，以襯周郎。（毛宗崗）

玄德引雲長等二十餘人直到中軍帳，敘禮畢。瑜請玄德上坐，玄德曰：「將軍名傳天下。備不才，何煩將軍重禮？」乃分賓主而坐。周瑜設宴相待。

且說孔明偶來江邊，聞說玄德來此與都督相會，吃了一驚！急入中軍帳竊看動靜。只見周瑜面有殺氣，兩邊壁衣中密排刀斧。孔明大驚！曰：「似此如之奈何？」回視玄德，談笑自若。◎11卻見玄德背後一人，按劍而立，乃雲長也。孔明喜曰：「吾主無危矣！」◎12遂不復入，仍回身至江邊等候。

周瑜與玄德飲宴，酒行數巡。瑜起身把盞。猛見雲長按劍立於玄德背後，忙問：「何人？」玄德曰：「吾弟關雲長也！」瑜驚曰：「非向日斬顏良、文醜者乎？」玄德曰：「然也！」瑜大驚！汗流浹背，便斟酒與雲長把盞。◎13

少頃，魯肅入。玄德曰：「孔明何在？煩子敬請來一會！」瑜曰：「且待破了曹操，與孔明相會未遲。」玄德不敢再言。雲長以目視玄德，玄德會意，即起身，辭瑜曰：「備暫告別。即日破敵收功之後，專當叩賀。」瑜亦不留，送出轅門。

玄德別了周瑜，與雲長等來至江邊，只見孔明已在舟中。◎14玄德大喜！孔明曰：「主公知今日之危乎？」玄德愕然曰：「不知也！」孔明曰：「若無雲長，主公幾為周郎所害矣！」玄德方纔省悟。便請孔明同回樊口。

孔明曰：「亮雖居虎口，安如泰山。今主公但收拾船隻軍馬候用，以十一月二十甲子日後為期，可令子龍駕小舟來南岸邊等候。切勿有誤。」玄德問其意，孔明曰：「但看東南風起，亮必還矣！」◎15玄德再欲問時，孔明催促玄德作速開船。言訖自回。

玄德與雲長及從人開船，行不數里，忽見上流頭放下五六十隻船來。船頭上一員大將，橫矛而立，乃張飛也。因恐玄德有失，雲長獨力難支，特來接應。於是三人同回寨，不在話下。

卻說周瑜送了玄德，回至寨中。魯肅入，問曰：「公既誘玄德至此，

〈評點〉

◎11：玄德自是福人。（李贄）
◎12：在孔明眼中寫一雲長。（毛宗崗）
◎13：不是寫周瑜，正是寫雲長。（毛宗崗）
◎14：寫孔明眞是可愛。（毛宗崗）
◎15：俱先算定，神妙莫測。（李漁）

◆三江口曹操折兵。甘寧一箭將蔡瑁之弟蔡壎射倒，曹兵大敗。（fotoe提供）

爲何又不下手？」瑜曰：「關雲長世之虎將也！與玄德行坐相隨，吾若下手，他必來害我！」肅愕然。

忽報：「曹操遣使送書至！」瑜喚入。使者呈上書看時，封面上判云：「漢大丞相付周都督開拆。」瑜大怒！更不開看，將書扯碎擲於地上，◎16喝斬來使！肅曰：「兩國相爭，不斬來使。」瑜曰：「斬使以示威！」遂斬使者，將首級付從人持回。隨令甘寧爲先鋒，韓當爲左翼，蔣欽爲右翼。瑜自領諸將接應：「來日四更造飯，五更開船，鳴鼓吶喊而進！」

卻說曹操知周瑜毀書斬使，大怒！便喚蔡瑁、張允等一班荊州降將爲前部，操自爲後軍，催督戰船。到三江口，早見東吳船隻蔽江而來！爲首一員大將，坐在船頭上，大呼曰：「吾乃甘寧也！誰敢來與吾決戰？」

蔡瑁令弟蔡壎前進。兩船相近，甘寧拈弓搭箭，望蔡壎射來，應弦而倒！寧驅船大進！萬弩齊發，曹軍不能抵當！右邊蔣欽、左邊韓當，直衝入曹軍隊中。

曹軍大半是青、徐之兵，素不習水戰。大江面上，戰船一擺，早立腳不住。甘寧等三路戰船縱橫水面，周瑜又催船助戰，曹軍中箭著砲者，不計其數。從巳時直殺到未時※2。

周瑜雖得利，只恐寡不敵眾。遂下令鳴金，收住船隻。◎17曹軍敗回！

操登旱寨，再整軍士。喚蔡瑁、張允，責之曰：「東吳兵少，反爲所敗，是汝等不用心耳？」蔡瑁曰：「荊州水軍久不操練，青、徐之軍又素不習水戰，故爾致敗。今當先立水寨，令青、徐軍在中，荊州軍在外，每日教習精熟，方可用之！」操曰：「汝既爲水軍都督，可以便宜從事。何必稟我？」

於是蔡、張二人自去訓練水軍。沿江一帶，分二十四座水門，以大船居於外爲城郭；小船居於內，可通往來。◎18至晚點上燈火，照得天心水面通紅。旱寨三百餘里，煙火不絕。

卻說周瑜得勝回寨，犒賞三軍。一面差人到吳侯處報捷。當夜，瑜登高觀望，只見西邊火光接天。左右告曰：「此皆北軍燈火之光也！」瑜亦心驚。

次日。瑜欲親往探看曹軍水寨，乃命收拾樓船※3一隻，帶著鼓樂，隨行健將數員，各帶強弓硬弩，一齊上船，迤邐前進。至操寨邊，瑜命下了矴石，樓船上鼓樂齊奏。瑜暗窺他水寨，大驚，曰：「此深得水軍之妙也！」問：「水軍都督是誰？」左右曰：「蔡瑁、張允！」瑜思曰：「二人久居江東，諳習水戰。吾必設計

〈評點〉

◎16：此封書亦可作銅雀臺賦觀。（毛宗崗）

◎17：此孔明所謂「先挫北軍銳氣」者也。雖是周瑜之功，亦即是孔明所教。（毛宗崗）

◎18：盡有法度。（李漁）

蔡瑁

◆戲曲臉譜《群英會》之蔡瑁。勾藍膛花三塊瓦臉，示其居心險惡，面露殺機。（田有亮繪）

注釋

※2：巳時：等於現在的上午九點到十一點。未時：下午一點到三點。

※3：高大、有樓的戰船。

先除此二人，然後可以破曹。」

正窺間，早有曹軍飛報曹操，說：「周瑜偷看吾寨！」操命縱船擒捉。瑜見水寨中旗號動，急教收起矴石，兩邊四下一齊輪轉櫓棹，望江面上如飛而去。比及曹寨中船出時，周瑜的樓船已離了十數里遠。追之不及，回報曹操。

操問眾將曰：「昨日輸了一陣，挫動銳氣！今又被他探窺吾寨，吾當作何計破之？」言未畢，忽帳下一人出曰：「某自幼與周郎同窗交契。願憑三寸不爛之舌，往江東說此人來降。」曹操大喜！視之，乃九江人，姓蔣名幹，字子翼，現爲帳下幕賓。◎19

操問曰：「子翼與周公瑾相厚乎？」幹曰：「丞相放心！幹到江左，必要成功。」操問：「要將何物去？」幹曰：「只消一童隨往，二僕駕舟。其餘不用。」操甚喜！置酒與蔣幹送行。

幹葛巾布袍，駕一隻小舟，逕到周瑜寨中。命傳報：「故人蔣幹相訪！」周瑜正在帳中議事，聞幹至，笑謂諸將曰：「說客至矣！」遂與眾將附耳低言：「如此！如此……。」眾皆應命而去。

瑜整衣冠，引從者數百，皆錦衣花帽，前後簇擁而出。幹引一青衣小童，昂然而入，瑜拜迎之。幹曰：「公瑾別來無恙？」瑜曰：「子翼良苦。遠涉江湖，爲曹

◆蔣幹，字子翼，揚州九江（今安徽壽縣）人，《三國志》記載他「有儀容，以才辯見稱，獨步江、淮之間，莫與為對」，而《三國演義》為了映襯周瑜，則把他描寫成一個愚蠢的笑柄型人物。（葉雄繪）

氏作說客耶？」幹愕然，曰：「吾久別足下，特來敘舊。奈何疑我作說客也？」瑜笑曰：「吾雖不及師曠之聰※4，聞弦歌而亦知雅意。」幹曰：「足下待故人如此？便請告退。」瑜笑而挽其臂，曰：「吾但恐兄為曹氏作說客耳。既無此心，何速去也？」遂同入帳。

敘禮畢，坐定。即傳令：「悉召江左英傑，與子翼相見！」須臾，文官武將各穿錦衣，帳下偏裨將校都披銀鎧，分兩行而入。瑜都教相見畢，就列於兩傍而坐。大張筵席，奏軍中得勝之樂，輪換行酒。

瑜告眾官曰：「此吾同窗契友也！雖從江北到此，卻不是曹家說客。公等勿疑！」◎20遂解佩劍，付太史慈曰：「公可佩我劍作監酒。今日宴飲，但敘朋友交情。如有提起曹操與東吳軍旅之事者，即斬之！」太史慈應諾，按劍坐於席上。蔣幹驚愕，不敢多言。

〈評點〉

◎19：周瑜既觀水寨之後，正欲使人渡江離間蔡瑁、張允；而蔣幹請往江東，適中機會，恰好湊著周瑜也。（毛宗崗）

◎20：前妙在說破他是說客，此又妙在說他並不是說客。使他開口不得。（毛宗崗）

◆戲曲臉譜《三江口》之陳武。東吳大將，勾碎綠臉，與原著黃面赤睛的描寫大致相同。（田有亮繪）

注釋

※4：師曠，春秋時晉國的樂師，以善辨音著稱。聰，耳朵很靈。

◆戲曲臉譜《群英會》之太史慈。東吳大將，勾綠色碎臉，鼻頭、眉翅畫紅色紋，額間白色蝙蝠，示其火爆驍勇，剛烈無畏。（田有亮繪）

周瑜曰：「吾自領軍以來，滴酒不飲。今日見了故人，又無疑忌，當飲一醉！」說罷，大笑暢飲，座上觥籌交錯。飲至半酣，瑜攜幹手，同步出帳外。左右軍士皆全裝貫帶，持戈執戟而立。◎21瑜曰：「吾之軍士頗雄壯否？」幹曰：「眞熊虎之士也！」

瑜又引幹到帳後一望，糧草堆如山積。瑜曰：「吾之糧草頗足備否？」幹曰：「兵精糧足，名不虛傳！」瑜佯醉大笑！曰：「想周瑜與子翼同學業時，不曾望有今日。」幹曰：「以吾兄高才，實不爲過。」瑜執幹手曰：「大丈夫處世，遇知己之主，外託君臣之義，內結骨肉之恩；言必行，計必從，禍福共之。假使蘇秦、張儀、陸賈、酈生※5復出，口似懸河，舌如利刃，安能動我心哉？」言罷大笑！蔣幹面如土色。◎22

瑜復攜幹入帳，會諸將再飲，因指諸將曰：「此皆江東之英傑，今日此會，可名『群英會』。

飲至天晚，點上燈燭，瑜自起，舞劍作歌。歌曰：

「丈夫處世兮！立功名，立功名兮！慰平生；

慰平生兮！吾將醉，吾將醉兮！發狂吟！」

歌罷，滿座歡笑。

至夜深，幹辭曰：「不勝酒力矣！」瑜命撤席，諸將辭出。瑜曰：「久不與子翼同榻，今宵抵足而眠。」於是佯作大醉之狀，攜幹入帳共寢。瑜和衣倒臥，嘔吐狼籍※6，蔣幹如何睡得著？伏枕聽時，軍中鼓打二更，起視殘燈尚明，看周瑜時鼻息如雷。

〈評點〉

◎21：又誇軍威。（李漁）

◎22：周郎此日極其狠毒，故人之情何在也？（李贄）

◆群英會。周瑜在蔣幹面前盡顯雄姿英發的豪情。（鄧嘉德繪）

注釋

※5：酈生指酈食其，他和陸賈都是漢初的辯士。

※6：傳說狼睡在草上，離去時就把草扒亂以消去痕跡。後以「狼籍」形容亂七八糟的樣子。

◆《群英會》，北京故宮清宮戲畫。（矗鳴／fotoe提供）

幹見帳內桌上堆著一卷文書，乃起牀偷視之，卻都是往來書信。內有一封，上寫：「蔡瑁、張允謹封」。幹大驚！暗讀之。書略曰：

「某等降曹，非圖仕祿，迫於勢耳。今已賺北軍困於寨中，但得其便，即將曹操之首獻於麾下。早晚人到，便有關報，幸勿見疑。先此敬覆……。」

幹思曰：「原來蔡瑁、張允結連東吳？」遂將書暗藏於衣內。再欲檢看他書時，牀上周瑜翻身，幹急滅燈就寢。

瑜口內含糊曰：「子翼！我數日之內，教你看曹賊之首！」幹勉強應之。瑜又曰：「子翼且住！教你看操賊之首！」及幹問之，瑜又睡著。◎23幹伏於牀上。

將及四更，只聽得有人入帳，喚曰：「都督醒否？」周瑜夢中做忽覺之狀，故問那人曰：「牀上睡著何人？」答曰：「都督請子翼同寢，何故忘卻？」瑜懊悔曰：「吾平日未嘗飲醉。昨日醉後失事，不知可曾說甚言語？」◎24

那人曰：「江北有人到此……。」瑜喝：「低聲！」便喚：「子翼！」蔣幹只裝睡著。瑜潛出帳。幹竊聽之，只聞有人在外曰：「蔡、張二都督道：『急切不得手！』」後面言語頗低，聽不眞實。少頃，瑜入帳，又喚：「子翼！」蔣幹只是不應，蒙頭假睡。瑜亦解衣就寢。

◆蔣幹盜書。蔣幹自以為得計，實則中計而不自知。（鄧嘉德繪）

〈評點〉

◎23：此等機關，如同兒戲，不知者以爲奇計也。眞是通俗演義，妙絕妙絕。（李贄）

◎24：既詐醉，又詐醒；既詐說，又詐忘。裝來逼眞。（毛宗崗）

◆京劇《蔣幹盜書》，姜妙香飾周瑜，蕭長華飾蔣幹。（毛小雨提供／江西美術出版社）

幹尋思：「周瑜是個精細人。天明尋書不見，必然害我！」睡至五更，幹起喚周瑜，瑜卻睡著。幹戴上巾帽，潛步出帳，喚了小童，逕出轅門。軍士問：「先生那裏去？」幹曰：「吾在此恐誤都督事，權且告別！」軍士亦不阻當。◎25

幹上船，飛棹回見曹操。操問：「子翼幹事若何？」幹曰：「周瑜雅量高致，非言詞所能動也！」操怒曰：「事又不濟，反爲所笑！」幹曰：「雖不能說周瑜，卻與丞相打聽得一件事。」乞退左右，幹取出書信，將上項事逐一說與曹操。

操大怒！曰：「二賊如此無禮耶？」◎26即便喚蔡瑁、張允到帳下。操曰：「我欲使汝二人進兵！」瑁曰：「軍尚未曾練熟，不可輕進！」操怒曰：「軍若練熟，吾首級獻於周郎矣！」蔡、張二人不知其意，驚慌不能回答。

操喝武士推出斬之。須臾，獻頭帳下，操方省悟曰：「吾中計矣！」◎27後人有詩嘆曰：

「曹操奸雄不可當，一時詭計中周郎。蔡、張賣主求生計，誰料今朝劍下亡？」

眾將見殺了蔡、張二人，入問其故。操雖心知中計，卻不肯認錯。乃謂眾將曰：「二人怠慢軍法，吾故斬之！」眾皆嗟呀不已。操於眾將內選毛玠、于禁為水軍都督，以代蔡、張二人之職。

細作探知，報過江東。周瑜大喜曰：「吾所患者，此二人耳。今既剿除，吾無憂矣！」肅曰：「都督用兵如此，何愁曹賊不破乎？」瑜曰：「吾料諸將不知此計！獨有諸葛亮識見勝我，想此謀亦不能瞞也。◎28子敬試以言挑之，看他知也不知，便當回報。」正是：

「還將反間成功事，去試從旁冷眼人。」

未知肅去問孔明還是如何？且看下文分解……

〈評點〉

◎25：皆是周瑜之計。（毛宗崗）

◎26：前只是蔣幹中計，今曹操亦中計。（毛宗崗）

◎27：聰明人只好愚弄他一時。（毛宗崗）

◎28：曹操尚難終瞞，何況孔明乎？（李漁）

◆戲曲臉譜《群英會》之蔣幹。勾豆腐塊臉，繫方巾大醜，示其平庸俗氣，才疏學淺，成事不足，敗事有餘。（田有亮繪）

第四十六回　用奇謀孔明借箭　獻密計黃蓋受刑

卻說魯肅領了周瑜言語，逕來舟中相探孔明。孔明接入小舟對坐。肅曰：「連日措辦軍務，有失聽教。」孔明曰：「便是亮亦未與都督賀喜。」肅曰：「何喜？」孔明曰：「公瑾使先生來探亮知也不知，便是這件事可賀喜也！」諕得魯肅失色，問曰：「先生何由知之？」

孔明曰：「這條計只好弄蔣幹。曹操雖被一時瞞過，必然便省悟。只是不肯認錯耳！今蔡張二人既死，江東無患矣！如何不賀喜？吾聞曹操換毛玠、于禁爲『水軍都督』，在這兩個手裏，好歹送了水軍性命！」◎1

魯肅聽了，開口不得。◎2把些言語支吾了半晌，別孔明而回，孔明囑曰：「望子敬在公瑾面前勿言亮先知此事，恐公瑾心懷妒忌，又要尋事害亮！」魯肅應諾而去。回見周瑜把上項事只得實說了。

瑜大驚！曰：「此人決不可留！吾決意斬之。」肅勸曰：「若殺孔明，卻被曹操笑也。」瑜曰：「吾自有公道斬之，教他死而無怨。」◎3肅曰：「何以公道斬之？」瑜曰：「子敬休問！來日便見。」

次日，聚眾將於帳下，教請孔明議事。孔明欣然而至。坐定，瑜問孔明曰：「即日將與曹軍交戰。水路交兵，當以何兵器爲先？」孔明曰：「大江之上，以弓箭爲先。」瑜曰：「先生之言甚合吾意。但今軍中正缺箭用，敢煩先生監造十萬枝箭，以爲應敵之具。此係公事，先生幸勿推卻！」

孔明曰：「都督見委，自當效勞。敢問十萬枝箭何時要用？」瑜曰：「十日之內可完辦否？」孔明曰：「操軍即日將至，若候十日，必誤大事。」◎4瑜曰：「先生料幾日可辦完？」孔明曰：「只消三日，便可拜納十萬枝箭。」瑜曰：「軍中無戲言。」孔明曰：「怎敢戲都督？願納軍令狀，三日不辦，甘當重罰。」

瑜大喜！喚軍政司當面取了文書，置酒相待。曰：「待軍事畢後，自有酬勞。」孔明曰：「今日已不及。來日造起，至第三日，可差五百小軍到江邊搬箭。」飲了數杯，辭去。

〈評點〉

◎1：連後邊事又早已知之矣。（李漁）
◎2：蔣幹見周瑜，開口不得；魯肅見孔明，亦開口不得。（毛宗崗）
◎3：前欲使曹操殺之，此直欲自殺之。（毛宗崗）
◎4：不以爲促，反以爲緩。奇妙！（毛宗崗）

◆1994年12月，甘肅省隴南市禮縣祁山堡下出土的三國箭簇，被排列成「文物」字樣。（石寶琇／fotoe提供）

魯肅曰：「此人莫非詐乎？」瑜曰：「他自送死，非我逼他。今明白對眾要了文書，他便兩脅生翅也飛不去。我只分付軍匠人等，教他故意遲延；凡應用物件，都不與齊備。如此，必然誤了日期。那時定罪，有何理說？公今可去探他虛實，卻來回報。」

肅領命來見孔明。孔明曰：「吾曾告子敬，休對公瑾說，他必要害我！不想子敬不肯為我隱諱，今日果然又弄出事來。三日內如何造得十萬箭？子敬只得救我。」肅曰：「公自取其禍，我如何救得你？」

孔明曰：「望子敬借我二十隻船，每船要軍士三十人，船上皆用青布為幔，各束草千餘個，分布兩邊。吾別有妙用。第三日，包管有十萬枝箭。只不可又教公瑾得知。若彼知之，吾計敗矣！」

肅應諾，卻不解其意。回報周瑜，果然不提起借船之事。◎5只言孔明並不用箭竹、翎毛、膠漆等物，自有道理。瑜大疑曰：「且看他三日後如何回覆我？」

◆湖北襄樊古隆中，「草船借箭」的草船模型。（王士敏／fotoe提供）

卻說魯肅私自撥輕快船二十隻，各船三十餘人，并布幔、束草等物，盡皆齊備，候孔明調用。第一日，卻不見孔明動靜。第二日亦只不動。

至第三日四更時分，◎6孔明密請魯肅到船中。肅問曰：「公召我何意？」孔明曰：「特請子敬同往取箭。」肅曰：「何處去取？」孔明曰：「子敬休問！前去便見。」遂命將二十隻船用長索相連，逕望北岸進發。

是夜，大霧漫天。長江之中霧氣更甚，對面不相見。孔明促舟前進！果然是好大霧。前人有篇大霧垂江賦曰：

大哉長江！西接岷峨，南控三吳，北帶九河。匯百川而入海，歷萬古以揚波！至若龍伯、海若、江妃、水母；長鯨千丈，天蜈九首。鬼怪異類，咸集而有。蓋夫鬼神之所憑依，英雄之所戰守也。

時而陰陽既亂，昧爽不分；訝長空之一色，忽大霧之四屯。雖輿薪而莫覩，惟金鼓之可聞。初若溟濛纔隱南山之豹，漸而充塞欲迷北海之鯤。然後上接高天，下垂厚地；渺乎蒼茫，浩乎無際。鯨鯢出水而騰波，蛟龍潛淵而吐氣。又如梅霖※1收溽，春陰釀寒；溟溟漠漠，浩浩漫漫。

〈評點〉

◎5：前不瞞周瑜，是老實處；今不忍不瞞周瑜，是忠厚處。（毛宗崗）

◎6：第三日四更，險到沒去處矣。（李漁）

注釋

※1：久下不停的雨。

東失柴桑之岸，南無夏口之山。戰船千艘，俱沉淪于巖壑；漁舟一葉，驚出沒于波瀾。甚則穹昊※2無光，朝陽失色；返白晝爲昏黃，變丹山爲水碧。雖大禹之智，不能測其淺深；離婁※3之明，焉能辨乎咫尺？

於是馮夷息浪，屏翳※4收功；魚鱉遁跡，鳥獸潛蹤。隔斷蓬萊之島，暗圍閶闔之宮。恍惚奔騰，如驟雨之將至；紛紜雜沓，若寒雲之欲同。乃能中隱毒蛇，因之而爲瘴癘；內藏妖魅，憑之而爲禍害。降疾厄於人間，起風塵於塞外。小民遇之大傷，大人觀之感慨。蓋將返元氣于洪荒，混天地爲大塊。

當夜五更時候，◎7船已近曹操水寨。孔明教把船隻頭西尾東，一帶擺開，就船上擂鼓吶喊！魯肅驚曰：「倘曹兵齊出，如之奈何？」孔明笑曰：「吾料曹操於重霧中必不敢出！吾等只顧酌酒取樂，待霧散便回。」

◆草船借箭。諸葛亮又一次成功運用了心理戰術，讓曹操中計。（葉雄繪）

卻說曹寨中聽得擂鼓吶喊！毛玠、于禁二人慌忙飛報曹操。操傳令曰：「重霧迷江，彼軍忽至，必有埋伏。切不可輕動，可撥水軍弓弩手，亂箭射之！」◎8又差人往旱寨內，喚張遼，徐晃各帶弓弩軍三千，火速到江邊助射。

比及號令到來，毛玠、于禁怕南軍搶入水寨，已差弓弩手在寨前放箭。少頃，旱寨內弓弩手亦到約一萬餘人，盡皆向江中放箭，箭如雨發！孔明教把船回，頭東尾西，逼近水寨受箭，一面擂鼓吶喊！

待至日高霧散，孔明令收船急回。二十隻船，兩邊束草上，排滿箭枝。孔明令各船上軍士齊聲叫曰：「謝丞相箭！」比及曹操寨內報知曹操時，這裏船輕水急，已放回二十餘里，追之不及，曹操懊悔不已。

卻說孔明回船，謂魯肅曰：「每船上箭約五六千矣！不費江東半分之力，已得十萬餘箭。明日即將來射曹軍，卻不

〈評點〉

◎7：三日之限已滿。（李漁）

◎8：若今時用炮火，此計便險。（李漁）

◆清末楊家埠年畫《草船借箭》。（清末民間年畫，徐震時提供／人民美術出版社）

注釋

※2：蒼天。

※3：離婁：古代傳說中的人名，亦作「離朱」，傳說他能視於百步之外，見秋毫之末。

※4：神話中的水神和風神。

◆1992年發行的三國故事主題郵票系列之《草船借箭》。（Legacy images 提供）

甚便？」

肅曰：「先生眞神人也！何以知今日如此大霧？」孔明曰：「爲將而不通天文，不識地理；不知奇門※5，不曉陰陽；不看陣圖，不明兵勢；是庸才也。亮于三日前已算定今日有大霧，因此敢任三日之限。公瑾教我十日完辦，工匠料物都不應手；將這一件風流罪過，明是要殺我。我命係於天，公瑾焉能害我哉？」◎9魯肅拜服。

船到岸時，周瑜已差五百軍在江邊等候搬箭，孔明教於船上取之，可得十萬餘枝，都搬入中軍帳交納。魯肅入見周瑜，備說孔明取箭之事。瑜大驚！慨然嘆曰：「孔明神機妙算，吾不如也！」後人有詩讚曰：

「一天濃霧滿長江，遠近難分水渺茫；驟雨飛蝗來戰艦，孔明今日服周郎。」

少頃，孔明入寨見周瑜。瑜下帳迎之，稱羨曰：「先生神算，使人敬服。」孔明曰：「詭譎小計，何足爲奇？」◎10瑜邀孔明入帳共飲。瑜曰：「昨吾主遣使來催督進兵。瑜未有奇計，願先生教我！」孔明曰：「亮乃碌碌庸才，安有妙計？」瑜曰：「某昨觀曹操水寨，極其嚴整有法，非等閒可攻。思得一計，不知可否，先生幸爲我一決之！」孔明曰：「都督且休言。各自寫於手內，看同也不同。」

瑜大喜！教取筆硯來，先自暗寫了，卻送與孔明，孔明亦暗寫了。兩個移近坐榻，各出掌中之字，互相觀看，皆大笑！原來周瑜掌中字乃一「火」字，孔明掌中亦一「火」字。

瑜曰：「既我二人所見相同，更無疑矣！幸勿漏泄。」孔明曰：「兩家公事，豈有漏泄之理？吾料曹操雖兩番經我這條計，然必不爲備。今都督儘行之可也！」飲罷分散，諸將皆不知其事。

卻說曹操平白折了十五六萬箭，心中氣悶。荀攸進計曰：「江東有周瑜、

〈評點〉

◎9：此時方才說破。（李漁）

◎10：自謙處正是自負。（毛宗崗）

◆所見相同。周瑜對諸葛亮之才既想利用，又要防範，甚至試圖加害，搞得自己精神緊張。（鄧嘉德繪）

注釋

※5：即「奇門遁甲」。古代迷信術數，認爲根據陰陽、五行、八卦、九宮、干支的推算，牽附天上的星辰、地上的區域，就可以預知軍事行動的成敗吉凶。採取趨吉避凶的措施。後文第四十九回，又把這種迷信法術加以誇大，說是「可以呼風喚雨。」

諸葛亮二人用計，急切難破。可差人去東吳詐降，爲奸細內應，以通消息，方可圖也！」操曰：「此言正合吾意。汝料軍中誰可行此計？」攸曰：「蔡瑁被誅，蔡氏宗族皆在軍中。瑁之族弟蔡中、蔡和現爲副將。丞相可以恩結之，差往詐降，東吳必不見疑。」操從之。

當夜，密喚二人入帳，囑付曰：「汝二人可引些少軍士去東吳詐降。但有動靜，使人密報。事成之後，重加封賞。休懷二心。」二人曰：「吾等妻子俱在荊州，安敢懷二心？丞相勿疑。◎11某二人必取周瑜、諸葛亮之首獻於麾下。」操厚賞之。

次日，二人帶五百軍士，駕船數隻，順風望著南岸來。且說周瑜正理會進兵之事，忽報：「江北有船來到江口，稱是蔡瑁之弟蔡中、蔡和，特來投降。」瑜喚入，二人哭拜曰：「吾兄無罪，被曹賊所殺！吾二人欲報兄仇，特來投降。望賜收錄，願爲前部。」瑜大喜，重賞二人，即命與甘寧引軍爲前部。二人拜謝，以爲中計。

瑜密喚甘寧，分付曰：「此二人不帶家小，非眞投降，乃曹操使來爲奸細者。吾今欲將計就計，教他通報消息。汝可慇懃相待，就裏提防；◎12至出兵之日，先要殺他兩個祭旗。汝切須小心，不可有誤。」甘寧領命而去。

魯肅入見周瑜，曰：「蔡中、蔡和之降，多應是詐。可不收用！」瑜叱曰：

「彼因曹操殺其兄，欲報仇而來降，何詐之有？你若如此多疑，安能容天下之士乎？」肅默然而退。乃往告孔明，孔明笑而不言。

肅曰：「孔明何故哂笑？」孔明曰：「吾笑子敬不識公瑾用計耳。大江遠隔，細作極難往來。操使蔡中、蔡和詐降，竊探我軍中事。公瑾將計就計，正要他通報消息。『兵不厭詐』，公瑾之謀是也。」肅方纔省悟。

卻說周瑜夜坐帳中，忽見黃蓋潛入軍中，來見周瑜。瑜問曰：「公覆夜至，必有良謀見教？」蓋曰：「彼眾我寡，不宜久持。何不用火攻之？」瑜曰：「誰教公獻此計？」蓋曰：「某出自己意，非他人之所教也！」

瑜曰：「吾正欲如此，故留蔡中、蔡和詐降之人，以通消息。但恨無一人爲我行詐降計耳。」◎13蓋曰：「某願行此計。」瑜曰：「不受些苦，彼如何肯信？」

◆黃蓋。首款萬人策略對戰的線上遊戲《三國策Online》，皓宇科技提供。

〈評點〉

◎11：曹操之不疑者在此，周瑜之不信者亦在此。（李漁）

◎12：八個字說得盡。（李漁）

◎13：意正孔明所云「往來」二字。（李漁）

蓋曰：「某受孫氏厚恩，雖肝腦塗地，亦無怨悔。」瑜拜而謝之，曰：「君若肯行此『苦肉計』，則江東之萬幸也！」◎14蓋曰：「某死亦無怨！」遂謝而出。

次日。周瑜鳴鼓大會諸將於帳下，孔明亦在座。周瑜曰：「操引百萬之眾，連絡三百餘里，非一日可破。今令諸將各領三個月糧草，準備禦敵！」

言未訖，黃蓋進曰：「莫說三個月，便支三十個月糧草，也不濟事！若是這個月能破便破；若是這個月不能破，只可依張子布之言，棄甲倒戈，北面而降之耳。」◎15

周瑜勃然變色，大怒曰：「吾奉主公之命，督兵破曹，敢有再言降者必斬！今兩軍相敵之際，汝敢出此言，慢我軍心。不斬汝首，難以服眾！」喝左右將黃蓋斬訖報來！蓋亦怒曰：「吾自隨破虜將軍縱橫東南，已歷三世。那有你來？」

瑜大怒！喝令：「速斬！」甘寧進前告曰：「公覆乃東吳舊臣，望寬恕之。」瑜喝曰：「汝何敢多言，亂吾法度？」先叱左右將甘寧亂棒打出！眾官皆跪告曰：「黃蓋罪固當誅，但於軍不利。望都督寬恕，權且記罪。破曹之後，斬亦未遲！」

瑜怒未息，眾官苦苦哀求。瑜曰：「若不看眾官面皮，決須斬首！今且免死。」命左右拖翻，打一百脊杖，以正其罪。眾官又告免。瑜推翻案桌，叱退眾官，喝教：「行杖。」將黃蓋剝了衣服，拖翻在地，打了五十脊杖。眾官又復苦苦求免。

瑜躍起，指蓋曰：「汝敢小覷我耶？且寄下五十棍。再有怠慢，二罪俱罰！」

〈評點〉

◎14：周瑜苦心，黃蓋苦肉。苦心不易，苦肉更難。（毛宗崗）

◎15：用此一句滅威風語，是占地步語，極爲圓巧。（李漁）

◆苦肉計。俗語「周瑜打黃蓋，一個願打，一個願挨」即從此而來，不過歷史上並無此事。（鄧嘉德繪）

恨聲不絕，而入帳中。◎16眾官扶起黃蓋，打得皮開肉綻，鮮血迸流。扶歸本寨，昏絕幾次。動問之人，無不下淚。

魯肅也往看問了。來至孔明船中，謂孔明曰：「今日公瑾怒責公覆，我等皆是他部下，不敢犯顏※6苦諫。先生是客，何故袖手旁觀，不發一語？」孔明笑曰：「子敬欺我！」肅曰：「肅與先生渡江以來，未嘗一事相欺。今何出此言？」孔明曰：「子敬豈不知公瑾今日毒打黃公覆，乃其計耶？如何要我勸他？」肅方悟。

孔明曰：「不用『苦肉計』，何能瞞過曹操？今必令黃公覆去詐降，卻教蔡中、蔡和報知其事矣！子敬見公瑾時，切勿言亮先知其計，只說亮也埋怨都督便了！」

肅辭去。入帳見周瑜，瑜邀入帳後。肅曰：「今日何故痛責黃公覆？」瑜曰：「諸將怨否？」肅曰：「多有心中不安者。」瑜曰：「孔明之意若何？」肅曰：

◆清代年畫《苦肉計》。畫面右方，諸葛亮心知肚明，冷眼旁觀。（Legacy images 提供）

「他也埋怨都督忒薄情！」瑜笑曰：「今番須瞞過他也！」肅曰：「何謂也？」瑜曰：「今日痛打黃蓋，乃計也。吾欲令他詐降，先須用『苦肉計』瞞過曹操。就中用火攻之，可以取勝。」肅乃暗思孔明之高見，卻不敢明言。◎17

且說黃蓋臥於帳中，諸將皆來動問。蓋不言語，但長吁而已。忽報：「參謀闞澤來問。」蓋令請入臥內，叱退左右。闞澤曰：「將軍莫非與都督有仇？」蓋曰：「非也！」澤曰：「然則，公之受責，莫非『苦肉計』乎？」蓋曰：「何以知之？」澤曰：「某觀公瑾舉動，已料著八九分。」

蓋曰：「某受吳侯三世厚恩，無以爲報。故獻此計，以破曹操。肉雖受苦，亦無所恨！吾遍觀軍中，無一人可爲心腹者；惟公素有忠義之心，敢以心腹相告。」澤曰：「公之告我，無非要我獻『詐降書』耳。」蓋曰：「實有此意，未知肯否？」闞澤欣然領諾。正是：

「勇將輕身思報主，謀臣爲國有同心。」

未知闞澤所言若何？且看下文分解……

〈評點〉

◎16：此時「苦肉計」已畢，若不有此餘怒，恐露出破綻來。眞越裝越像。（毛宗崗）

◎17：周郎不瞞子敬，那知子敬反瞞周郎。（毛宗崗）

注釋

※6：冒犯尊上的顏面，意即當面觸犯尊嚴。

第四十七回　闞澤密獻詐降書　龐統巧授連環計

卻說闞澤字德潤，會稽山陰人也。家貧好學，嘗借人書來看，看過一遍，便不遺忘。口才辨給※1，少有膽氣。◎1孫權召爲參謀，與黃蓋最相善。

蓋知其能言有膽，故欲使獻「詐降書」。澤欣然應諾，曰：「大丈夫處世，不能立功建業，不幾與草木同腐乎？公既捐軀報主，澤又何惜微生？」◎2黃蓋滾下牀來，拜而謝之。澤曰：「事不可緩，即今便行。」蓋曰：「書已修下了！」

澤領了書，只就當夜扮作漁翁，駕小舟望北岸而行。是夜，寒星滿天。三更時候，早到曹軍水寨，巡江軍士拏住，連夜報知曹操。操曰：「莫非是奸細麼？」軍士曰：「只一漁翁，自稱是東吳參謀闞澤，有機密事來見。」操便教引將入來。

軍士引闞澤至，只見帳上燈燭輝煌，曹操憑几危坐※2，問曰：「汝既是東吳參謀，來此何幹？」澤曰：「人言曹丞相求賢若渴。今觀

◆闞澤（170～243），字德潤，浙江寧波慈溪人。三國時期東吳學者，性情謙恭篤慎。（葉雄繪）

此問，甚不相合。黃公覆！汝又錯尋思了也！」

操曰：「吾與東吳旦夕交兵，汝私行到此，如何不問？」澤曰：「黃公覆乃東吳三世舊臣，今被周瑜於眾將之前無端毒打，不勝忿恨。因欲投降丞相，為報讎之計，特謀之於我。我與公覆情同骨肉，逕來為獻密書。未知丞相肯容納否？」

操曰：「書在何處？」闞澤把書呈上，操拆書，就燈下觀看。書略曰：

「蓋受孫氏厚恩，本不當懷二心。然以今日事勢論之，用江東六郡之卒，當中國百萬之師，眾寡不敵，海內所共見也！東吳將吏，無論智愚，皆知其不可；周瑜小子，褊懷淺戇※3，自負其能，輒欲以卵敵石。兼之擅作威福，無罪受刑，有功不賞。蓋係舊臣，無端為所摧辱，心實恨之。伏聞丞相誠心待物，虛懷納士。蓋願率眾歸降，以圖建功雪恥。糧草軍仗，隨船獻納。◎3泣血拜白，萬勿見疑……。」

曹操於几案上翻覆將書看了十餘次，忽然拍案！張目大怒，曰：「黃蓋用『苦肉計』，令汝下『詐降書』，就中取事。卻敢來戲侮我耶？」◎4便教左右推出斬之！

〈評點〉

◎1：膽氣從讀書得來。（毛宗崗）

◎2：其言大有膽氣。可見無膽氣者，必不是能讀書人。（毛宗崗）

◎3：用計專在此二句。（李漁）

◎4：二人機謀被他明明道破。讀者至此為黃蓋惜，又為闞澤憂矣！（毛宗崗）

注釋

※1：口才敏捷。指能說會道，反應很快。辨，同辯。

※2：端坐。

※3：褊懷，心胸偏狹。淺戇，淺薄愚蠢。

左右將闞澤簇下！澤面不改容，仰天大笑！◎5操教牽回，叱曰：「吾已識破奸計，汝何故哂笑？」澤曰：「吾不笑你，吾笑黃公覆不識人耳。」◎6操曰：「何不識人？」澤曰：「殺便殺，何必多問！」操曰：「吾自幼熟讀兵書，深知奸僞之道。汝這條計，只好瞞別人，如何瞞得我！」澤曰：「你且說書中那件事是奸計？」操曰：「我說出你那破綻，教你死而無怨。你既是眞心獻書投降，如何不明約幾時？如今你有何理說？」

闞澤聽罷，大笑曰：「虧汝不惶恐，敢自誇熟讀兵書？還不及早收兵回去。倘若交戰，必被周瑜擒矣！無學之輩，可惜吾屈死汝手！」◎7操曰：「何謂我無學？」澤曰：「汝不識機謀，不明道理，豈非無學？」

操曰：「你且說我那幾般不是處？」澤曰：「汝無待賢之禮，吾何必言？但有死而已。」操曰：「汝若說得有理，我自然敬服。」

◆闞澤詐書。曹操對闞澤雖然有過懷疑，最終還是受騙了。（鄧嘉德繪）

澤曰：「豈不聞『背主作竊，不可定期』？倘今約定日期，急切下不得手，這裏反來接應，事必泄漏。但可覷便而行，豈可預期相訂乎？汝不明此理，欲屈殺好人，眞無學之輩也！」

操聞言改容，下席而謝曰：「某見事不明，誤犯尊威。幸勿掛懷。」◎8澤曰：「吾與黃公覆傾心投降，如嬰兒之望父母。豈有詐乎？」操大喜！曰：「若二人能建大功，他日受爵，必在諸人之上。」澤曰：「某等非爲爵祿而來，實應天順人耳。」◎9操取酒待之。

少頃，有人入帳，於操耳邊私語。操曰：「將書來看！」其人以密書呈上。操觀之，顏色頗喜。闞澤暗思：「此必蔡中、蔡和來報黃蓋受刑消息，操故喜我投降之事爲眞實也。」

操曰：「煩先生再回江東，與黃公覆約定，先通消息過江，吾以兵接應。」澤

〈評點〉

◎5：眞有膽氣。（李漁）

◎6：笑黃公覆，正是笑你；卻偏說不笑你，笑黃公覆。寫闞澤眞是能言。（毛宗崗）

◎7：通，大通。（李贄）

◎8：惟聰明人能轉變，亦惟聰明人偏著騙耳。既已道破，又被瞞過。（毛宗崗）

◎9：先罵後諛。罵則極其罵，諛則極其諛。（毛宗崗）

曰：「某已離江東，不可復還。望丞相別遣機密人去！」◎10操曰：「若他人去，事恐泄漏。」

澤再三推辭。良久，乃曰：「若去，則不可久停，便當行矣！」◎11操賜以金帛，澤不受，辭別出營，再駕扁舟，重回江東，來見黃蓋細說前事。

蓋曰：「非公能辯，則蓋徒受苦矣！」澤曰：「吾今去甘寧寨中探蔡和、蔡中消息。」蓋曰：「甚善！」澤至寧寨，寧接入。澤曰：「將軍昨爲救黃公覆，被周公瑾所辱。吾甚不平！」寧笑而不答。

正話間，蔡和、蔡中至。澤以目送甘寧，寧會意，乃曰：「周公瑾只自恃其能，全不以我等爲念。我今被辱，羞見江左諸人！」◎12說罷，咬牙切齒，拍案大叫！澤乃虛與寧耳邊低語。寧低頭不言，長嘆數聲！

蔡和、蔡中見寧、澤皆有反意，以言挑之曰：「將軍何故煩惱？先生有何不平？」寧曰：「吾等腹中之苦，汝豈知耶？」蔡和曰：「莫非欲背吳投曹耶？」闞澤失色！甘寧拔劍而起曰：「吾事已爲窺破，不可不殺之以滅口！」◎13

蔡和、蔡中慌曰：「二公勿憂。吾亦當以心腹之事相告。」寧曰：「可速言之！」蔡和曰：「吾二人乃曹公使來詐降者。二公若有歸順之心，吾當引進。」寧曰：「汝言果眞乎？」二人齊聲曰：「安敢相欺？」寧佯喜曰：「若如此，是天賜其便也。」

二蔡曰：「黃公覆與將軍被辱之事，吾已報知丞相矣！」澤曰：「吾已爲黃公覆獻書丞相。今特來見興霸相約同降耳。」寧曰：「大丈夫既遇明主，自當傾心相投。」◎14

於是四人共飲，同論心事。二蔡即時寫書密報曹操，說：「甘寧與某同爲內應。」闞澤另自修書，遣人密報曹操。書中具言：「黃蓋欲來，未得其便。但看船頭插青牙旗而來者，即是也。」

卻說曹操連得二書，心中疑惑不定，聚衆謀士商議。曰：「江左甘寧被周瑜所辱，願爲內應；黃蓋受責，令闞澤來納降。俱未可深信。誰敢直入周瑜寨中探聽實信？」蔣幹進曰：「某前日空往東吳，未得成功，深懷慚愧。今願捨身再往。務得實信，回報丞相。」

〈評點〉

◎10：妙在不肯去，竟似千眞萬眞。（毛宗崗）

◎11：妙在欲速去，又似千眞萬眞。（毛宗崗）

◎12：這班人做來卻似。（李贄）

◎13：做得像，做得像，甘寧、闞澤卻好一吹一唱。（李贄）

◎14：前既假恨周瑜，此又假諛曹操。越粧越像。（毛宗崗）

◆木偶雕刻蔣幹頭像。（徐竹初刻／上海人民美術出版社）

◎15操大喜，即時令蔣幹上船。

幹駕小舟逕到江南水寨邊，便使人傳報。周瑜聽得幹又到，大喜！曰：「吾之成功，只在此人身上。」遂囑付魯肅：「請龐士元來，爲我如此，如此……。」

原來襄陽龐統，字士元，因避亂寓居江東。魯肅曾薦之於周瑜，統未及往見，瑜先使肅問計於統，曰：「破曹當用何策？」統密謂肅曰：「欲破曹兵，須用火攻。但大江面上，一船著火，餘船四散。除非獻『連環計』，教他釘作一處，然後功可成也。」

肅以告瑜。瑜深服其論。因謂肅曰：「爲我行此計者，非龐士元不可。」肅曰：「只怕曹操奸猾，如何去得？」周瑜沉吟未決，正尋思沒個機會。忽報蔣幹又來，瑜大喜，一面分付龐統用計，一面坐於帳上，使人請幹。

幹見不來接，心中疑慮。教把船於僻靜岸口繫纜，乃入寨見周瑜。瑜作色曰：「子翼何故欺我太甚？」◎16蔣幹笑曰：「吾想與你乃舊日弟兄，特來吐心腹事。何言相欺也？」

瑜曰：「汝要說吾降，除非海枯石爛。前番吾念舊日交情，請你痛飲一醉，留你同榻。你卻盜吾私書，不辭而去。歸報曹操，殺了蔡瑁、張允，致使吾事不成。今日何故又來？必不懷好意。吾不看舊日

◆龐統（179～214），字士元，襄陽（今湖北襄樊）人，三國時蜀漢謀士。早年便以「鳳雛」之名與諸葛亮齊名於荊州，後來劉備入川，諸葛亮負責留守荊州，鞏固後方，龐統負責輔佐劉備，進佔益州，為日後平定西川奠定了堅實基礎。（葉雄繪）

之情，一刀兩段！本來送你過去，爭奈吾一二日間，便要破曹賊。待留你在軍中，又必有泄漏。」便教左右：「送子翼往西山庵中歇息。待吾破了曹操，那時渡你過去未遲！」蔣幹再欲開言，周瑜已入帳後去了。

左右取馬與蔣幹乘坐，送到西山背後小庵歇息，撥兩個軍人服侍。幹在庵內，心中憂悶，寢食不安。是夜星露滿天，幹獨步出庵後，只聽得讀書之聲。信步尋去，見山巖畔有草屋數椽，內射燈光。幹往窺之，只見一人挂劍燈前，誦孫吳兵書。◎17

幹思：「此必異人也！」叩戶請見。其人開門出迎，儀表非俗。幹問姓名，答曰：「姓龐名統，字士元。」幹曰：「莫非鳳雛先生否？」統曰：「然也！」幹喜曰：「久聞大名。今何僻居此地？」答曰：「周瑜自恃才高，不能容物。吾故隱居於此。公乃何人？」◎18幹曰：「吾蔣幹也！」統乃邀入草庵，共坐談心。

〈評點〉

◎15：蔣幹第一番渡江，只送兩個「水軍都督」；第二番渡江，卻送了八十三萬大軍。（毛宗崗）

◎16：反說欺他。（李漁）

◎17：奇人奇事。（李贄）

◎18：龐統燈下之語，與周瑜帳中之言，一是醉裏罵曹操，一是醒時罵周瑜。（毛宗崗）

幹曰：「以公之才，何往不利？如肯歸曹，幹當引進。」統曰：「吾亦欲離江東久矣！公既有引進之心，即今便當一行。如遲，則周瑜聞之，必將見害。」於是與幹連夜下山，至江邊，尋著原來船隻，飛棹投江北。

既至操寨，幹先入見，備述前事。操聞鳳雛先生來，親自出帳迎入，分賓主坐定。問曰：「周瑜年幼，恃才欺眾，不用良謀。操久聞先生大名。今得惠顧，乞不吝教誨。」統曰：「某素聞丞相用兵有法，今願一覩軍容。」操教：「備馬！」先邀統同觀旱寨。

統與操並馬登高而望，統曰：「傍山依林，前後顧盼；出入有門，進退曲折。雖孫、吳再生，穰苴※4復出，亦不過此矣！」操曰：「先生勿得過譽！尚望指教。」

於是又與同觀水寨，見向南分二十四座門，皆有艨艟戰艦，列爲城郭。中藏小船，往來有巷，起伏有序。統笑曰：「丞相用兵如此，名不虛傳！」因指江南而言，曰：「周郎！周郎！剋期必亡！」◎19操大喜。

回寨。請入帳中，置酒共飲，同說兵機。統高談雄辯，應答如流。操深敬服，慇懃相待。統佯醉曰：「敢問軍中有良醫否？」操問：「何用？」統曰：「水軍多疾，須用良醫治之！」時操軍因不服水土，俱生嘔吐之疾，多有死者。操正慮此事，忽聞統言，如何不問？統曰：「丞相教練水軍之法甚妙！但可惜不全。」

◆1992年發行的三國故事主題郵票系列之《蔣幹盜書》。（Legacy images 提供）

操再三請問，統曰：「某有一策，使大小水軍並無疾病，安穩成功。」操大喜！請問妙策。統曰：「大江之中，潮生潮落，風浪不息；北兵不慣乘舟，受此顚簸，便生疾病。若以大船小船各皆配搭，或三十爲一排，或五十爲一排，首尾用鐵環連鎖，上鋪闊板。休言人可渡，馬亦可走矣！乘此而行，任他風浪潮水上下，復何懼哉？」◎20

曹操下席而謝，曰：「非先生良謀，安能破東吳耶？」統曰：「愚淺之見，丞相自裁之。」操即時傳令：「喚軍中鐵匠連夜打造連環大釘，鎖住船隻。」諸軍聞之，俱各喜悅。後人有詩曰：

「赤壁鏖兵用火攻，運籌決策盡皆同。若非龐統『連環計』，公瑾安能立大功？」

龐統又謂操曰：「某觀江左豪傑多有怨周瑜者。某憑三寸舌，爲丞相說之，使皆來降。周瑜孤立無援，必爲丞相所擒！瑜既破，則劉備無所用矣！」

操曰：「先生果能成大功，操請奏聞天子，封爲三公之列。」統曰：「某非爲

〈評點〉

◎19：句句諛之，似更無計可獻。（李漁）

◎20：士元此來買柴乎，買灰乎，可笑老奸竟不曉也。（李贄）

注釋

※4：司馬穰苴，春秋時齊國人，兵法家。

◆龐統巧授連環計。龐統獻計於曹操，曹操未能分辨利害。（fotoe提供）

富貴，但欲救萬民耳。丞相渡江，愼勿殺害！」操曰：「吾替天行道，安忍殺戮人民？」

統拜求榜文以安宗族。操曰：「先生家屬現居何處？」統曰：「只在江邊。若得此榜，可保全矣！」操命寫榜，簽押付統。統拜謝曰：「別後可速進兵！休待周郎知覺。」◎21操然之。

統拜別，至江邊正欲下船，忽見岸上一人，道袍竹冠，一把扯住統曰：「你好大膽！黃蓋用『苦肉計』，闞澤下『詐降書』，你又來獻『連環計』，只恐燒不盡絕。你們把出這等毒手來，只好瞞曹操也，須瞞我不得！」◎22嚇得龐統魂魄飛散！正是：

「莫道東南能制勝，誰云西北獨無人？」

畢竟此人是誰？且看下文分解……

〈評點〉

◎21：龐統臨別，偏有許多言語。闞澤妙在速行，龐統妙在緩行。（毛宗崗）

◎22：平風靜浪中須起波頭，才有情致。（李漁）

第四十八回　宴長江曹操賦詩　鎖戰船北軍用武

卻說龐統聞言，吃了一驚！急回視其人，原來卻是徐庶。統見是故人，心下方定。回顧左右無人，乃曰：「你若說破我計，可惜江南八十一州百姓皆是你送了也！」庶笑曰：「此間八十三萬人馬性命如何？」◎1

統曰：「元直，眞欲破我計耶？」庶曰：「吾感劉皇叔厚恩，未嘗忘報。曹操送死吾母，吾已說過：『終身不設一謀』，今安肯破兄良策？只是我亦隨軍在此，兵敗之後，玉石不分，豈能免難？君當教我脫身之術。我即緘口遠避矣！」

統笑曰：「元直如此高見遠識，諒此有何難哉？」庶曰：「願先生賜教。」◎2統去徐庶耳邊，略說數句。庶大喜，拜謝。龐統別卻徐庶，下船自回江東。

且說徐庶當晚密使近人去各寨中暗布謠言。◎3次日，寨中三三五五，交頭接耳而說，早有探事人報知曹操，說：「軍中傳言西涼州韓遂、馬騰謀反，殺奔許都來！」

操大驚！急聚眾謀士商議曰：「吾引兵南征，心中所憂者，韓遂、馬騰耳。軍中謠言，雖未辨虛實，然不可不防。」◎4言未畢！徐庶進曰：「庶蒙丞相收錄，恨無寸功報効。請得三千人馬，星夜往散關把住隘口。如有緊急，再行報告。」

操喜曰：「若得元直去，吾無憂矣！散關之上亦有軍兵，公統領之。目下發三千馬步軍，命臧霸爲先鋒，星夜前去，不可稽遲。」◎5徐庶辭了曹操，與臧霸便行。此便是龐統救徐庶之計。後人有詩曰：

「曹操征南日日憂；馬騰、韓遂起矛戈；
鳳雛一語教徐庶，正似遊魚脱釣鉤。」

曹操自遣徐庶去後，心中稍安。遂上馬，先看沿江旱寨，次看水寨，乘大船一隻，於中央上建「帥」字旗號。兩傍皆列水寨，船上埋伏弓弩千張，操居於上。時建安十二年，冬十一月十五日。天氣晴明，平風靜浪。操令：「置酒設樂於大船之

〈評點〉

◎1：眞是兩位菩薩說法。（毛宗崗）
◎2：前以幾十萬生靈爲言，今只圖逃卻一身矣！（毛宗崗）
◎3：是龐統附耳低言之計。（李漁）
◎4：不便信，又不得不信。（毛宗崗）
◎5：有造化，臧霸更可知己。（李贄）

◆東漢宴席奏樂畫像磚，河南新野出土。（fotoe提供）

上，吾今夕欲會諸將。」

天色向晚。東山月上，皎皎如同白日。長江一帶，如橫素練※1。◎6操坐大船之上，左右侍御者數百人，皆錦衣繡袍，荷戈執戟。文武眾官，各依次而坐。

操見南屏山色如畫，東視柴桑之境，西觀夏口之江，南望樊山，北覷烏林；四顧空闊。心中歡喜，謂眾官曰：「吾自起義兵以來，與國家除凶去害，誓願掃清四海，削平天下。所未得者，江南也。今吾有百萬雄師，更賴諸公用命，何患不成功耶？收服江南之後，天下無事，與諸公共享富貴，以樂太平。」

◆赤壁古戰場遺址。關於赤壁之戰的準確地點有多種說法，歷史上的大戰發生在今湖北蒲圻縣境內。（Legacy images 提供）

文武皆起，謝曰：「願得早奏凱歌！我等終身皆賴丞相福蔭。」操大喜！命左右行酒，飲至半夜，操酒酣，遙指南岸曰：「周瑜、魯肅，不識天時。今幸有投降之人為彼心腹之患，此天助吾也。」◎7

荀攸曰：「丞相勿言，恐有泄漏。」操大笑！曰：「座上諸公，與近侍左右，皆吾心腹之人也！言之何礙？」又指夏口曰：「劉備！諸葛亮！汝不料螻蟻之力，欲撼泰山，何其愚耶？」顧謂諸將曰：「吾今年五十四歲矣！如得江南，竊有所喜。昔日喬公與吾至契，吾知其二女皆有國色，後不料為孫策、周瑜所娶。吾今新構銅雀臺於漳水之上，如得江南，當娶二喬置之臺上，以娛暮年。吾願足矣！」◎8言罷大笑！唐人杜牧之有詩曰：

「折戟沉沙鐵未消，自將磨洗認前朝；東風不與周郎便，銅雀春深鎖二喬。」

曹操正笑談間，忽聞鴉聲，望南飛鳴而去！操問曰：「此鴉緣何夜鳴？」左右答曰：「鴉見月明，疑是天曉。故離樹而鳴也！」操又大笑！◎9

時操已醉，乃取槊立於船頭上，以酒奠於江中，滿飲三爵。橫槊謂諸將曰：「吾持此槊，破黃巾，擒呂布，滅袁術，收袁紹。深入塞北，直抵遼東。縱橫天下，頗不負大丈之志也！今對此景，甚有慷慨！吾當作歌，汝等和之！」歌曰：

「對酒當歌！人生幾何？譬如朝露，去日無多。
慨當以慷，憂思難忘。何以解憂？惟有杜康。
青青子衿，悠悠我心※2，但為君故，沉吟至今！

〈評點〉

◎6：可當一篇《赤壁賦》。（李漁）
◎7：寫曹操驕盈之甚。（毛宗崗）
◎8：須知孔明之言不是說謊，周瑜之怒亦不是錯怪。（毛宗崗）
◎9：只管笑，不知樂極生悲。（李漁）

◆橋玄（109～184），字公祖，東漢梁國睢陽（今商丘）人。《三國演義》裏的「喬玄」實為「橋玄」。（fotoe提供）

注釋

※1：白綢。
※2：青衿：周代讀書人的服裝，這裏指代人才。悠悠：長久、耿耿於懷的樣子。這兩句詩出自《詩經·鄭風》，在這裏表示曹操對人才的渴慕。

呦呦鹿鳴，食野之苹。我有嘉賓，鼓瑟吹笙。
皎皎如月，何時何輟？憂從中來，不可斷絕。
越陌度阡，枉用相存。契闊談讌，心念舊恩※3。
月明星稀，烏鵲南飛；遶樹三匝，無枝可依。
山不厭高，水不厭深。周公吐哺，天下歸心※4。」◎10

歌罷，眾和之！共皆歡笑。

忽座間一人進曰：「大軍相當之際，將士用命之時，丞相何故出此不吉之言？」操視之，乃「揚州刺史」沛國相人，姓劉名馥，字元潁，馥起自合淝，創立州治，聚逃散之民。立學校，廣屯田，興治教。久事曹操，多立功績。

當下操橫槊問曰：「吾言有何不吉？」馥曰：「『月明星稀，烏鵲南飛，遶樹三匝，無枝可依。』此不吉之言也！」操大怒！曰：「汝安敢敗吾興？」手起一槊，刺死劉馥。

◆《銅雀春深鎖二喬》，清代費丹旭繪，畫名取自唐代杜牧《赤壁》詩句。（費丹旭／fotoe提供）

眾皆驚駭！遂罷宴。

次日，操酒醒，悔恨不已。馥子劉熙告請父屍歸葬。操泣曰：「吾昨因醉，誤傷汝父，悔之無及！可以三公厚禮葬之。」又撥軍士護送靈柩，即日回葬。

次日，水軍都督毛玠、于禁詣帳下，請曰：「大小船隻俱已配搭連鎖停當，旌旗戰具一一齊備。請丞相調遣，尅日進兵！」

操至水軍中央大戰船上坐定，喚集諸將，各各聽令：「水旱二軍，俱分五色旗號，水軍中央黃旗毛玠、于禁。前軍紅旗張郃。後軍皀旗呂虔。左軍青旗文聘。右軍白旗呂通。馬步前軍紅旗徐晃。後軍皀旗李典。左軍青旗樂進。右軍白旗夏侯淵。『水陸路都接應使』夏侯惇、曹洪。『護衛往來監戰使』許褚、張遼。其餘驍將，各依隊伍。」令畢，水

〈評點〉

◎10：曹操的文章、詩，極爲本色，直抒胸臆，豁達通脫，應當學習。（毛澤東）

◆宴長江曹操賦詩。曹操不僅是著名的軍事家，也是歷史上的大詩人。（鄧嘉德繪）

注釋

※3：你們從四面八方屈駕來訪，久別重逢，大家一同飲宴，共敘舊情。

※4：周公：即周公旦，周武王死後，他輔助年幼的成王，爲了招納人才，他「一沐三握髮，一飯三吐哺」，可謂謙虛、殷勤之至。吐哺：吐出嘴裏的食物。因爲周公的努力，天下穩定。這裏曹操自比周公。

◆劉馥（？～208），字元穎，豫州沛國相（今安徽濉溪縣西）人，曾任揚州刺史。幾年中廣泛施行恩惠與教化，百姓非常滿意他的治理，流民跨山過河來歸順的有幾萬人。（葉雄繪）

軍寨中發擂三通！各隊伍戰船，分門而出。

是日，西北風驟起，各船拽起風帆，衝波激浪，穩如平地。北軍在船上踴躍施勇，刺搶使刀。前、後、左、右，各軍旗旛不雜。又有小船五十餘隻，往來巡警催督。操立於將臺之上，觀看調練，心中大喜。以為必勝之法！教且收住帆幔，各依次序回寨。

操升帳，謂眾謀士曰：「若非天命助我，安得鳳雛妙計？鐵索連舟，果然渡江如履平地。」程昱曰：「船皆連鎖，固是平穩。但彼若用火攻，難以迴避。不可不防！」◎11操大笑曰：「程仲德雖有遠慮，卻還有見不到處。」

荀攸曰：「仲德之言甚是，丞相何故笑之？」操曰：「凡用火攻，必藉風力。方今隆冬之際，但有西風、北風，安有東風、南風耶？吾居於西北之上，彼兵皆在南岸。彼若用火，是燒自己之兵也，吾何懼哉？若是十月小春之時，吾早已隄備矣！」將皆拜伏曰：「丞相高見，眾人不及。」操顧諸將曰：「青、徐、燕、代之眾，不慣乘舟。今非此計，安能涉大江之險？」只見班部中，二將挺身出，曰：

「小將雖幽、燕之人，也能乘舟。今願請巡船二十隻，直至江南口，奪旗鼓而還，以顯北軍亦能乘舟也。」操視之，乃袁紹手下舊將焦觸、張南也。

操曰：「汝等皆生長北方，恐乘舟不便。江南之兵往來水上，習練精熟，汝勿輕以性命為兒戲也！」焦觸、張南大叫曰：「如其不勝，甘受軍法。」操曰：「戰船盡已連鎖。惟有小舟，每舟可容二十人。只恐未便接戰！」觸曰：「若用大船，何足為奇？乞付小舟二十餘隻，某與張南各引一半，只今日直抵江南水寨，須要奪旗斬將而還。」操曰：「吾與汝二十隻船，差撥精銳軍五百人，皆長槍硬弩。到來日天明，將大寨船出到江面上，遠為之勢。更差文聘亦領三十隻船接應汝回。」◎12焦觸、張南欣喜而退。

次日，四更造飯，五更結束※5已定。早聽得水寨中擂鼓鳴金！戰船皆出寨，分布水面。長江一帶，青、紅旗號交雜。焦觸、張南領哨船二十隻，穿寨而出，望江南進發。

卻說南岸隔日聽得鼓聲喧震，遙望曹操調練水

〈評點〉

◎11：北軍未嘗無人。（毛宗崗）

◎12：寫曹操亦甚周密。（毛宗崗）

◆武漢龜山三國城呂虔塑像。（劉兆明／fotoe提供）

注釋

※5：這裏指整頓衣甲裝備。

軍。探事人報知周瑜，瑜往山頂觀之，操軍已收回。

次日，忽又聞鼓聲震天！軍士急登高觀望，見有小船衝波而來，飛報中軍。周瑜問帳下：「誰敢先出？」韓當、周泰二人齊出，曰：「某當權爲先鋒破敵。」瑜喜，傳令：「各寨嚴加守禦，不可輕動。」韓當、周泰各引哨船五隻，分左右而出。

卻說焦觸、張南憑一勇之氣，飛棹小船而來！韓當胸披掩心，手執長槍，立於船頭。焦觸船先到，便命軍士亂箭望韓當船上射來！當用牌遮隔，焦觸挺長鎗與韓當交鋒。當手起一鎗，刺死焦觸。◎13

張南隨後大叫趕來！隔斜裏周泰船出。張南挺槍立於船頭，兩邊弓矢亂射！周泰一臂挽牌，一手提刀。兩船相離七八尺，泰即飛身一躍，直躍過張南船上，手起刀落，砍張南於水中，亂殺駕舟軍士。◎14眾船飛棹急回！韓當、周泰催船追趕！到半江中，恰與文聘船相迎，兩邊便擺定船廝殺。

卻說周瑜引眾將立於山頂，遙望江北水面，艨艟戰船，排合江上；旗幟號帶皆有次序。回看文聘與韓當、周泰相持，韓當、周泰奮力攻擊，文聘抵敵不住，回船而走。韓、周二人急催船追趕！周瑜恐二人深入重地，便將白旗招颭，令眾鳴金。二人乃揮棹而回。◎15

周瑜於山頂，看隔江戰船，盡入水寨。瑜顧謂眾將曰：「江北戰船如蘆葦之

◆三國文物：船環。中國革命軍事博物館藏。（Legacy images 提供）

密。操又多謀，當用何計以破之？」眾未及對！忽見曹操寨中被風吹折中央黃旗，飄入江中。

瑜大笑！曰：「此不祥之兆也！」正觀之際，忽狂風大作！江中波濤拍岸。一陣風過，刮起旗角，於周瑜臉上拂過！瑜猛然想起一事在心，大叫一聲！往後便倒，口吐鮮血。諸將急救起時，卻早不省人事。◎16正是：

「一時忽笑又忽叫，難使南軍破北軍！」

畢竟周瑜性命如何？且看下文分解……

〈評點〉

◎13：如此不耐死，何苦惹騷。（李漁）

◎14：有此二人之死，愈令操信連環之妙，而更不疑「連環」之不可用也。（毛宗崗）

◎15：也見北人水戰妙手，呵呵。（李贄）

◎16：終篇又忽作驚人之事，令人疑惑不定。（毛宗崗）

◆鎖戰船北軍用武。文聘抵擋不住韓當、周泰的攻擊。（fotoe提供）

第四十九回　七星壇諸葛祭風　三江口周瑜縱火

卻說周瑜立於山頂，觀望良久；忽然望後而倒，口吐鮮血，不省人事。左右救回帳中，諸將皆來動問，盡皆愕然相顧曰：「江北百萬之眾，虎踞鯨吞，不料都督如此！倘曹兵一至，如之奈何？」慌忙差人申報吳侯，一面求醫調治。

卻說魯肅見周瑜臥病，心中憂悶，來見孔明，言周瑜猝病之事。孔明曰：「公以爲何如？」肅曰：「此乃曹操之福，江東之禍也！」孔明笑曰：「公瑾之病，亮亦能醫。」◎1肅曰：「誠如此，則國家萬幸！」即請孔明同去看病。

肅先入見周瑜。瑜以被蒙頭而臥，肅曰：「都督病勢若何？」周瑜曰：「心腹攪痛，時復昏迷。」肅曰：「曾服何藥餌？」瑜曰：「心中嘔逆，藥不能下。」肅曰：「適來去望孔明，言能醫都督之病，現在帳外。請來醫治如何？」瑜命請入，教左右扶起，坐於牀上。

孔明曰：「連日不晤君顏，何期貴體不安？」瑜曰：「『人有旦夕禍福』，豈能自保？」孔明笑曰：「『天有不測風雲』，人又豈能料乎？」◎2瑜聞失色，乃作呻吟之聲……。

孔明曰：「都督心中似覺煩積否？」瑜曰：「然！」

孔明曰：「必須用涼藥以解之！」瑜曰：「已服涼藥，全然無效。」孔明曰：「須先理其氣。氣若順，則呼吸之間自然可痊。」瑜料孔明必知其意。乃以言挑之，曰：「欲得順氣，當服何藥？」孔明笑曰：「亮有一方，便教都督氣順。」瑜曰：「願先生賜教！」

孔明索紙筆，屏退左右。密書十六字，曰：「欲破曹公，宜用火攻！萬事俱備，只欠東風。」◎3寫畢，遞與周瑜曰：「此都督病源也！」瑜見了大驚！暗思：「孔明眞神人也，早已知我心事。只索以實情告之！」乃笑曰：「先生已知我病源，將以何藥治之？事在危急，望即賜教。」

孔明曰：「亮雖不才，曾遇異人傳授『奇門遁甲天書』，可以呼風喚雨。都督若要東南風時，可於南屏山建

〈評點〉

◎1：北軍之病，龐統醫之；周瑜之病，必須孔明治之。（毛宗崗）

◎2：一語道著心病。巧絕！妙絕！（毛宗崗）

◎3：直是四句藥性歌，恐《難經》、《脈訣》，萬病回春，未必有此奇方。（毛宗崗）

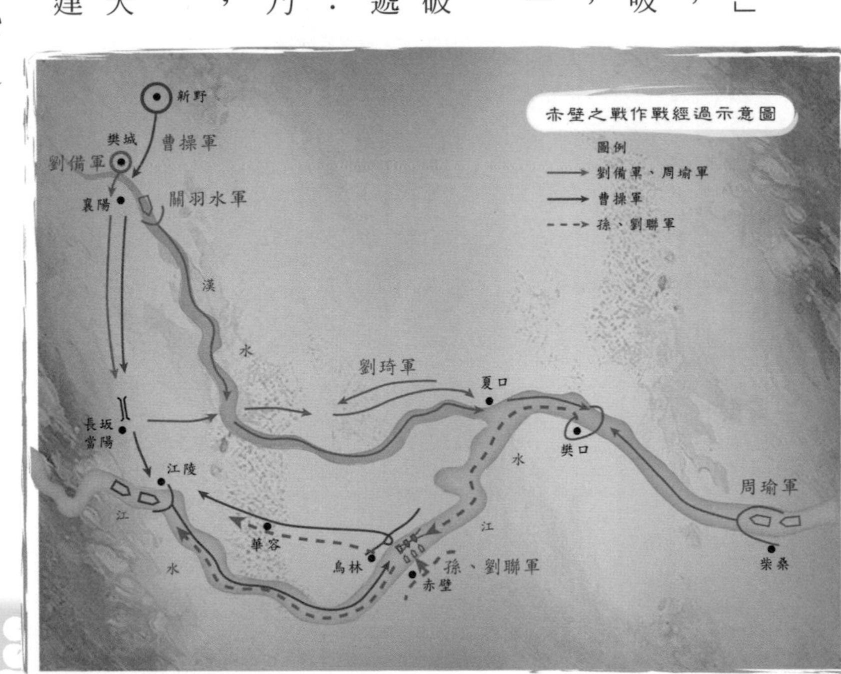

◆ 赤壁之戰作戰經過示意圖。（陳虹伃繪）

一臺，名曰『七星壇』。高九尺，作三層；用一百二十人，手執旗旛圍繞。亮於臺上作法，借三日三夜東南大風，助都督用兵。如何？」

瑜曰：「休道三日三夜。只一夜大風，大事可成矣！只是事在目前，不可遲緩。」孔明曰：「十一月二十日甲子祭風，至二十二日丙寅風息。如何？」瑜聞言大喜！矍然而起。便傳令差五百精壯軍士，往南屏山築壇。撥一百二十人執旗守壇，聽候使令。

孔明辭別出帳，與魯肅上馬，來南屏

◆諸葛亮密書十六字「欲破曹公，宜用火攻；萬事俱備，只欠東風」，向周瑜獻火攻計策。（朱寶榮繪）

山相度地勢，令軍士取東南方赤土築壇。方圓二十四丈，每一層高三尺，共是九尺。下一層插二十八宿旗：東方七面青旗，按角、亢、氐、房、心、尾、箕※1，布蒼龍之形；北方七面皂旗，按牛、斗、女、虛、危、室、壁，作玄武之勢；西方七面白旗，按奎、婁、胃、昴、畢、觜、參，踞白虎之威；南方七面紅旗，按井、鬼、柳、星、張、翼、軫，成朱雀之狀。

第二層周圍黃旗六十四面，按六十四卦，分八位而立。

上一層用四人，各人戴束髮冠，穿皂羅袍，鳳衣博帶，朱履方裾。前左立一人，手執長竿，竿尖上用雞羽爲葆※2，以招風信。前右立一人，手執長竿，竿上用七星號帶，以表風色※3。後左立一人，捧寶劍。後右立一人，捧香爐。

壇下二十四人，各持旌旗、寶蓋，大戟、長矛，黃旄、白鉞，朱旛、皂纛，環遶四面。

孔明於十一月二十日甲子吉辰，沐浴齋戒，身披道衣，跣足散髮，來到壇前。分付魯肅曰：「子敬自往軍中相助公瑾調兵。倘亮所祈無應，不可有怪。」◎4魯肅別去。

孔明囑付守壇將士：「不許擅離方位！不許交頭接耳！不許失口亂言！不許失

〈評點〉

◎4：反襯一句，愈顯後文之奇。（李漁）

注釋

※1：角、亢、氐、房、心、尾、箕是東方七宿，下文牛、斗、女、虛、危、室、壁是北方七宿，奎、婁、胃、昴、畢、觜、參是西方七宿，井、鬼、柳、星、張、翼、軫是南方七宿。中國古代天文學把這二十八個星宿叫做「二十八宿」。又按四方分爲四組，即：蒼龍（東）、白虎（西）、朱雀（南）、玄武（北）。這裏關於「祭風」的描寫，就是從「天人感應」的迷信思想派生出的巫術，小說以此來神化諸葛亮。

※2：羽葆，用鳥羽做成一叢，將之掛在竿頭製成的儀仗。

※3：風色指風的吹向強弱，風信指風的動定起止。

驚打怪！如違令者，斬！」◎5眾皆領命。孔明緩步登壇，觀瞻方位已定。焚香於爐，注水於盂，仰天暗祝。下壇，入帳中少歇，令軍士更替喫飯。孔明一日上壇三次，下壇三次。卻並不見有東南風。

且說周瑜請程普、魯肅一班軍官在帳中伺候，只等東南風起，便調兵出。一面關報孫權接應。

黃蓋已自準備火船二十隻。船頭密布大釘，船內裝載蘆葦、乾柴，灌以油。油上鋪硫黃、焰硝、引火之物，各用青布油單遮蓋。船頭上插青龍牙旗，船尾各繫走舸※4。在帳下聽候，只等周瑜號令。

甘寧、闞澤窩盤蔡和、蔡中於外寨中，每日飲酒，不放一卒登岸。週圍盡是東吳兵馬，把得水泄不通。只等帳上號令下來！◎6

周瑜正在帳中坐議，探子來報：「吳侯船隻離寨八十五里停泊，只等都督好音。」瑜即差魯肅遍告各部下官兵將士：「俱各收拾船隻、軍器、帆櫓等物。號令一出，時刻休違。倘有違誤，即按軍法！」眾兵將得令，一個個磨拳擦掌，準備廝

◆借東風。本書對諸葛亮的部分描寫，如呼風喚雨、奇門八卦、觀星占卜等，含有迷信和誇張成分。（鄧嘉德繪）

殺。

是日，看看近夜，天色晴明，微風不動。瑜謂魯肅曰：「孔明之言謬矣！隆冬之時，怎得東南風乎？」肅曰：「吾料孔明必不謬談。」

將近三更時分，忽聽風聲響！旗旛轉動。瑜出帳看時，旗腳竟飄西北。霎時間，東南風大起！◎7

◆京劇《借東風》，馬連良飾諸葛亮。（毛小雨提供／江西美術出版社）

瑜駭然！曰：「此人有奪天地造化之法，鬼神不測之術。若留此人，乃東吳禍根也。及早殺卻，免生他日之憂。」◎8急喚帳前「護軍校尉」丁奉、徐盛二將：「各帶一百人，徐盛從江內去，丁奉從旱路去，都到南屏山

〈評點〉

◎5：孔明登壇祭風，與韓信登壇點將，一樣聲勢。（毛宗崗）

◎6：又寫甘寧、闞澤一面打點。十分周密，十分聲勢。（李漁）

◎7：至於寫人，亦頗有失，以致欲顯劉備之長厚而似偽，狀諸葛之多智而近妖。（魯迅）

◎8：纔借得風來，便欲殺借風之人。周郎可謂狠矣！不知風尚能借，殺豈不能避乎？（毛宗崗）

注釋

※4：指平時供聯絡，應急時救人用的輕便小船。

◆戲曲臉譜《借東風》之丁奉。東吳大將，勾三塊瓦老臉，額頂至鼻樑上端飾以紅色曲紋，以示沉穩之相。智勇雙全，先後輔佐東吳四代君主，功勳卓著。（田有亮繪）

七星壇前，休問長短，拏住諸葛亮便行斬首！將首級來請功。」

二將領命。徐盛下船，一百刀斧手蕩開棹槳，丁奉上馬，一百弓弩手各跨征駒，往南屏山來。於路正迎著東南風起。後人有詩曰：

「七星壇上臥龍登，一夜東風江水騰；不是孔明施妙計，周郎安得逞才能？」

丁奉馬軍先到。見壇上執旗將士當風而立。丁奉下馬，提劍上壇，不見孔明，慌問守壇將士。答曰：「恰纔下壇去了！」◎9丁奉忙下壇尋時，徐盛船已到。二人聚在江邊，小卒報曰：「昨晚一隻快船停在前面灘口。適間卻見孔明披髮下船，那船望上水去了！」丁奉、徐盛便分水陸兩路追襲。

徐盛教拽起滿帆，搶風而使。遙望前船不遠，徐盛在船頭上高聲大叫：「軍師休去！都督有請。」只見孔明立於船尾，大笑曰：「上覆都督，好好用兵。諸葛亮暫回夏口，異日再容相見。」◎10

徐盛曰：「請暫少住！有緊要話。」孔明曰：「吾已料定都督不能容我，必來加害，預叫趙子龍來相接。將軍不必追趕！」徐盛見前船無篷，只顧趕去。

看看至近，趙雲拈弓搭箭，立於船尾，大叫曰：「吾乃常山趙子龍也！奉令特來接軍師，你如何來追趕？本待一箭射死你來，顯得兩家失了和氣。教你知我手段！」言訖，箭到處，射斷徐盛船上篷索。那篷墮下落水，其船便橫。趙雲卻教自己船上拽起滿帆，乘順風而去。◎11其船如飛，追之不及。◎12

岸上，丁奉喚徐盛船近岸，言曰：「諸葛亮神機妙算，人不可及；更兼趙雲有萬夫不當之勇，汝知他當陽長坂時否？吾等只索回報便了！」

於是二人回見周瑜，言孔明預先約趙雲迎接去了！周瑜大驚，曰：「此人如此多謀，使吾曉夜不安矣！」魯肅曰：「且待破曹之後，卻再圖之。」瑜從其言。

瑜喚集諸將聽令。先教甘寧：「帶了蔡中並降卒，沿南岸而走。只打北軍旗號，直取烏林地面。正當曹操屯糧之所，

〈評點〉

◎9：旱路一軍無用了。（李漁）

◎10：寫得孔明從容不迫，的是妙人。（毛宗崗）

◎11：更妙。（毛宗崗）

◎12：不是寫篷，是寫風。既借風破曹兵，又借風歸夏口。可謂一事兩用。（毛宗崗）

徐盛

◆戲曲臉譜《借東風》之徐盛。東吳大將，勾元寶臉，紅額黃光，譜式簡練嚴肅。有勇有謀。（田有亮繪）

深入軍中，舉火爲號。只留下蔡和一人在帳下，我有用處。」

第二喚太史慈，分付：「你可領三千兵直奔黃州地界，斷曹操合淝接應之兵，就逼曹兵，放火爲號，只看紅旗，便是吳侯接應兵到。這兩隊兵最遠，先發。」

第三喚呂蒙：「領三千兵去烏林。接應甘寧，焚燒曹操寨柵。」

第四喚凌統：「領三千兵直截彝陵界首，只看烏林起火，以兵應之。」

第五喚董襲：「領三千兵，直取漢陽。從漢川殺奔曹操寨中，看白旗接應。」

第六喚潘璋：「領三千兵，盡打白旗，往漢陽接應董襲。」

六隊軍兵各自分路去了，卻令黃蓋安排火船，使小卒馳書約曹操：「今夜來降！」

一面撥戰船四隊，隨於黃蓋船後接應。第一隊領兵軍官韓當，第二隊領兵軍官周泰，第三隊領兵軍官蔣欽，第四隊領兵軍官陳武。四隊各引戰船三百隻，前面各擺列火船二十隻。

◆ 年畫《箭射篷索》。徐盛奉周瑜之命追趕諸葛亮，被趙雲射斷船上篷索，以示警告。（Legacy images 提供）

周瑜自與程普在大艨艟上督戰，徐盛、丁奉爲左右護衛。只留魯肅共闞澤及眾謀士守寨。程普見周瑜調軍有法，甚相敬服。◎13

卻說孫權差使命持兵符至，說：「已差陸遜爲先鋒，直抵蘄、黃地面進兵，吳侯自爲後應。」瑜又差人西山放火砲，南屏山舉旗號。各各準備停當，只等黃昏舉動。

話分兩頭。且說劉玄德在夏口專候孔明回來。忽見一隊船到，乃是公子劉琦自來探聽消息，玄德請上敵樓坐定。說：「東南風起多時，子龍去接孔明，至今不見到。吾心甚憂。」

小校遙指樊口港上：「一帆風送扁舟來到！必軍師也。」玄德與劉琦下樓迎接。須臾，船到。孔明、子龍登岸，玄德大喜。

問候畢。孔明曰：「且無暇告訴別事。前者所約軍馬戰船，皆已辦否？」◎14玄德曰：「收拾久矣！只候軍師調用。」

孔明便與玄德、劉琦升帳坐定。謂趙雲曰：「子龍可帶三千軍馬，渡江徑取烏林小路，揀樹木蘆葦密處埋伏。今夜四更以後，曹操必然從那條路奔走。等他軍馬

〈評點〉

◎13：忙中又與前文映合。（毛宗崗）

◎14：摹寫情事緩急，口吻甚肖。（李漁）

過，就半中間放起火來！雖然不殺他盡絕，也殺他一半。」

雲曰：「烏林有兩條路：一條通南郡，一條取荊州。不知向那條路來？」孔明曰：「南郡勢迫，曹操不敢往。必來荊州，然後大軍投許昌而去。」◎15雲領計去了。

又喚張飛曰：「翼德可領三千兵渡江，截斷彝陵這條路，去葫蘆谷口埋伏。曹操不敢走南彝陵，必望北彝陵去。來日雨過，必然來埋鍋造飯，只看烟起，便就山邊放起火來！雖然捉不得曹操，翼德這場功勞也不小。」飛領計去了。

又喚糜竺、糜芳、劉封三人：「各駕船隻，遶江剿擒敗軍，奪取器械。」三人領計去了。孔明起身，謂公子劉琦曰：「武昌一望之地，最爲緊要。公子便請回，率領所部之兵，陳於岸口。操一敗，必有逃來者！就而擒之。卻不可輕離城郭。」劉琦便辭玄德、孔明去了。

孔明謂玄德曰：「主公可於樊口屯兵，凭高而望，坐看今夜周郎成大功也。」◎16時雲長在側，孔明全然不睬。雲長忍耐不住，乃高聲曰：「關某自隨兄長征戰，許多年來，未嘗落後。今日逢大敵，軍師卻不委用，此是何意？」

孔明笑曰：「雲長勿怪！某本欲煩足下把一個最要緊的隘口。怎奈有些違礙處，不敢教去！」雲長曰：「有何違礙？願即見諭。」孔明曰：「昔日曹操待足下甚厚，足下當有以報之。今日操兵敗，必走華容道。若令足下去時，必然放他過

◆三國文物：船釘。中國革命軍事博物館藏。（Legacy images 提供）

去。因此不敢教去！」◎17

雲長曰：「軍師好心多！當日曹操果是重待某，某已斬顏良、誅文醜，解白馬之圍，報過他了。今日撞見，豈肯輕放？」孔明曰：「倘若放了時，卻如何？」雲長曰：「願依軍法！」孔明曰：「如此，立下軍令！」雲長便與了軍令狀。

雲長曰：「若曹操不從那條路上來，如何？」孔明曰：「我亦與你軍令狀。」雲長大喜！

孔明曰：「雲長可於華容小路高山之處堆積柴草，放起一把火烟，引曹操來。」雲長曰：「曹操望見烟，知有埋伏，如何肯來？」孔明笑曰：「豈不聞兵法虛虛實實之論？操雖能用兵，只此可以瞞過他也！他見烟起，將謂『虛張聲勢』，必然投這條路來。將軍休得容情。」◎18雲長領了將令，引關平、周倉並五百校刀手投華容道埋伏去了。

玄德曰：「吾弟義氣深重，若曹操果然投華容道去時，只恐端的放了。」◎19

〈評點〉

◎15：料如指掌。（毛宗崗）

◎16：似調兵已畢，不知尚有一隊在後。（李漁）

◎17：或曰：孔明既明知曹操不該死，何故又遣關公？然孔明總爲成就關公是個義人。（李漁）

◎18：前既留難，此又切囑。愈顯後文之奇。（毛宗崗）

◎19：不惟孔明料之，玄德亦料之矣！（毛宗崗）

孔明曰：「亮夜觀乾象，操賊未合身亡。留這人情教雲長做了，亦是美事。」◎20玄德曰：「先生神算，世所罕及。」孔明遂與玄德往樊口，看周瑜用兵。留孫乾、簡雍守城。

卻說曹操在大寨中與眾將商議，只等黃蓋消息。當日東南風起甚緊！程昱入告曹操曰：「今日東南風起，宜預隄防！」操笑曰：「冬至一陽生。來復之時※5，安得無東南風？何足為怪。」◎21

軍士忽報：「江東一隻小船來到！說有黃蓋密書。」操急喚入。其人呈上書，書中訴說：「周瑜關防嚴緊，因此無計脫身。今有鄱陽湖新運到糧，周瑜差蓋巡哨，已有方便。好歹殺江東名將，獻首來降。只在今晚三更，船上插青龍牙旗者，即糧船也。」操大喜！遂與眾將來水寨中大船上，觀望黃蓋船到。

且說江東，天色向晚，周瑜喚出蔡和，令軍士縛倒。和叫：「無罪！」瑜曰：「汝是何等人？敢來詐降！吾今缺此福物※6祭旗，願借你首級。」

◆重慶奉節觀星亭，傳說是諸葛亮夜觀天象處。（阿淳／fotoe提供）

和抵賴不過，大叫曰：「汝家闞澤、甘寧亦曾與謀！」瑜曰：「此乃吾之所使也！」蔡和悔之不及。瑜令捉至江邊皂纛旗下，奠酒燒紙。一刀斬了蔡和，用血祭旗畢。便令：「開船！」

黃蓋在第三隻火船上，獨披掩心甲，手提利刃。旗上大書：「先鋒黃蓋。」蓋乘一天順風，望赤壁進發。

是時東風大作，波浪洶湧。◎22操在中軍，遙望隔江。看看月上，照耀江水，如萬道金蛇，翻波戲浪。操迎風大笑，自以爲得志。忽一軍指說：「江南隱隱一簇帆幔，使風而來！」操凭高望之。報稱：「皆插青龍牙旗，內中有大旗，上書『先鋒黃蓋』名字。」操笑曰：「公覆來降，此天助我也！」

來船漸近，程昱觀望良久，謂操曰：「來船必詐！且休教近寨。」操曰：「何以知之？」程昱曰：「糧在船中，船必穩重。今觀來船，輕而且浮。更兼今夜東南風甚緊！倘有詐謀，何以當之？」◎23

〈評點〉

◎20：玄德、孔明俱有先見，不比今人惡之欲其死也。（李贄）

◎21：若曹操見風而驚，便不奇矣！正妙在處之泰然，乃見後文之出其不意也。（毛宗崗）
只爲曉得道理，所以最爲誤事。（李贄）

◎22：處處點出風來，妙。（李漁）

◎23：遲了。（李贄）

注釋

※5：古代哲學家以陰陽概括宇宙間一切事物的矛盾對立面。在曆法氣候上，以夏至節爲陽的極點，陽到了極點即同時開始向陰轉化；以冬至節爲陰的極點，陰極又向陽的一方轉化，陰陽的迴圈轉化叫做「來復」。

※6：祭品。祭後散與眾人分食，叫做「散福」，因此祭品稱爲福物。

操省悟！便問：「誰去止之？」文聘曰：「某在水上頗熟，願請一往。」言畢，跳下小船，用手一指。十數隻巡船隨文聘船出。

聘立於船頭，大叫：「丞相鈞旨，南船且休近寨！就江心拋住。」眾軍齊叫：「快下了篷！」言未絕，弓弦響處，文聘被箭射中左臂，倒在船中。船上大亂！各自奔回。

南船距操寨止隔二里水面。黃蓋用刀一招，前船一齊發火！火趁風威，風助火勢！船如箭發，烟焰障天。◎24二十隻火船撞入水寨，曹寨中船隻一時盡著！又被鐵環鎖住，無處逃避。

隔江礮響！四下火船齊到，但見三江面上，火逐風飛！一派通紅，漫天徹地。曹操回觀岸上營寨，幾處烟火！

黃蓋跳在小船上，背後數人駕舟，冒烟突火，來尋曹操。操見勢急，方欲跳上岸，忽張遼駕一小腳船，扶操下得船時，那隻大船已自著了！張遼與十數人保護曹操，飛奔岸口。

黃蓋望見穿絳紅袍者下船，料是曹操。乃催船速進！手提利刃，高聲大叫：「曹賊休走！黃蓋在此！」操叫苦連聲。張

◆赤壁之戰。曹軍大敗，爭相上岸逃命。（葉雄繪）

遼拈弓搭箭，覷著黃蓋較近，一箭射去。此時風聲正大！黃蓋在火光中那裏聽得弓弦響？正中肩窩，翻身落水。◎25正是：

「火厄盛時遭水厄，棒瘡愈後患金瘡。」

未知黃蓋性命如何？且看下文分解……

〈評點〉

◎24：好光景，作者、觀者俱有風發火騰之意。（李漁）

◎25：正寫曹操被火，忽寫黃蓋落水；正快意時，又見此不快意事。令人閱至此，不得不急欲看後文也！（毛宗崗）

◆赤壁大戰。黃蓋追趕曹操，被張遼暗中放箭射落水中。（鄧嘉德繪）

第五十回　諸葛亮智算華容　關雲長義釋曹操

卻說當夜張遼一箭射黃蓋下水，救得曹操登岸。尋著馬匹走時，軍已大亂。韓當冒煙突火，來攻水寨。忽聽得士卒報道：「後梢舵上，一人高叫將軍表字！」韓當細聽，但聞高叫：「公義救我！」當曰：「此黃公覆也！」急教救起。見黃蓋負著箭傷。咬出箭桿，箭頭陷在肉內。韓當急為脫去濕衣，用刀剜出箭頭，扯旗束之。脫自己戰袍，與黃蓋穿了，先令別船送回大寨醫治。原來黃蓋深知水性，故大寒之時，和甲墮江，也逃得性命。◎1

卻說當日滿江火滾，喊聲震地。左邊是韓當、蔣欽兩軍從赤壁西邊殺來，右邊是周泰、陳武兩軍從赤壁東邊殺來！正中是周瑜、程普、徐盛、丁奉，大隊船隻都到。火須兵應，兵仗火威！此正是「三江水戰，赤壁鏖兵」。曹軍著槍中箭，火焚水溺者不計其數。後人有詩曰：

「魏、吳爭鬬決雌雄，赤壁樓船一掃空！烈火初張雲照海，周郎曾此破曹公。」

又有一絕，云：

「山高月小水茫茫，追嘆前朝割據忙；南士無心迎魏武，東風有意便周郎。」

不說江中鏖兵，且說甘寧令蔡中引入曹寨深處，寧將蔡中一刀砍於馬下，就草上放起火來！呂蒙遙望中軍起火，也放十數處火接應甘寧。潘璋、董襲分頭放火吶喊！四下裏鼓聲大震！

曹操與張遼引百餘騎，在火林內走！看前面無一處不著，正走之間，毛玠救得文聘引十數騎到。操令軍尋路，張遼指道：「只有烏林地面空闊可走！」操徑奔烏林。

正走間，背後一軍趕到！大叫：「曹操休走！」火光中，現出呂蒙旗號。◎2操催軍馬向前，留張遼斷後，抵敵呂蒙。卻見前面火把又起，從山谷中擁出一軍，大叫：「凌統在此！」曹操肝膽皆裂！

忽刺斜裏一彪軍到！大叫：「丞相休慌，徐晃在此。」彼此混戰一場！一路望北而走。忽見一隊軍馬，屯在山坡前。徐晃出問，乃是袁紹手下降將馬延、張顗，有三千北地軍馬，列寨在彼。當夜見滿天火起，未敢轉動。恰好接著曹操。操教二將引一千軍馬開路，其餘留著護身。

〈評點〉

◎1：黃蓋苦肉於前，又苦肉於後。勇不避難，極寫其忠。（毛宗崗）

◎2：從火光中現出呂蒙，越顯火色之盛。（李漁）

◆孫權故里浙江杭州富陽龍門古鎮陳列的三國東吳戰船模型。（黃金國／fotoe提供）

操得這枝生力軍馬，心中稍安。馬延、張顗二將飛騎前行。不到十里，喊聲起處！一彪軍出，爲首一將大呼曰：「我乃東吳甘興霸也！」馬延正欲交鋒，早被甘寧一刀斬於馬下！張顗挺槍來迎，寧大喝一聲！顗措手不及，被寧手起一刀，翻身落馬。後軍飛報曹操，操此時指望合淝有兵救應，不想孫權在合淝路口望見江中火光，知是我軍得勝。便教陸遜舉火爲號。太史慈見了，與陸遜合兵一處，衝殺將來！操只得望彝陵而走。路上撞見張郃，操令斷後。

縱馬加鞭，走至五更，回望火光漸遠，操心方定。◎3問曰：「此是何處？」左右曰：「此是烏林之西，宜都之北。」操見樹林叢雜，山川險峻。乃於馬上仰面大笑不止！諸將問曰：「丞相何故大笑？」操曰：「吾不笑別人，單笑周瑜無謀，諸葛亮少智。若是吾用兵之時，預先在這裏伏下一軍，如之奈何？」◎4

說猶未了，兩邊鼓聲震響！火光沖天而起。驚得曹操幾乎墜馬！刺斜裏一彪軍殺出，大叫：「我趙子龍，奉軍師將令，在此等候多時了！」操教徐晃、張郃雙敵趙雲，自己冒烟突火而去！

◆ 繪畫作品《赤壁之戰》，湖北赤壁古戰場紀念館藏。（Legacy images 提供）

子龍不來追趕，只顧搶奪旗幟。曹操得脫。

天色微明，黑雲罩地，東南風尚不息。忽然大雨傾盆，濕透衣甲。◎5操與軍士冒雨而行，諸軍皆有飢色，操令軍士往村落中劫掠糧食，尋覓火種。

方欲造飯，後面一軍趕到！操心甚慌。原來卻是李典，許褚保護著眾謀士來到。操大喜，令軍馬且行，問：「前面是那裏地面？」人報：「一邊是南彝陵大路，一邊是北彝陵山路。」操問：「那裏投南郡、江陵去近？」軍士稟曰：「取南彝陵過葫蘆口去最便！」操教走南彝陵。

行至葫蘆口，軍皆饑餒，行走不上；馬亦困乏，多有倒於路者。操教前面暫歇。馬上又帶得鑪鍋的，也有村中掠得糧米的，便就山邊揀乾埋鍋造飯，割馬肉燒喫。盡皆脫去濕衣，於風頭吹晒；馬皆摘鞍野放，咽咬草根。

操坐於疎林之下，仰面大笑！眾官問曰：「適來丞相笑周瑜、諸葛亮，引惹出趙子龍來，又折了許多人馬。如今爲何又笑？」

操曰：「吾笑諸葛亮、周瑜畢竟智謀不足。若是我用兵時，就這個去處也埋伏一彪軍馬，以逸待勞。我等縱然脫得性命，也不免重傷矣！彼見不到此，我是以笑

〈評點〉

◎3：不是寫曹操脫火，正是說火勢猛烈！（毛宗崗）

◎4：不要忙，孔明已先合著你意了。（毛宗崗）

◎5：老賊也吃得好苦，此時尚能橫槊賦詩否乎？（李贄）

之！」◎6

正說間，前軍後軍一齊發喊！操大驚，棄甲上馬。眾軍多有不及收馬者，早見四下火烟布合山口，一軍擺開！爲首乃燕人張翼德，橫矛立馬，大叫：「操賊走那裏去？」

諸軍眾將見了張飛，盡皆膽寒！許褚騎無鞍馬來戰張飛，張遼、徐晃二將縱馬也來夾攻，兩邊軍馬混戰做一團。操先撥馬走脫。諸將各自脫身，張飛從後趕來！

操迤邐奔逃，追兵漸遠，回顧眾將，多已受傷。正行間，軍士稟曰：「前面有兩條路。請問丞相從那條路去？」操問：「那條路近？」軍士曰：「大路稍平，卻遠五十餘里。小路投華容道，卻近五十餘里。只是地窄路險，坑坎難行。」

操令人上山觀望。回報：「小路山邊有數處烟起，大路並無動靜。」操教前軍便走華容道小路。諸將曰：「烽烟起處，必有軍馬。何故反走這條路？」

操曰：「豈不聞兵書有云：『虛則實之，實則虛之。』◎7諸葛亮多謀，故使人於山僻燒烟，使我軍不敢從這條山路走，他卻伏兵在大路等著。吾料已定，偏不教中他計！」諸將皆曰：「丞

◆ 年畫《火燒葫蘆谷》。（Legacy images 提供）

相妙算，人所不及。」遂勒兵走華容道。

此時人皆饑倒，馬盡困乏。焦頭爛額者扶策※1而行，中箭著槍者勉強而走；衣甲濕透，個個不全。軍器旗旛紛紛不整。大半皆是彝陵道上被趕得慌，只騎得禿馬，鞍轡衣服盡皆拋棄。正值隆冬嚴寒之時，其苦何可勝言?!◎8

操見前軍停馬不進，問是何故。回報曰：「前面山僻小路，因早晨下雨，坑塹內積水不流。泥陷馬蹄，不能前進。」

操大怒！叱曰：「軍旅逢山開路，遇水疊橋。豈有泥濘不堪行之理？」傳下號令：「教老弱中傷軍士在後慢行。強壯者擔土束柴，搬草運蘆，填塞道路。務要即時行動，如違令者斬！」

眾軍只得都下馬，就路傍砍伐竹木，填塞山路。◎9操恐後軍來趕，令張遼、許褚、徐晃引百騎執刀在手，但遲慢者便斬之。操喝令人馬沿棧而行，死者不可勝數。號哭之聲，於路不絕！操怒曰：「生死有命，何哭之有？如再哭者立斬！」◎10

〈評點〉

◎6：不要忙，孔明又合著你意了。（毛宗崗）

◎7：此是猜拳妙訣。（李贄）

◎8：極寫曹操狼狽，以襯關公釋放之義。（毛宗崗）

◎9：此時軍士，可謂離了天羅又遭地網。（李漁）

◎10：只許自己笑，不許別人哭。（毛宗崗）

注釋

※1：拄著拐棍。

周仓

◆戲曲臉譜《華容道》之周倉。勾花元寶臉，面部紋理複雜，示其醜陋，但忠勇威嚴。忠義勇猛，身在綠林，心慕關羽。投蜀後忠義耿耿。（田有亮繪）

三停人馬，一停落後，一停塡了溝壑，一停跟隨曹操。過了險峻，路稍平坦。操回顧，止有三百餘騎隨後，並無衣甲袍鎧整齊者。操催速行，眾將曰：「馬盡乏矣！只好少歇。」操曰：「趕到荊州將息※2未遲。」

又行不到數里。操在馬上揚鞭大笑！眾將問：「丞相何故大笑？」操曰：「人皆言周瑜、諸葛亮足智多謀。以吾觀之，到底是無能之輩。若使此處伏一旅之師，吾等皆束手受縛矣！」

言未畢，一聲砲響！兩邊五百校刀手擺開，爲首大將關雲長提青龍刀，跨赤兔馬，截住去路。操軍見了，亡魂喪膽，面面相覷。

操曰：「既到此處，只得決一死戰！」眾將曰：「人縱然不怯，馬力已乏，安能復戰？」程昱曰：「某素知雲長傲上而不忍下，欺強而不凌弱。恩怨分明，信義素著。丞相舊日有恩於彼。今只親自告之，可脫此難。」◎11

操從其說，即縱馬向前，欠身謂雲長曰：「將軍別來無恙？」雲長亦欠身答曰：「關某奉軍師將令，等候丞相多時！」操曰：「曹操兵敗勢危，到此無路。望將軍以昔日之情爲重。」雲長曰：「昔日關某雖蒙丞相厚恩。然已斬顏良、誅文醜，解白馬之圍，以奉報矣！今日之事，豈敢以私廢公？」

操曰：「五關斬將之事，還能記否？大丈夫以信義爲重。將軍深明春秋，豈不知庾公之斯追子濯孺子之事※3乎？」◎12

雲長是個義重如山之人。想起當日曹操許多恩義，與後來五關斬將之事，如何不動心？又見曹軍惶惶，皆欲垂淚，越發心中不忍。於是把馬頭勒回，謂眾軍曰：

〈評點〉

◎11：不但孔明能料雲長，程昱亦能料之。（毛宗崗）

◎12：公明春秋，即以春秋動之。小人之乞憐於君子，必不以小人之情動君子，而必以君子之道望君子也。（毛宗崗）

◆華容道。曹操揣摩關羽心理，以情動之，得以逃脫。（鄧嘉德繪）

注釋

※2：養息、休養。

※3：春秋時，衛國派庚公之斯追擊子濯孺子，他倆都很會射箭，但子濯孺子因爲生病，不能拿弓應戰，庚公之斯對他說：「我跟尹公之他學射箭，尹公之他又跟您學箭，我不忍心把您的技術轉用來傷害您。」於是把箭頭敲掉，射了四枝沒有箭頭的箭就回去了。意思是顧念舊恩，不負心忘本。

「四散擺開！」◎13這個分明是放曹操的意思。操見雲長回馬，便和眾將一齊衝將過去！

雲長回身時，曹操已與眾將過去了！雲長大喝一聲！眾軍皆下馬，哭拜於地，雲長愈加不忍。正猶豫間，張遼驟馬而至，雲長見了，又動故舊之情。長嘆一聲！並皆放去。◎14後人有詩曰：

「曹瞞兵敗走華容，正與關公狹路逢；只為當初恩義重，放開金鎖走蛟龍。」

曹操既脫華容之難，行至谷口，回顧所隨軍兵，止有二十七騎。比及天晚，已近南郡。火把齊明，一簇人馬攔路。操大驚！曰：「吾命休矣！」只見一群哨馬衝到，方認得是曹仁軍馬，操纔安心。

曹仁接著言：「雖知兵敗，不敢遠離。只得在附近迎接。」操曰：「幾與汝不相見也！」於是引眾入南郡安歇。隨後張遼也到，說雲長之德。操點將校中傷者極多，操皆令將息。

◆《關雲長義釋曹操圖》，胡伯翔1934年製作。（Legacy images 提供）

〈評點〉

◎13：雲長是聖人，是佛。（李贄）

◎14：一喝、一嘆，寫得有勢有情。（毛宗崗）

◎15：宜哭反笑，宜笑反哭；奸雄哭笑，與眾不同。（毛宗崗）

◎16：當哭處哭，當笑處笑；活人不說，只說死人，奸眞是可愛。（李漁）

◆山東高密年畫《華容道》。（王樹村提供／中國工藝美術出版社）

曹仁置酒與操解悶，眾謀士俱在座。操忽仰天大慟！◎15眾謀士曰：「丞相於虎窟中逃難之時，全無懼怯。今到城中，人已得食，馬已得料。正須整頓軍馬復讎。何反痛哭？」操曰：「吾哭郭奉孝耳。若奉孝在，決不使吾有此大失也！」遂搥胸大哭，曰：「哀哉！奉孝，痛哉！奉孝，惜哉！奉孝。」◎16

眾謀士皆默然自慚，次日，操喚曹仁曰：「吾今暫回許都收拾軍馬，必來報讎。汝可保全南郡。吾有一計，密留在此。非急休開；急則開之，依計而行。使東吳不敢正視南郡。」

仁曰：「合淝、襄陽誰可保守？」操曰：「荊州託汝管領。襄陽吾已撥夏侯惇把守。合淝爲最緊要之地，吾命張遼爲主將，樂進、李典爲副將，保守此地。但有緩急，飛報將來。」

操分撥已定，遂上馬引眾奔回許昌。荊州原降文武各官，依舊帶回許昌調

◆關羽放了曹操，黯然回見諸葛亮與劉備請死，諸葛亮欲以軍法處斬，被劉備勸止。（朱寶榮繪）

用。曹仁自遣曹洪據守彝陵、南郡，以防周瑜。

卻說關雲長放了曹操，引軍自回。此時諸路軍馬皆得馬匹、器械、錢糧，已回夏口。獨雲長不獲一人一騎，空身回見玄德。◎17

孔明正與玄德作賀，忽報雲長至！孔明忙離坐席，執盃相迎，曰：「且喜將軍立此蓋世之功，除普天下之大害，合宜遠接慶賀！」雲長默然。

孔明曰：「將軍莫非因吾等不曾遠接，故爾不樂？」回顧左右曰：「汝等緣何不先報？」雲長曰：「關某特來請死！」孔明曰：「莫非曹操不曾投華容道上來？」雲長曰：「是從那裏來。關某無能，因此被他走脫！」孔明曰：「拏得甚將士來？」雲長曰：「皆不曾拏。」

孔明曰：「此是雲長想曹操昔日之恩，故意放了。但既有軍令狀在此，不得不按軍法。」遂叱武士推出斬之！◎18正是：

「拚將一死酬知己，致令千秋仰義名。」

未知雲長性命如何？且看下文分解……

〈評點〉

◎17：關公無所得，其所得者義耳。（毛宗崗）

◎18：好做作。（毛宗崗）

第五十一回　曹仁大戰東吳兵　孔明一氣周公瑾

卻說孔明欲斬雲長。玄德曰：「昔吾三人結義時，誓同生死。今雲長雖犯法，不忍違卻前盟。望權記過，容將功贖罪。」孔明方纔饒了。◎1

且說周瑜收軍點將，各各敘功，申報吳侯。所得降卒盡行發付渡江。大犒三軍，遂進兵攻取南郡，前隊臨江下寨，前後分五營，周瑜居中。

瑜正與眾商議征進之策，忽報：「劉玄德使孫乾來與都督作賀！」瑜命請入。乾施禮畢，言：「主公特命乾拜謝都督大德，有薄禮上獻。」瑜問曰：「玄德在何處？」乾答曰：「現移兵屯油江口。」瑜驚曰：「孔明亦在油江否？」乾曰：「孔明與主公同在油江。」瑜曰：「足下先回，某親來相謝也。」瑜收了禮物，發付孫乾先回。

肅曰：「卻纔都督為何失驚？」瑜曰：「劉備屯兵油江，必有取南郡之意。我等費了許多軍馬，用了許多錢糧，目下南郡反手可得。彼等心懷不仁，要就現成，須放著周瑜不死！」

肅曰：「當用何策退之？」瑜曰：「我自去和他說話。好便好！不好時，不等他取南郡，先結果了劉備。」◎2肅曰：「某願同往。」于是瑜與魯肅引三千輕騎，徑投油江口來。

先說孫乾回見玄德，言：「周瑜將親來相謝！」玄德乃問孔明曰：「來意若何？」孔明笑曰：「那裏爲這些薄禮，肯來相謝？止爲南郡而來。」◎3玄德曰：「他若提兵來，何以待之？」孔明曰：「他來，便可如此如此應答。」遂於油江口擺開戰船，岸上列著軍馬。

人報：「周瑜、魯肅領兵到來！」孔明使趙雲領數騎來接。瑜見軍勢雄壯，心甚不安。行至營門外，玄德、孔明迎入帳中，各敘禮畢，設宴相待。玄德舉酒致謝鏖兵之事。

酒至數巡，瑜曰：「豫州移兵在此，莫非有取南郡之意否？」玄德曰：「聞都督欲取南郡，故來相助。若都督不取，備必取之！」

瑜笑曰：「吾東吳久欲併吞漢江，今南郡已在掌中，如何不

〈評點〉

◎1：兩人先自說通。此時卻一個做好，一個做惡。（毛宗崗）

◎2：須放著孔明不死。（毛宗崗）

◎3：一個乖似一個。（毛宗崗）

◆清代楊柳青年畫《油江口》，描繪諸葛亮一氣周瑜的故事。（fotoe提供）

取？」玄德曰：「勝負不可預定。曹操臨歸，令曹仁守南郡等處，必有奇計。更兼曹仁勇不可當，但恐都督不能取耳。」

瑜曰：「吾若取不得，那時任從公取。」玄德曰：「孔明在此爲證，都督休悔。」魯肅躊躇未對。瑜曰：「大丈夫一言既出，何悔之有？」孔明曰：「都督此言，甚是公論。先讓東吳去取。若不下，主公取之，有何不可？」

瑜與肅辭別玄德、孔明，上馬而去。玄德問孔明曰：「卻纔先生教備如此回答。雖一時說了，展轉尋思，於理未然。我今孤窮一身，無置足之地，欲得南郡權且容身。若先教周瑜取了，城池已屬東吳矣！卻如何得住？」◎4

孔明大笑曰：「當初亮勸主公取荊州，主公不聽！今日卻想耶？」玄德曰：「前爲景升之地，故不忍取。今爲曹操之地，理合取之。」孔明曰：「不須主公憂慮。儘著周瑜去廝殺，早晚教主公在南郡城中高坐。」玄德曰：「計將安出？」孔明曰：「只須如此如此……。」玄德大喜！只在江口屯劄，按兵不動。

卻說周瑜、魯肅回寨。肅曰：「都督，如何亦許玄德取南郡？」瑜曰：「吾彈指可得南郡，落得虛做人情。」◎5 隨問帳下將士：「誰敢先取南郡？」一人應聲而出，乃蔣欽也！

瑜曰：「汝爲先鋒，徐盛、丁奉爲副將，撥五千精銳軍馬先渡江。吾隨後引兵接應！」

且說曹仁在南郡，分付曹洪守彝陵，以爲犄角之勢。人報：「吳兵已渡漢江！」仁曰：「堅守勿戰爲上！」驍騎牛金奮然進曰：「兵臨城下而不出戰，是怯也！況吾兵新敗，正當重振銳氣。某願借精兵五百，決一死戰。」仁從之，令牛金引五百軍出戰。

丁奉縱馬來迎。約戰四五合，奉詐敗，牛金引軍追趕入陣，奉指揮眾軍士裹圍牛金於陣中。金左右衝突，不能得出！曹仁在城上，望見牛金困在垓心，遂披甲上馬，引麾下壯士數百騎出城，奮力揮刀，殺入吳陣。徐盛迎戰，不能抵當。曹仁殺到垓心，救出牛金。回顧，尚有十數騎在陣，不能得出。遂復翻身殺入，救出重圍，◎6正遇蔣欽攔路。

曹仁與牛金奮力衝散！仁弟曹純亦引兵接應。混戰一陣，吳軍敗走！曹仁得勝而回。

蔣欽兵敗，回見周瑜！瑜怒，欲斬之！眾將告免。瑜即點兵要親與曹仁決戰，甘寧曰：「都督不可造次！今曹仁令曹洪據守彝陵，爲犄角之勢。某願以精兵三

〈評點〉

◎4：一向不要荊州，此時卻說出實話來。照應前事。（李漁）

◎5：誰知後來卻實做了人情。（毛宗崗）

◎6：極寫曹仁之勇，以見下文周瑜之勝不易。（李漁）

◆蔣欽，字公奕，九江壽春（今安徽壽縣）人，三國時東吳將領。（葉雄繪）

◆丁奉（？～271），字承淵，揚州廬江安豐（今安徽舒城）人，三國孫吳後期名將。多次參加戰鬥，經常勇冠全軍，但死後家人因受讒言而被流放。（葉雄繪）

千，徑取彝陵，都督然後可取南郡。」瑜服其論，先教甘寧引三千兵攻打彝陵。

早有細作報知曹仁。仁與陳矯商議。矯曰：「彝陵有失，南郡亦不可守矣！宜速救之。」仁遂令曹純與牛金暗地引兵救曹洪。曹純先使人報知曹洪，令洪出城誘敵。

甘寧引兵至彝陵，洪出與甘寧交鋒。戰有二十餘合，洪敗走！寧奪了彝陵。至黃昏時，曹純、牛金兵到，兩下相合，圍了彝陵。

探馬飛報周瑜，說：「甘寧困於彝陵城中！」瑜大驚！◎7程普曰：「可急分兵救之。」瑜曰：「此地正當衝要之處。若分兵去救，倘曹仁引兵來襲，奈何？」呂蒙曰：「甘興霸乃江東大將，豈可不救？」瑜曰：「吾欲自往救之。但留何人在此，代當吾任？」蒙曰：「留凌公績當之！蒙爲前驅，都督斷後。不須十日，必奏凱歌！」

瑜曰：「未知凌公績肯暫代吾任否？」凌統曰：「若十日爲期，可當之。十日之外，不勝其任矣！」瑜大喜。遂留兵萬餘，付與凌統。即日起大兵投彝陵來。

蒙謂瑜曰：「彝陵南僻小路取南郡極便。可差五百軍去砍倒樹木，以斷其路。彼軍若敗，必走此路；馬不能行，必棄馬而走。吾可得其馬也！」瑜從之！差軍去訖。

大兵將至彝陵，瑜問：「誰可突圍而入，以救甘寧？」周泰願往，即時綽刀縱馬，直殺入曹軍之中，徑到城下。甘寧望見周泰至，自出城迎之。泰言：「都督自提兵至。」寧傳令：教軍士嚴裝飽食，準備內應。

卻說曹洪、曹純、牛金聞周瑜兵將至，先使人往南郡報知曹仁；一面分兵拒敵。及吳兵至，曹兵迎之。比及交鋒，甘寧、周泰分兩路殺出！曹兵大亂，吳兵四下掩殺！曹洪、曹純、牛金果然投小路而走，卻被亂柴塞道，馬不能行。盡皆棄馬而走，吳兵得馬五百餘匹。◎8

周瑜驅兵星夜趕到南郡，正遇曹仁軍來救彝陵。兩軍接著，混戰一場！天色已晚，各自收兵。

曹仁回城中，與眾商議。曹洪曰：「目今失了彝陵，

〈評點〉

◎7：周瑜第二次失利。（李漁）

◎8：兩次失利，纔得一勝。（毛宗崗）

◆呂蒙（178～219），字子明，汝南富坡（今安徽阜南東南）人，三國時期吳國著名軍事家。曾乘關羽外出作戰，設計襲了荊州。又受孫權之勸，多讀史書、兵書，學識淵博，被魯肅贊為「卿今者才略，非復吳下阿蒙！」而呂蒙則回答說：「士別三日，即更刮目相待，大兄何見事之晚乎？」（葉雄繪）

勢已危急。何不拆丞相遺計觀之，以解此危？」◎9曹仁曰：「汝言正合吾意！」遂拆書觀之，大喜！便傳令：教五更造飯。平明，大小軍馬盡皆棄城；城上遍插旌旗，虛張聲勢。軍分三門而出！

卻說周瑜救出甘寧，陳兵於南郡城外。見曹兵分三門而出，瑜上將臺觀看，只見女牆※1邊虛插旌旗，無人守護；又見軍士腰下各束縛包裹。

瑜暗忖：「曹仁必先準備走路！」遂下將臺，號令：「分布兩軍爲左右翼；如前軍得勝，只顧向前追趕。直待鳴金，方許退步。」命程普督後軍；瑜親自引軍取城。

對陣鼓聲響處，曹洪出馬搦戰。瑜自至門旗下，使韓當出馬，與曹洪交鋒，戰到三十餘合，洪敗走。曹仁自出接戰，周泰縱馬相迎；鬭十餘合，仁敗走，陣勢錯亂。周瑜麾兩翼軍殺出！曹軍大敗。

瑜自引軍馬追至南郡城下，曹軍

◆曹仁大戰東吳兵。周瑜攻打南郡，出師不利，被箭射中，翻身落馬。（fotoe提供）

皆不入城，望西北而走。韓當、周泰引前部盡力追趕！瑜見城門大開，城上又無人；遂令眾軍搶城。◎10數十騎當先而入！瑜在背後縱馬加鞭，直入甕城。

陳矯在敵樓上，望見周瑜親自入城來。暗暗喝采道：「丞相妙策如神。」一聲梆子響，兩邊弓弩齊發，勢如驟雨。爭先入城的，都攧入陷坑內。周瑜急勒馬回時，被一弩箭正射中左肋，翻身落馬。牛金從城中殺出！來捉周瑜。徐盛、丁奉二人捨命救去。城中曹兵突出！吳兵自相踐踏，落塹坑者無數。

程普急收軍時，曹洪、曹仁分兵兩路殺回！吳兵大敗。幸得凌統領一軍從刺斜裏殺來，敵住曹兵。曹仁引得勝兵進城；程普收敗軍回寨。◎11丁、徐二將救得周瑜。到帳中，喚行軍醫者用鐵鉗子拔出箭頭，將金瘡藥敷掩瘡口，疼不可當，飲食俱廢。醫者曰：「此箭頭上有毒，急切不能痊愈。若怒氣沖激，其瘡復發！」

程普令三軍緊守各寨，不許輕出。三日後，牛金引軍來搦戰，程普按兵不動。牛金罵至日暮方回。次日，又來罵戰。程普恐瑜生氣，不敢報知。

第三日，牛金直至寨門之外，叫罵聲聲！只道：「要捉周瑜！」程普與眾商議：欲暫且退兵，回見吳侯，卻再理會。

〈評點〉

◎9：此處妙在暗寫。（毛宗崗）

◎10：城門大開，城上無人，如何不疑？公瑾一時瞌睡。（李漁）

◎11：寫周瑜第三次失利，愈見下文之勝不易。（毛宗崗）

注釋

※1：城牆上的矮牆。

卻說周瑜雖患瘡痛，心中自有主張！已知曹兵常來寨前叫罵，卻不見眾將來稟。這日，曹仁自引大軍，擂鼓吶喊，前來搦戰！程普拒住不出。周瑜喚將入帳，問曰：「何處鼓噪吶喊？」眾將曰：「軍中教演士卒！」瑜怒曰：「何欺我也？吾已知曹兵常來寨前辱罵；程德謀既同掌兵權，何故坐視？」遂命人請程普入帳問之。

普曰：「吾見公瑾病瘡，醫者言：『勿觸怒！』故曹兵搦戰，不敢報知。」瑜曰：「公等不戰，主意若何？」普曰：「眾將皆欲收兵暫回江東。待公箭瘡平復，再作區處！」

瑜聽罷，於牀上奮然躍起，曰：「大丈夫既食君祿，當死於戰場，以馬革裹尸還，幸也。◎12豈可為我一人而廢國家大事乎？」言訖，即披甲上馬！諸軍眾將無不駭然。

遂引數百騎出營前，望見曹兵已布成陣勢，曹仁自立馬於門旗下，揚鞭大罵曰：「周瑜孺子，料必橫夭※2；再不敢正覷我兵！」罵猶未絕，瑜從群騎內突然出，曰：「曹仁匹夫！見周郎否？」曹軍看見，盡皆驚駭。曹仁回顧眾將曰：「可大罵之！」眾將厲聲大罵！

周瑜大怒！使潘璋出戰。未及交鋒，周瑜忽大叫一聲！口中噴血，墜於馬下。◎13曹兵衝來，眾將上前抵住，混戰一場，救起周瑜。

回到帳中，程普問曰：「都督貴體若何？」瑜密謂普曰：「此吾之計也！」普曰：「計將安出？」瑜曰：「吾身本無甚痛楚。吾所以爲此者，欲令曹兵知我病危，必然欺敵。可使心腹軍士去城中詐降，說吾已死。今夜，曹仁必來刦寨！吾卻於四下埋伏以應之，則曹仁可一鼓而擒也。」◎14程普曰：「此計大妙！」隨就帳下舉起哀聲，眾軍大驚，盡傳言：「都督箭瘡大發而死。」各寨盡皆挂孝。

卻說曹仁在城中與眾商議，言：「周瑜怒氣沖發，金瘡崩裂；以致口中噴血，墜於馬下。不久必亡……。」正論間，忽報：「吳寨內有十數個軍士來降，中間亦有二人，原是曹兵被擄過去的。」曹仁忙喚入問之，軍士曰：「今日周瑜陣前金瘡

〈評點〉

◎12：既如此，並馬革也不裹方是。（李贄）

◎13：突出與墜馬俱俊異，使人不可測。（李漁）

◎14：極寫周瑜使心用計，爲下怒孔明張本。（李漁）

◆江蘇美術出版社出版之漫畫《三國演義》系列，卷三《黑暗與黎明》封面，孫家裕繪。（江蘇美術出版社提供）

注釋

※2：夭折。少壯時遭到意外死去。

碎裂，歸寨即死。今眾將皆已挂孝舉哀。我等因受程普之辱，故特歸降，便報此事。」

曹仁大喜！隨即商議：「今晚便去劫寨，奪周瑜之屍；斬其首級，送赴許都。」◎15陳矯曰：「此計速行，不可遲誤。」◎16曹仁遂令牛金爲先鋒，自爲中軍，曹洪、曹純爲合後。只留陳矯領些少軍士守城，其餘軍兵盡起。

初更後，出城徑投周瑜大寨。來到寨門，不見一人，但見虛插旗槍而已。仁知中計，急忙退兵，四下礮聲齊發！東邊韓當、蔣欽殺來！西邊周泰、潘璋殺來！南邊徐盛、丁奉殺來！北邊陳武、呂蒙殺來！曹兵大敗，三路軍皆被衝散，首尾不能相救。

曹仁引十數騎殺出重圍，正遇曹洪。遂領敗殘軍馬，一同奔走。殺到五更，離南郡不遠，一聲鼓響！凌統又引一軍攔住去路，截殺一陣。曹仁引軍刺斜而走，又遇甘寧，大殺一陣。曹仁不敢回南郡，徑投襄陽大路

◆ 孔明一氣周公瑾。周瑜好不容易攻到南郡城下，卻發現城池已被趙子龍攻下，無法入城。（fotoe提供）

而行。吳軍趕了一程，自回。周瑜、程普收住眾軍，徑到南郡城下，見旌旗布滿，敵樓上一將叫曰：「都督少罪！吾奉軍師將令，已取城了。吾乃常山趙子龍也。」◎17周瑜大怒，便命攻城，城上亂箭射下！

瑜命：「且回軍商議，使甘寧引數千軍馬徑取荊州，凌統引數千軍馬徑取襄陽；然後卻再取南郡未遲……。」正分撥間，忽然探馬飛來！報說：「諸葛亮自得了南郡，遂用兵符星夜詐調荊州守城軍馬來救！卻教張飛襲了荊州。」又一探馬飛來！報說：「夏侯惇在襄陽，被諸葛亮差人齎兵符詐稱：『曹仁求救！』誘惇引兵，卻教雲長襲取了襄陽。」二處城池全不費力，皆屬劉玄德矣！」◎18

周瑜曰：「諸葛亮怎得兵符？」程普曰：「他拏住陳矯，兵符自然盡屬之矣！」周瑜大叫一聲！金瘡迸裂。◎19正是：

「幾郡城池無我分，一場辛苦為誰忙？」

未知性命如何？且看下文分解……

〈評點〉

◎15：不能殺活周郎，卻欲殺死周郎。一笑！（毛宗崗）
◎16：一班癡子。（李贄）
◎17：一向忙了這幾時，都為孔明出力。（毛宗崗）
◎18：不由他不氣。（李贄）
◎19：前是詐騙曹仁，此番卻弄出真來了。（毛宗崗）

◆京劇《蘆花蕩》，袁世海飾張飛，講述張飛智鬥周瑜的故事，《三國演義》無載。（毛小雨提供／江西美術出版社）

第五十二回　諸葛亮巧辭魯肅　趙子龍智取桂陽

卻說周瑜見孔明襲了南郡，又聞他襲了荊、襄，如何不氣？氣傷箭瘡，半晌方甦。眾將再三勸解！瑜曰：「若不殺諸葛村夫，怎息我心中怨氣？程德謀可助我攻打南郡，定要奪還東吳！」

正說間，魯肅至。瑜謂之曰：「吾欲起兵與劉備、諸葛亮共決雌雄，復奪城池。子敬幸助我！」魯肅曰：「不可。方今與曹操相持，尚未分成敗。主公現攻合淝不下。如若自家互相吞併，倘曹兵乘虛而來，其勢危矣！況劉玄德舊曾與曹操相厚。若逼得緊急，獻了城池，一同攻打東吳，如之奈何？」

瑜曰：「吾等用計策，損兵馬，費錢糧；他去圖現成。豈不可恨？」◎1

肅曰：「公瑾且耐。容某親見玄德，將理來說他。若說不通，那時動兵未遲。」諸將曰：「子敬之言甚善！」

於是魯肅引從者徑投南郡來，到城下叫門，趙雲出問。肅曰：「我要見劉玄德，有話說。」雲答曰：「吾主與軍師在荊州城中。」肅遂不入南郡，徑奔荊州，見旌旗整列，軍容甚盛。肅暗羨，曰：「孔明眞非常人也！」軍

◆山東濰縣年畫《取南郡》，描繪諸葛亮先周瑜一步，攻佔了南郡，周瑜極為氣憤。（王樹村提供／中國工藝美術出版社）

士報入城中，說：「魯子敬要見！」孔明令大開城門，接肅入衙。敘禮畢，分賓主而坐。◎2

茶罷，肅曰：「吾主吳侯與都督公瑾教某再三申意※1皇叔：前者，操引百萬之眾，名下江南，實欲來圖皇叔。幸得東吳殺退曹兵，救了皇叔。所有荊州九郡，合當歸於東吳。今皇叔用詭計奪占荊、襄，使江東空費錢糧軍馬，而皇叔安受其利。恐於理未順！」

孔明曰：「子敬乃高明之士，何故亦出此言？常言道：『物必歸主。』荊、襄九郡非東吳之地，乃劉景升之基業。吾主固景升之弟也；景升雖亡，其子尚在。以叔輔姪，而取荊州，有何不可？」◎3

肅曰：「若果係公子劉琦占據，尚有可解。今公子在江夏，須不在這裏※2。」孔明曰：「子敬欲見公子乎？」便命左右：「請公子出來！」只見兩侍者從屏風後扶出劉琦。琦謂肅曰：「病軀不能施禮，子敬勿罪。」

魯肅吃了一驚，默然無語。良久，言曰：「公子若不在，便如何？」◎4孔明

〈評點〉

◎1：也要思量「東風是誰家的」？（毛宗崗）

◎2：想孔明也不好意思。（李漁）

◎3：也說得通。（李贄）

◎4：一見便望他死，是老實人語。（毛宗崗）

注釋

※1：申述意圖。

※2：須：本來、該是。這句話意爲「根本不在這裏！」是一種責難、辯駁的語氣。

曰：「公子在一日，守一日，若不在，別有商議。」肅曰：「若公子不在，須將城池還我東吳。」孔明曰：「子敬之言是也！」◎5遂設宴相待。

宴罷。肅辭出城，連夜歸寨；具言前事。瑜曰：「劉琦正青春年少，如何便得他死？這荊州何日得還？」肅曰：「都督放心！只在魯肅身上，務要討荊、襄還東吳。」瑜曰：「子敬有何高見？」肅曰：「吾觀劉琦過於酒色，病入膏肓，現今面色羸瘦，氣喘嘔血；不過半年，其人必死。那時往取荊州，劉備須無得推故。」◎6

周瑜猶自忿氣未消。忽孫權遣使至，瑜令請入。使曰：「主公圍合淝，累戰不捷。特令都督收回大軍，且撥兵赴合淝相助。」周瑜只得班師回柴桑養病，令程普部領戰船士卒，來合淝聽孫權調用。

卻說劉玄德自得荊州、南郡、襄陽，心中大喜，商議久遠之計。忽見一人上廳獻策，視之，乃伊籍也！玄

◆諸葛亮巧辭魯肅。魯肅來討荊州，諸葛亮以劉琦尚在為名，三言兩語就把他回絕了。（fotoe提供）

德感其舊日之恩，十分相敬。坐而問之※3，籍曰：「要知荊州久遠之計，何不求賢士以問之？」

玄德曰：「賢士安在？」籍曰：「荊、襄馬氏兄弟五人，並有才名。幼者名謖，字幼常。其最賢者，眉間有白毛，名良，字季常。鄉里爲之諺曰：『馬氏五常，白眉最良。』公何不求此人而與之謀？」玄德遂命請之。

馬良至，玄德優禮相待。請問保守荊、襄之策。良曰：「荊、襄四面受敵之地，恐不可久守。可令公子劉琦於此養病，招諭舊人以守之。就表奏公子爲『荊州刺史』以安民心。◎7然後南征武陵、長沙、桂陽、零陵四郡，積收錢糧，以爲根本。此久遠之計也！」

玄德大喜！遂問：「四郡當先取何郡？」良曰：「湘江之西，零陵最近。可先取之。次取武陵。然後襄江之東取桂陽。長沙爲後。」玄德遂用馬良爲「從事」，伊籍副之。請孔明商議：送劉琦回襄陽，替雲長回荊州。便調兵取零陵，差張飛爲先鋒，趙雲合後，孔明、玄德爲中軍。

〈評點〉

◎5：孔明甚圓融，可法可法。（李贄）

◎6：子敬別無妙策，不過望劉琦死耳。可發一笑！（毛宗崗）

◎7：孔明借公子以謝東吳，馬良亦借公子以安民心。前後相應。（毛宗崗）

◆馬良（187～222），字季常，湖北宜城人，與諸葛亮關係不錯，深受劉備器重。劉備彝陵戰敗時遇害。成都武侯祠文將廊雕塑，塑於清道光二十九年（1849）。（魏德智／fotoe 提供）

注釋

※3：讓他坐下來問他話。這裏表示劉備不把尹籍當作一般下屬。表示分外優待的禮遇。

人馬一萬五千。留雲長守荊州，糜竺、劉封守江陵。

卻說「零陵太守」劉度聞玄德軍馬到來，乃與其子劉賢商議，賢曰：「父親放心！他雖有張飛、趙雲之勇，我本州上將邢道榮力敵萬人，可以抵對。」劉度遂命劉賢與邢道榮引兵萬餘，離城三十里，依山靠水下寨。

探馬報說：「孔明自引一軍到來。」◎8道榮便引軍出戰。兩陣對圓，道榮出馬！手使開山大斧，厲聲高叫：「反賊安敢侵我境界！」見對陣中一簇黃旗出，旗開處，推出一輛四輪車，車中端坐一人，頭戴綸巾，身披鶴氅，手執羽扇。用扇招邢道榮曰：「吾乃南陽諸葛孔明也。曹操引百萬之眾，被吾略施小計，殺得片甲不回！汝等豈堪與吾對敵？我今來招安汝等，何不早降？」

道榮大笑！曰：「赤壁鏖兵，乃周瑜之謀也。干汝何事？敢來誑語！」◎9輪大斧竟奔孔明。孔明便回車，望陣中走，陣門復閉。

道榮直衝殺過來！陣勢急分兩下而走。道榮遙望中央一簇黃旗，料是孔明。乃只望黃旗而趕！抹過山腳，黃旗扎住，忽地中央分開，不見四輪車，只見一將挺矛躍馬，大喝一聲！直取道榮——乃張翼德也。

道榮輪大斧來迎。戰不數合，氣力不加，撥馬便走，翼德隨後趕來！喊聲大震！兩下伏兵齊出！道榮捨身衝過！前面一員大將攔住去路，大叫：「認得常山趙子龍否？」

◆湖北襄樊市諸葛亮廣場上的諸葛亮銅像。（王士敏／fotoe提供）

道榮料敵不過，又無處奔走；只得下馬請降。子龍縛來寨中見玄德、孔明。玄德喝教斬首！孔明即止之，問道榮曰：「汝若與我捉了劉賢，便准你投降。」道榮連聲：「願往！」

孔明曰：「你用何法去捉他？」道榮曰：「軍師若肯放某回去，某自有巧說。今晚軍師調兵刦寨，某爲內應；活捉劉賢，獻與軍師。劉賢既擒，劉度自降矣！」玄德不信其言。孔明曰：「邢將軍非謬言也！」◎10遂放道榮歸。

道榮得放回寨，將前事實訴劉賢。賢曰：「如此，奈何？」道榮曰：「可將計就計。今夜將兵伏於寨外，寨中虛立旗旛，待孔明來刦寨，就而擒之！」劉賢依計。

當夜二更，果然有一彪軍到寨口，每人各帶草把，一齊放火！劉賢、道榮兩下殺來，放火軍便退。劉賢、道榮兩軍乘勢追趕。趕了十餘里，軍皆不見。劉賢、道榮大驚，急回本寨，只見火光未滅，寨中突出一將——乃張翼德也！

〈評點〉

◎8：前是暗襲，此是明攻。（毛宗崗）

◎9：赤壁之戰，東吳是主體，劉備不過是盟軍罷了。實際上，周瑜是三軍統帥，諸葛亮連參謀長這樣一個角色也不是。但經小說家鋪陳演義之後，主次位置竟顛倒調換過來。仗是周瑜打的，但功勞全算在諸葛亮身上。這種不公平的事情，難道僅僅在小說中發生過嗎？（李國文）

◎10：渾身是計，卻不敘明。（毛宗崗）

劉賢叫道榮：「不可入寨，卻去劫孔明寨便了。」於是復回軍。走不十里，趙雲引一軍刺斜裏殺出，一槍刺道榮於馬下。劉賢急撥馬奔走，背後張飛趕來，活捉過馬，綁縛見孔明。

賢告曰：「邢道榮教某如此，實非本心也。」孔明令釋其縛，與衣穿了，賜酒壓驚。教人送入城說父投降：◎11如其不降，打破城池，滿門盡誅。

劉賢回零陵，見父劉度；備述孔明之德，勸父投降。度從之，遂於城上豎起降旗，大開城門，賫捧印綬出城，竟投玄德大寨納降。◎12孔明教劉度仍爲郡守。其子劉賢赴荊州隨軍辦事。零陵一郡居民盡皆喜悅。

玄德入城，安撫已畢，賞勞三軍。乃問眾將曰：「零陵已取了，桂陽郡何人敢取？」趙雲應曰：「某願往！」張飛奮然出曰：「飛亦願往！」二人相爭。孔明曰：「終是子龍先應，只教子龍去。」張飛不服，定要去取。孔明教拈鬮，拈著的便去，又是子龍拈著。

張飛怒曰：「我並不要人相幫，只獨領三千軍去，穩取城池。」趙雲曰：「某也只領三千軍去！如不得城，願受軍令。」孔明大喜，責寫軍令狀，選三千精兵，付趙雲去。張飛不服，玄德喝退。

趙雲領了三千人馬，逕往桂陽進發。早有探馬報知「桂陽太守」趙範。範急聚眾商議。「管軍校尉」陳應、鮑龍願領兵出戰。原來二人都是桂陽嶺山鄉獵戶出身，陳應會使飛叉，鮑龍曾射殺雙虎。◎13二人自恃勇力，乃對趙範曰：「劉備若來，某二人願爲前部！」

趙範曰：「我聞劉玄德乃大漢皇叔，更兼孔明多謀，關、張極勇。今領兵來的趙子龍在當陽、長坂，百萬軍中，如入無人之境。我桂陽能有多少人馬？不可迎敵，只可投降。」◎14應曰：「某請出戰！若擒不得趙雲，那時任太守投降不遲。」趙範拗不過，只得應允。

陳應領三千人馬出城迎敵，早望見趙雲領兵來到。陳應列成陣勢，飛馬綽叉而出。趙雲挺槍出馬，責罵陳應曰：「吾主劉玄德乃劉景升之弟；今輔公子劉琦同領荊州，特來撫民。汝何故迎敵？」陳應罵曰：「我等只服曹丞相，豈順劉備？」

趙雲大怒！挺槍驟馬，直取陳應，應撚叉來迎。兩馬相交，戰到四五合！陳應料敵不過，撥馬便走，趙雲追趕。陳應回顧趙雲馬來相近，用飛叉擲去，被趙雲接

◆河北涿州張飛廟的現代壁畫《兄弟排位》，畫中張飛高居劉備和關羽之上，表現他的性急。（Legacy images 提供）

〈評點〉

◎11：待邢道榮則詐，待劉賢則眞。（毛宗崗）

◎12：看孔明此等作用，眞如高棋對低手，不動一毫氣色也。（李贄）

◎13：忽夾敘陳應、鮑龍二句，忙中偏有此閒筆。（毛宗崗）

◎14：趙太守倒有些意思。（李贄）

住，回擲陳應。應急躲過，雲馬早到！將陳應活捉過馬，擲於地下，喝軍士綁縛回寨，敗軍四散奔走！

雲入寨，叱陳應曰：「量汝安敢敵我？我今不殺汝！放汝回去，說與趙範早來投降。」陳應謝罪，抱頭鼠竄，回到城中，對趙範盡言其事。

範曰：「我本欲降，汝強要戰，以致如此。」遂叱退陳應，齎捧印綬，引十數騎出城投大寨納降。雲出寨迎接，待以賓禮。納了印綬，置酒共飲。

酒至數巡，範曰：「將軍姓趙，某亦姓趙。五百年前合是一家；◎15將軍乃眞定人，某亦眞定人，又是同鄉。倘得不棄，結爲兄弟，實爲萬幸。」雲大喜！各敘年庚。雲與範同年，雲長範四個月。範遂拜雲爲兄。二人同鄉、同年、又同姓，十分相得。至晚，席散。範辭回城。

次日，範請雲入城安民。雲教軍士休動，只帶五十騎，隨入城中。居民執香伏道而接。雲安民已畢，趙範邀請入衙飲宴。酒至半酣，範復邀雲入後堂深處，洗盞更酌。

雲飲微醉，範忽請一婦人與雲把盞。子龍見婦人身穿縞素，有傾城傾國之色。乃問範曰：「此何人也？」範曰：「家嫂樊氏也。」子龍改容敬之。◎16

樊氏把盞畢，範令就坐，雲辭謝；樊氏辭歸後堂。雲曰：「賢弟何必煩令嫂舉盃耶？」範笑曰：「中間有兩個緣故，乞兄勿阻。先兄棄世已三載，家嫂寡居，終非了局。弟常勸其改嫁，嫂曰：『若得三件事兼全之人，我方嫁之。第一要文武雙全，名聞天下。第二要相貌堂堂，威儀出眾。第三要與家兄同姓。』你道天下那得有這般湊巧的？今尊兄堂堂儀表、名震四海，又與家兄同姓。正合家嫂所言。若不嫌家嫂貌陋，願備嫁資與將軍為妻。結累世之親，如何？」

雲聞言，大怒而起！厲聲曰：「吾既與汝結為兄弟，汝嫂即吾嫂也！豈可作此亂人倫之事乎？」◎17趙範羞慚滿面，答曰：「我好意相待，如何這般無禮？」遂目視左右，有相害之意。雲已覺，一拳打倒趙範，徑出府門，上馬出城去了。

範急喚陳應、鮑龍商議。應曰：「這人發怒去了，只索與他廝殺！」範曰：「但恐贏他不得。」鮑龍曰：「我兩個詐降到他軍中，太守卻引兵來搦戰；我二人就陣上擒之。」陳應曰：「必須

◆年畫《提親受辱》，描繪趙範想以寡嫂嫁趙雲，被嚴詞痛斥的故事。（王樹村提供／百花文藝出版社）

〈評點〉

◎15：近日此風盛行。（毛宗崗）

◎16：道學之極。（毛宗崗）

◎17：趙範看得通譜為泛，趙雲看得通譜為眞。近日世俗好言通譜，必得認眞如趙雲者方可通之。恐天下趙範不少，切宜仔細。（毛宗崗）

帶些人馬！」龍曰：「五百騎足矣！」

當夜二人引五百軍徑奔趙雲寨來投降。雲已心知其詐，◎18遂教喚入。二將到帳下，說：「趙範欲用『美人計』賺將軍，只等將軍醉了，扶入後堂謀殺。將頭去曹丞相處獻功。如此不仁。某二人見將軍怒出，必連累於某，因此投降。」

趙雲佯喜，置酒與二人痛飲。二人大醉，雲乃縛於帳中，擒其手下人問之：果是詐降。◎19

雲喚五百軍人，各賜酒食。傳令曰：「要害我者，陳應、鮑龍也；不干眾人之事。汝等聽吾行計，皆有重賞。」眾軍拜謝！將降將陳、鮑二人當時斬了。卻教五百軍引路，雲引一千軍在後，連夜到桂陽城下叫門。

城上聽時，說：「陳、鮑二將軍殺了趙雲回軍！請太守商議事務。」城上將火照看：果是自家軍馬！趙範急忙出城，雲喝左右捉下！遂入城。安撫百姓已定，飛報玄德。

玄德與孔明親赴桂陽。雲迎接入城，推趙範於階下。孔明問之，範備言「以嫂許嫁」之事。

◆趙子龍智取桂陽。趙子龍推趙範跪於階下，向劉備和諸葛亮說明緣由，表示自己以大事為重，看重名譽，不能取趙範之嫂。（fotoe提供）

孔明謂雲曰：「此亦美事，公何如此？」雲曰：「趙範既與某結爲兄弟，今若娶其嫂，惹人唾罵。一也！其婦再嫁，便失大節。二也！◎20趙範初降，其心難測。三也！主公新定江、漢，枕蓆未安。雲安敢以一婦人而廢主公之大事？」

玄德曰：「今日大事已定！與汝娶之，若何？」雲曰：「天下女子不少。但恐名譽不立，何患無妻子乎？」◎21玄德曰：「子龍眞丈夫也！」遂釋趙範，仍令爲桂陽太守。重賞趙雲。

張飛大叫曰：「偏子龍幹得功！偏我是無用之人？◎22只撥三千軍，與我去取武陵郡，活捉太守金旋來獻。」孔明大喜曰：「翼德要去不妨，但要依一件事。」

正是：

「軍師決勝多奇策，將士爭先立戰功。」

未知孔明說出那一件事來？且看下文分解……

〈評點〉

◎18：子龍一向是精細人。（李漁）

◎19：邢道榮之詐，孔明肚裏明白；陳、鮑二人之詐，趙雲盤問出來。（毛宗崗）

◎20：腐甚，太道學氣。（李贄）

◎21：至言至言。（李贄）

◎22：不是眼紅，卻是技癢。（毛宗崗）

第五十三回　關雲長義釋黃漢升　孫仲謀大戰張文遠

卻說孔明謂張飛曰：「前者子龍取桂陽郡時，責下軍令狀而去。今日翼德要取武陵，必須也責下軍令狀，方可領兵去。」張飛遂立軍令狀，欣然領三千軍，星夜投武陵界上來。

金旋聽得張飛引兵到，乃集將校，整點精兵器械，出城迎敵。「從事」鞏志諫曰：「劉玄德乃大漢皇叔，仁義布於天下；加之張翼德驍勇非常，不可迎敵，不如納降為上。」金旋大怒！曰：「汝欲與賊通為內變耶？」喝令武士推出斬之！眾官皆告曰：「先斬家人，於軍不利。」金旋乃喝退鞏志，自率兵出。

離城二十里，正迎張飛。飛挺矛立馬，大喝金旋！旋問部將：「誰敢出戰？」眾皆畏懼，莫敢向前。◎1

旋自驟馬舞刀迎之！張飛大喝一聲！渾如巨雷。金旋失色，不敢交鋒，撥馬便走。飛引眾軍隨後掩殺！

金旋走至城邊，城上亂箭射下！旋驚視之，見鞏志立於城上曰：「汝不順天時，自取敗亡。吾與百姓自降劉矣！」言未畢，一箭射中金旋面門，墜於馬下。軍士割頭獻張飛，鞏志出城納降。飛就令鞏志賫印綬往桂陽見玄德。

玄德大喜！遂命鞏志代金旋之職，玄德親至武陵安民畢，馳書報雲長，言：「翼德、子龍各得一郡。」雲長乃回書上請，曰：「聞長沙尚未取。如兄長不以弟爲不才，教關某幹這件功勞甚好。」玄德大喜！遂令張飛星夜去替雲長守荊州，令雲長來取長沙。

雲長既至，入見玄德、孔明。孔明曰：「子龍取桂陽，翼德取武陵，都是三千軍去。今『長沙太守』韓玄固不足道，只是他有一員大將，乃南陽人，姓黃名忠字漢升。是劉表帳下『中郎將』。與劉表之姪劉磐共守長沙，後事韓玄。雖今年近六旬，卻有萬夫不當之勇，不可輕敵。雲長去，必須多帶軍馬。」

雲長曰：「軍師何故長別人銳氣，滅自己威風？量一老卒，何足道哉？關某不須用三千軍，只消本部下五百名校刀手。決定斬黃忠、韓玄之首，來獻麾下。」◎2 玄德苦擋，雲長不依！只領五百校刀手而去。

孔明謂玄德曰：「雲長輕敵黃忠，只恐有失。主公當往接應！」玄德從之。隨

〈評點〉

◎1：如此將士，而欲迎敵？多見其不知量也！（毛宗崗）

◎2：寫雲長好勝，更自出色。（毛宗崗）

◆黃忠（？～220），字漢升，荊州南陽郡（今河南南陽市）人，三國時期蜀國大將，五虎上將之一。作戰時身先士卒，勇冠三軍。220年隨劉備伐吳，不幸被亂箭射死。（葉雄繪）

後引兵，望長沙進發。

卻說長沙太守韓玄平生性急，輕於殺戮，眾皆惡之！是時，聽知雲長軍到，便喚老將黃忠商議。忠曰：「不須主公憂慮！憑某這口刀、這張弓，一千個來，一千個死。」◎[3]原來黃忠能開二石之弓，百發百中。言未畢！階下一人應聲而出，曰：「不須老將軍出戰！只就某手中，定活捉關某。」

韓玄視之，乃「管軍校尉」楊齡。韓玄大喜！遂令楊齡引軍一千，飛奔出城。約行五十里，望見塵頭起處，雲長軍馬早到。

楊齡挺槍出馬，立於陣前罵戰。雲長大怒！更不打話，飛馬舞刀，直取楊齡。齡挺槍來迎，不三合，雲長手起刀落，砍楊齡於馬下。◎[4]追殺敗兵，直至城下。韓玄聞之，大驚！便教黃忠出馬。

玄自來城上觀看，忠提刀縱馬，引五百騎兵飛過吊橋。雲長見一老將出馬，知是黃忠。把五百校刀手一字擺開，橫刀立馬而問，曰：「來將莫非黃忠否？」忠曰：「既知我名，焉敢犯我境？」雲長曰：「特來取汝首級！」言罷，兩馬交鋒，鬬一百餘合，不分勝負。

韓玄恐黃忠有失，鳴金收軍。黃忠收軍入城，雲長也退軍，離城十里下寨。心中暗忖：「老將黃忠名不虛傳，鬬一百合全無破綻。◎[5]來日必用『拖刀計』，背砍贏之。」

次日，早飯畢。又來城下搦戰，韓玄坐在城上，教黃忠出馬！忠引數百騎，殺過吊橋，再與雲長交馬，又鬬五六十合，勝負不分，兩軍齊聲喝采！

鼓聲正急時，雲長撥馬便走！黃忠趕來。雲長方欲用刀砍時，忽聽得腦後一聲響！急回頭看時，見黃忠被戰馬前失，掀在地下。雲長急回馬，雙手舉刀，猛喝曰：「我且饒你性命！快換馬來廝殺！」◎6黃忠急提起馬蹄，飛身上馬，奔入城中。

玄驚問之！忠曰：「此馬久不上陣，故有此失。」玄曰：「汝箭百發百中，何不射之？」忠曰：「來日再戰，必然詐敗，誘到吊橋邊射之！」玄以自己所乘一匹青馬與黃忠。忠拜謝而退，尋思：「難得雲長如此義氣。他不忍殺害我，我又安忍射他？若不射，又恐違了將令……。」

〈評點〉

◎3：誇刀又誇弓，爲射關公伏筆。（毛宗崗）
◎4：寫楊齡正以襯黃忠之勇。（李漁）
◎5：又在關公意中寫一黃忠。（毛宗崗）
◎6：高。（李贄）

◆廣東潮州市江根和剪紙作品《關公取長沙》。（《潮州剪紙》，汕頭大學出版社提供）

◆清末上海年畫《戰長沙關雲長義釋黃漢升》，描繪關羽對黃忠的不殺之恩。（清末民間年畫，徐震時提供／人民美術出版社）

◎7是夜躊躇未定。

次日天曉，人報：「雲長搦戰！」忠領兵出城。雲長兩日戰黃忠不下，十分焦燥！抖擻威風，與忠交馬。戰不到三十餘合，忠詐敗！雲長趕來。忠想雲長昨日不殺之恩，不忍便射。帶住刀，把弓虛拽，弦響！雲長急閃！卻不見箭。雲長又趕，忠又虛拽！雲長急閃，又無箭。只道黃忠不會射，放心趕來！

將近吊橋，黃忠在橋上搭箭開弓，弦響箭到！正射在雲長盔纓根上。◎8前面軍齊聲喊起！雲長喫了一驚，帶箭回寨，方知黃忠有「百步穿楊」之能。今日正射盔纓，正是報昨日不殺之恩也！

雲長領兵而退。黃忠回到城上，來見韓玄。玄便喝左右捉下黃忠。忠叫曰：「無罪！」玄大怒，曰：「我看了三日，汝敢欺我？汝前日不力戰，必有私心。昨日馬失，他不殺汝，必有關通※1。今日兩番虛拽弓弦，第三箭卻止射他盔纓，如何不是外通內連？若不斬汝，必爲後患？」喝令刀斧手推出城門外斬之！

眾將欲告，玄曰：「但告免黃忠者，便是同情。」◎9剛推到門外，恰欲舉刀！忽然一將揮刀殺入，砍死刀手，救起黃忠，◎10大叫曰：「黃漢升乃長沙之保障。今殺漢升，是殺長沙百姓也！韓玄殘暴不仁，輕賢慢士。當眾共殛之！願隨我者便來！」

眾視其人，面如重棗，目若朗星，乃義陽人魏延也。自襄陽趕劉玄德不著，來投韓玄。

〈評點〉

◎7：漢升自是好人。（李贄）

◎8：前是雲長義釋漢升，此又是漢升義釋雲長矣！（毛宗崗）

◎9：不知者讀至此，又必謂黃忠死矣！（毛宗崗）

◎10：魏延專用此法，如召神將一般，使人駭異。（李漁）

◆昨日之恩。黃忠因關羽有恩於自己，故意不射關羽要害部位。（鄧嘉德繪）

注釋

※1：勾結、串連的意思。

玄怪其傲慢少禮，不肯重用，故屈沉於此。

當日救了黃忠，教百姓同殺韓玄；袒臂一呼，相從者數百餘人。黃忠攔當不住，魏延直殺上城頭，一刀砍韓玄為兩段。提頭上馬，引百姓出城，投拜雲長。雲長大喜！遂入城，安撫已畢，請黃忠相見；忠託病不出。雲長即使人去請玄德、孔明。

卻說玄德自雲長來取長沙，與孔明隨後催促人馬接應，正行間，青旗倒捲！一鴉自北南飛，連叫三聲而去！玄德曰：「此應何禍福？」孔明就在馬上袖占一課，曰：「長沙郡已得，又主得大將。午時後，定見分曉。」◎11少頃，見一小卒飛報前來！說：「關將軍已得長沙郡，降將黃忠、魏延耑等主公到彼。」玄德大喜，遂入長沙。

雲長接入廳上，具言黃忠之事。玄德乃親往黃忠家相請，忠方出降。求葬韓玄屍首於長沙之東。後人有詩讚黃忠曰：

「將軍氣概與天參，白髮猶然困漢南；
至死甘心無怨望，臨降低首尚懷慚。
寶刀燦雪彰神勇，鐵騎臨風憶戰酣；
千古高名應不泯！長隨孤月照湘潭。」

玄德待黃忠甚厚。雲長引魏延來見，孔明喝令刀斧手：「推下斬之！」

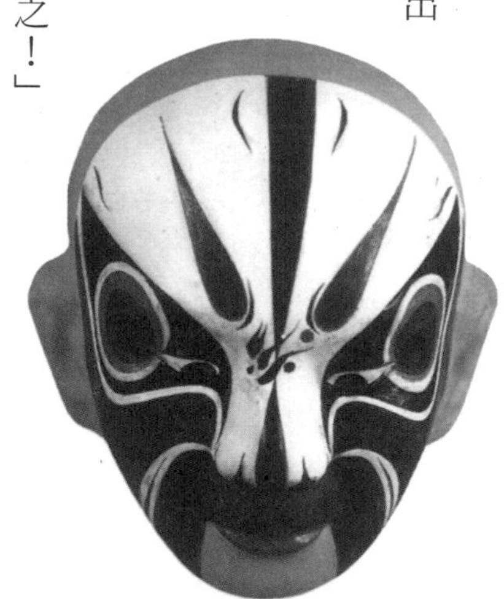

◆京劇《戰長沙》之魏延臉譜。（毛小雨提供／江西美術出版社）

玄德驚問孔明曰：「魏延乃有功無罪之人，軍師何故欲殺之？」孔明曰：「食其祿而殺其主，是不忠也！居其土而獻其地，是不義也！◎12吾觀魏延腦後有反骨，久後必反。故先斬之，以絕禍根。」

玄德曰：「若殺此人，恐降者人人自危。望軍師恕之！」孔明指魏延曰：「吾今饒汝性命。汝可盡忠報主，勿生異心，若生異心！我好歹取汝首級。」魏延諾諾連聲而退。

黃忠薦劉表姪劉磐，現在攸縣閒居。玄德取回，教掌長沙郡。四郡已平，玄德班師回荊州，改油江口爲公安。自此錢糧廣盛，賢士歸之。將軍馬四散，屯於隘口。

卻說周瑜自回柴桑養病，令甘寧守巴陵郡，令凌統守漢陽郡。二處分布戰船，聽候調遣。程普引其餘將士投合淝縣來。原來孫權自從赤壁鏖兵之後，久在合淝與曹兵交兵。大小十餘戰，未決勝負。◎13不敢逼城下寨，離城五十里屯兵。

孫權聞程普兵到，大喜！親自出營勞軍。人報：「魯子敬先至！」權乃下馬立

〈評點〉

◎11：今日安得有此起課先生？（毛宗崗）

◎12：自是正論。然意卻不重在此。（毛宗崗）

◎13：一句包著無數筆墨。（李漁）

待之。肅慌忙滾鞍下馬施禮。眾將見權如此待肅，皆大驚異。

權請肅上馬，並轡而行。密謂曰：「孤下馬相迎，足顯公否？」肅曰：「未也！」權曰：「然則，何如而後爲顯耶？」肅曰：「願明公威德加於四海，總括九州，克※2成帝業。使肅名書竹帛，始爲顯矣！」◎14權撫掌大笑！

同至帳中，大設飲宴，犒勞鏖兵將士，商議破合淝之策。忽報張遼差人來下戰書。權拆書觀畢，大怒曰：「張遼欺吾太甚！汝聞程普軍來，故意使人搦戰。來日吾不用新軍赴敵！看我大戰一場。」◎15傳令：當夜五更，三軍出寨，望合淝進發！

辰時左右，軍馬行至半途，曹兵已到，兩邊布成陣勢。孫權金盔金甲，披挂出馬。左宋謙，右賈華；二將使方天畫戟，兩邊護衛。

三通鼓罷！曹軍陣中門旗兩開，三員將全裝貫帶，立於陣前。中央張遼，左邊李典、右邊樂進。張遼縱馬當先，專搦孫權決戰。權綽槍欲自戰，陣門中一將挺槍縱馬早出，乃太史慈也！張遼揮刀來迎！兩將戰有七八十合，不分勝負。

曹陣上，李典謂樂進曰：「對面金盔者孫權也！若捉得孫

◆《赤壁圖》，明代楊晉繪。赤壁位於今湖北省蒲圻縣境內，因赤壁之戰聞名後世，是後代文人畫家筆下的常見題材。（楊晉／fotoe提供）

權，足可與八十三萬大軍報讎。」說猶未了，樂進一騎馬，一口刀，從刺斜裏逕取孫權，如一道電光，飛至面前，手起刀落！◎16宋謙、賈華急將畫戟遮架，刀到處，兩枝戟齊斷，只將戟桿望馬頭上打！

樂進回馬，宋謙綽軍士手中槍趕來！李典搭上箭，望宋謙心窩裏便射，應弦落馬。

太史慈見背後有人墮馬，棄卻張遼，望本陣便回。張遼乘勢掩殺過來！吳兵大亂，四散奔走。張遼望見孫權，驟馬趕來！看看趕上，刺斜裏撞出一軍，爲首大將，乃程普也。截殺一陣！救了孫權。張遼收軍自回合淝。

程普保孫權歸大寨，敗軍陸續回營。孫權因見折了宋謙，放聲大哭！「長史」張紘曰：「主公恃盛壯之氣，輕視大敵；三軍之眾，莫不寒心。即使斬將搴※3旗，威振疆場※4，亦偏將之任；非主公所宜也！願抑賁育※5之勇，懷王霸之計。且今日宋謙死於鋒鏑之下，皆主公輕敵之故。今後切宜保重。」◎17

權曰：「是孤之過也。從今當改之！」少頃，太史慈入帳，言：「某手下有一

〈評點〉

◎14：願以其君顯，非但以其身顯也。（毛宗崗）

◎15：仲謀乃是好勝。（毛宗崗）

◎16：寫得駭人。（李漁）

◎17：好言語。（李贄）

注釋

※2：能夠。

※3：拔取。

※4：本義是國土疆界，俗語多混用指戰場。

※5：賁，孟賁，戰國時人。育，夏育，周朝時人。兩人都是勇士。

人，姓戈名定，與張遼手下養馬後槽是兄弟。後槽被責懷怨，今晚使人報來：舉火爲號，刺殺張遼，以報宋謙之讎。某請引兵爲外應！」

權曰：「戈定何在？」太史慈曰：「已混入合淝城中去了！某願乞五千兵去。」

◆孫仲謀大戰張文遠。張遼追趕孫權，被程普救走。（fotoe提供）

諸葛瑾曰：「張遼多謀，恐有準備。不可造次！」太史慈堅執要行。權因傷感宋謙之死，急要報讎。遂令太史慈引兵五千，去爲外應。◎18

卻說戈定乃太史慈鄉人。當日雜在軍中，隨入合淝城，尋見養馬後槽，兩個商議，戈定曰：「我已使人報太史慈將軍去了！今夜必來接應。你如何用事？」後槽曰：「此間離軍中較遠，夜間即不能進，只就草堆上放起一把火，你去前面叫反！城中兵亂，就裏刺殺張遼。餘軍自走也！」戈定曰：「此計大妙！」

是夜，張遼得勝回城，賞勞三軍。傳令：「不許解甲宿睡。」左右曰：「今日全勝，吳兵遠遁！將軍何不卸甲安息？」遼曰：「非也。爲將之道，勿以勝爲喜，勿以敗爲憂。倘吳兵度我無備，乘虛攻擊，何以應之？今夜防備，當比昨夜更加謹慎。」◎19

說猶未了，後寨火起，一片聲叫「反」，報者如麻。張遼出帳上馬，喚親從將校十數人，當道而立。左右曰：「喊聲甚急，可往觀之。」遼曰：「豈有一城皆反者？此是造反之人故驚軍士耳。如亂者，先斬！」◎20不移時，李典擒戈定并後槽

〈評點〉

◎18：孫權輕出，太史慈又輕進。君臣皆輕，安得不敗。（毛宗崗）

◎19：不但爲將之道爲然也，立身處世大抵宜爾。（毛宗崗）

◎20：其智能謀，其靜能鎮。（毛宗崗）

至。遼詢得其情，立斬於馬前。

只聽得城門外鳴鑼擊鼓，喊聲大震！遼曰：「此是吳兵外應！可就計破之。」便令人於城門內放起一把火，眾皆叫「反」，大開城門，放下吊橋。

太史慈見城門大開，只道內變，挺槍縱馬先入。城上一聲砲響！亂箭射下，太史慈急退！身中數箭。背後李典、樂進殺出！吳兵折其大半。乘勢直趕到寨前。陸遜、董襲殺出！救了太史慈，曹兵自回。

孫權見太史慈身帶重傷，愈加傷感。張昭請權罷兵，權從之。遂收兵下船，回南徐潤州。

比及屯住軍馬，太史慈病重。權使張昭等問安：太史慈大叫曰：「大丈夫生於亂世，當帶三尺劍，立不世之功。今所志未遂，奈何死乎？」◎21言訖而亡，年四十一歲。後人有詩讚曰：

「矢志全忠孝，東萊太史慈。
姓名昭遠塞，弓馬震雄師；
北海酬恩日，神亭酣戰時。

◆湖北武漢鐵門關，位於漢陽龜山東麓禹稷行宮北側，橫亙於漢陽洗馬長街，是古漢陽城東北的唯一通道。始建於三國時期，據《明一統志》載：「鐵門關，左倚大別山，右控禹功磯，吳魏相爭，設關於此。」清代於鐵門關遺址上建關帝廟，祭祀關公。（劉兆明／fotoe 提供）

臨終言壯志，千古共嗟咨。」

孫權聞慈死，傷悼不已，命厚葬於南徐北固山下。養其子太史享於府中。卻說玄德在荊州整頓軍馬。聞孫權合淝兵敗，已回南徐。與孔明商議。孔明曰：「亮夜觀星象，見西北有星墮地！必應折一皇族。」正言間，忽報：「公子劉琦病亡！」玄德聞之，痛哭不已。

孔明勸曰：「生死分定！主公勿憂，恐傷貴體。且理大事，可急差人到彼守禦城池，并料理葬事。」玄德曰：「誰可去？」孔明曰：「非雲長不可！」即時便教雲長前去襄陽保守。

玄德曰：「今日劉琦已死，東吳必來討荊州。如何對答？」孔明曰：「若有人來，亮自有言對答！」

過了半月。人報：「東吳魯肅特來弔喪！」正是：

「先將計策安排定，只等東吳使命來。」

未知孔明如何對答？且看下文分解……

〈評點〉

◎21：人人有此志，不能人人遂此志。爲之三嘆！（毛宗崗）

第五十四回　吳國太佛寺看新郎　劉皇叔洞房續佳偶

卻說孔明聞魯肅到，與玄德出城迎接，接到公廨，相見畢。肅曰：「主公聞令姪棄世，特具薄禮，遣某前來致祭。周都督再三致意劉皇叔、諸葛先生。」玄德、孔明起身稱謝。收了禮物，置酒相待。

肅曰：「前者皇叔有言：『公子不在，即還荊州。』今公子已去世，必然見還。不識幾時可以交割？」◎1玄德曰：「公且飲酒，有一個商議。」

肅強飲數盃，又開言相問。玄德未及回答，孔明變色曰：「子敬好不通理，直須待人開口。◎2自我高皇帝斬蛇起義，開基立業；傳至於今，不幸奸雄並起，各據一方。少不得天道好還，復歸正統。我主人乃中山靖王之後，孝景皇帝玄孫，今皇上之叔。豈不可分茅裂土※1？

「況劉景升乃吾主之兄也。弟承兄業，有何不順？汝主乃錢塘小吏之子，素無功德於朝廷。今倚勢力，占據六郡八十一州；尚自貪心不足，而欲并吞漢土？劉氏天下，我主姓劉倒無分，汝主姓孫反要強爭？

「且赤壁之戰，我主多負勤勞，眾將并皆用命。豈獨是汝東吳之力？若非我借

東南風，周郎安能展半籌之功？江南一破，休說二喬置於銅雀宮，雖公等家小，亦不能保。適來我主人不即答應者，以子敬乃高明之士，不待細說。何公不察之甚也？」◎3

一席話，說得魯子敬緘口無言。半晌，乃曰：「孔明之言，非不有理。爭奈魯肅身上甚是不便！」◎4孔明曰：「有何不便處？」肅曰：「昔日皇叔當陽受難時，是肅引孔明渡江見我主公。後來周公瑾要興兵取荊州，又是肅擋住。至說：『待公子去世，還荊州。』又是肅擔承。今卻不應前言，教魯肅如何回覆？我主與周公瑾必然見罪。肅死不恨，只恐惹惱東吳，興動干戈，皇叔亦不能安坐荊州。恐為天下恥笑耳！」

孔明曰：「曹操統百萬之眾，動以天子為名，吾亦不以為意。豈懼周郎一小兒乎？若恐先生面上不好看，我勸主人立紙文書，暫借荊州為本。◎5待我主別圖得

〈評點〉

◎1：第二次索荊州。（毛宗崗）

◎2：前番用柔，此番用剛，忽柔忽剛，令人不測。（毛宗崗）

◎3：腳頭纔立得定，便會變面，便會說硬話。今人多有之矣！但本事不及孔明耳。（毛宗崗）

◎4：理說不過，直須以實情告之。（李漁）

◎5：豈有城池而可以契借者乎？若云「為本」，正不知起利幾分算？（毛宗崗）

注釋

※1：古代天子分封諸侯，舉行一定的儀式，用白茅包些土給他，表示分封土地的意思。

城池之時，便交付還東吳。此論如何？」

肅曰：「孔明待奪得何處，還我荊州？」孔明曰：「中原急未可圖。西川劉璋闇弱，我主將圖之。若圖得西川，那時便還。」

肅無奈，只得聽從。玄德親筆寫成文書一紙，押了字。保人諸葛孔明也押了字。◎6

孔明曰：「亮是皇叔這裏人，難道自家作保？煩子敬先生也押個字，回見吳侯也好看。」肅曰：「某知皇叔乃仁義之人，必不相負。」遂押了字，收了文書。

宴罷，辭回。玄德與孔明送到船邊。孔明囑曰：「子敬回見吳侯，善言伸意，休生妄想。若不准我文書，我翻了面皮，連八十一州都奪了。今只要兩家和氣，休教曹賊笑話。」

◆河南南陽市臥龍崗武侯祠，又名諸葛庵，祠名為郭沫若所題。（王立力／fotoe提供）

肅作別下船而回，先到柴桑郡見周瑜。瑜問曰：「子敬討荊州如何？」肅曰：「有文書在此。」呈與周瑜。

瑜頓足曰：「子敬中諸葛亮之謀也！名爲借地，實是混賴。◎7他說取了西川便還，知他幾時取西川？假如十年不得西川，十年不還。這等文書如何中用？你卻與他做保？◎8他若不還，必須連累足下。倘主公見罪，奈何？」

肅聞言，呆了半晌。曰：「想玄德不負我。」◎9瑜曰：「子敬乃誠實人也！劉備梟雄之輩，諸葛亮奸猾之徒，恐不似先生心地。」

肅曰：「若此，如之奈何？」瑜曰：「子敬是我恩人，想昔日指囷相贈之情，如何不救你？你且寬心住數日。待江北探細的回，別有區處。」魯肅跼蹐※2不安。

過了數日，細作回報：「荊州城中揚起布旛做好事。城外別建新墳，軍士各挂孝！」瑜驚問曰：「沒了甚人？」細作曰：「劉玄德沒了甘夫人，即日安排殯

〈評點〉

◎6：畢竟子敬癡呆，此事如何立得文書？（李贄）

◎7：從來文書不足據，不獨荊州爲然也！（毛宗崗）

◎8：從來保人難做，不獨魯肅爲然也！（毛宗崗）

◎9：活寫老實人。（毛宗崗）

注釋

※2：畏縮、懼怕的樣子。

葬。」

瑜謂魯肅曰：「吾計成矣！使劉備束手就縛，荊州反掌可得。」肅曰：「計將安出？」瑜曰：「劉備喪妻，必將續娶。主公有一妹，極其剛勇；侍婢數百，居常帶刀，房中軍器擺列遍滿，雖男子不及。◎10我今上書主公，教人去荊州為媒，說劉備來入贅。賺到南徐，妻子不能夠得，幽囚在獄中；卻使人去討荊州換劉備。等他交割了荊州城池，我別有主意。在子敬身上，須無事也！」魯肅拜謝。

周瑜寫了書呈，選快船送魯肅投南徐見孫權，先說「借荊州」一事，呈上文書。權曰：「你卻如此糊塗！這樣文書，要他何用？」肅曰：「周都督有書呈在此！說用此計，可得荊州。」

權看畢，點頭暗喜，尋思誰人可去？猛然省曰：「非呂範不可！」遂召呂範至。謂曰：「近聞劉玄德喪婦。吾有一妹，欲招贅玄德為婿；永結姻親，同心破曹，以扶漢室。非子衡不可為媒，望即往荊州一言。」◎11範領命即日收拾船隻，帶數個從人，望荊州來。

◆孫夫人，本名孫尚香，三國時吳主孫權之胞妹，劉備之妻。（葉雄繪）

卻說玄德自沒甘夫人，晝夜煩惱。一日，正與孔明閒敘，人報：「東吳差呂範到來！」孔明笑曰：「此乃周瑜之計，必為荊州之故。亮只在屛風後潛聽，但有甚說話，主公都應承了。留來人在館驛中安歇，別作商議。」

玄德教請呂範入。禮畢，坐定。茶罷，玄德問曰：「子衡來，必有所諭？」範曰：「範近聞皇叔失偶。有一門好親，故不避嫌，特來作媒。未知尊意如何？」

玄德曰：「中年喪妻，大不幸也！骨肉未寒，安忍便議親？」範曰：「人若無妻，如屋無梁。豈可中道而廢人倫？吾主吳侯有一妹，美而賢，堪奉箕箒。若兩家共結秦、晉之好，則曹賊不敢正視東南也。此事家國兩便，請皇叔勿疑。但我『國太』吳夫人甚愛幼女，不肯遠嫁。必求皇叔到東吳就婚。」

玄德曰：「此事吳侯知否？」◎12範曰：「不先稟吳侯，如何敢造次來說？」

玄德曰：「吾年已半百，鬢髮斑白；吳侯之妹正當妙齡※3，恐非配偶。」範曰：「吳侯之妹身雖女子，志勝男兒。常言：『若非天下英雄，吾不事之。』今皇叔名聞四海，正所謂『淑女配君子』，豈以年齒上下相嫌乎？」玄德曰：「公且少

〈評點〉

◎10：為後文「玄德驚恐」張本。（毛宗崗）

◎11：不用魯肅作媒，恐疑荊州之故耳。（李漁）

◎12：已疑是周郎之計，故有此問。（毛宗崗）

注釋

※3：指女子的青春時期。

◆ 清末上海年畫《劉皇叔東吳招親》，描述劉備拜見吳國太場景。（清末民間年畫，徐震時提供／人民美術出版社）

留，來日回報。」是日，設宴相待，留於館舍。

至晚，與孔明商議。孔明曰：「來意亮已知道了。適間卜易，得一大吉大利之兆。主公便可應允，先教孫乾和呂範同見吳侯。面許已定，擇日便去就親。」

玄德曰：「周瑜定計欲害劉備，豈可以身輕入危險之地？」孔明大笑曰：「周瑜雖能用計，豈能出諸葛亮之料乎？略用小謀，使周瑜半籌不展；吳侯之妹又屬主公，荊州萬無一失。」玄德懷疑未決，孔明竟教孫乾往江南說合親事。

孫乾領了言語，與呂範同到江南，來見孫權。權曰：「吾願將小妹招贅玄德，並無異心。」孫乾拜謝。

回荊州見玄德，言「吳侯專候主公去結親」，玄德懷疑，不敢往。

孔明曰：「吾已定下三條計策，非子龍不可行也。」遂喚趙雲近前，附耳言曰：「汝保主公入吳當領此三個錦囊，囊中有三條妙計，依次而行。」◎13即將三個錦囊與雲貼肉收藏。孔明先使人赴東吳納了聘，一切全備。

時建安十四年，冬十月。◎14玄德與趙雲、孫乾取快船十隻，隨行五百餘人。離了荊州，前往南徐進發。荊州之事，皆聽孔明裁處。玄德心中怏怏不安。

到南徐州，船已傍岸。雲曰：「軍師分付三條妙計，依次而行。今已到此，當先開第一個錦囊來看……。」於是開囊，看了計策，便喚五百

〈評點〉

◎13：仲謀、公瑾皆入孔明囊中矣！（毛宗崗）

◎14：小春之吉，可咏桃夭。（毛宗崗）

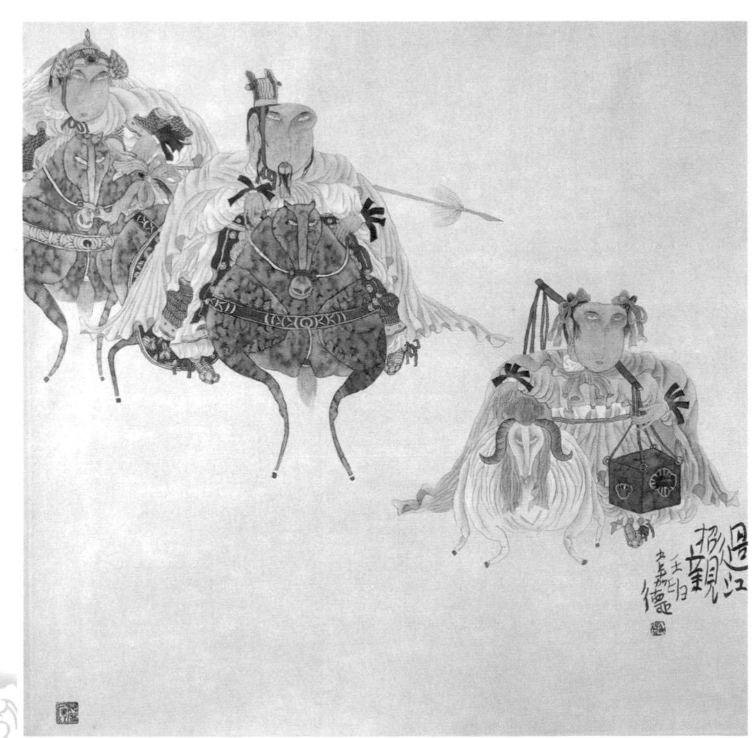

◆過江招親。此時劉備尚不知此去是福是禍。（鄧嘉德繪）

隨行軍士，一一分付：「如此，如此……。」眾軍領命而去。又教玄德先往見喬國老。

那喬國老乃二喬之父，居於南徐。玄德牽羊擔酒，先往拜見。說「呂範爲媒，娶夫人」之事。隨行五百軍士都披紅挂綵，入南郡買辦物件，傳說：「玄德入贅東吳。」城中人盡知其事。◎[15]孫權知玄德已到，教呂範相待，且就館舍安歇。

卻說喬國老既見玄德，使入見吳國太賀喜。國太曰：「有何喜事？」喬國老曰：「令愛已許劉玄德爲夫人。今玄德已到，何故相瞞？」國太驚曰：「老身不知此事！」便使人請吳侯問虛實，一面先使人於城中探聽。

人皆回報：「果有此事。女婿已在館驛安歇，五百隨行軍士都在城中買豬羊菓品，準備成親。做媒的女家是呂範，男家是孫乾。俱在館驛中相待。」國太喫了一驚！

少頃，孫權入後堂見母親，國太搥胸大哭！權曰：「母親何故煩惱？」國太曰：「你直如此將我看承得如無物?!我姐姐臨危之時，分付你甚麼話來？」孫權失驚曰：「母親有話明說，何苦如此？」

喬玄

◆戲曲臉譜《甘露寺》之喬玄。沉穩剛正，風度高雅，以老生俊扮。孫策、周瑜的岳父，善良寬厚，人稱喬國老。（田有亮繪）

國太曰：「『男大須婚，女大須嫁』，古今常理。我爲你母親，事當稟命於我。你招劉玄德爲婿，如何瞞我？女兒須是我的！」◎16權喫了一驚！問曰：「那裏得這話來？」國太曰：「『若要不知，除非莫爲』。滿城百姓那一個不知？你倒瞞我！」喬國老曰：「老夫已知多日了！今特來賀喜。」

權曰：「非也。此是周瑜之計：因要取荊州，故將此爲名，賺劉備來，拘囚在此。要他把荊州來換。若其不從，先斬劉備。此是計策，非實意也！」國太大怒！罵周瑜曰：「汝做六郡八十一州大都督，直恁※4無條計策去取荊州！卻將我女兒爲名，使『美人計』殺了劉備，我女便是望門寡※5，將來再怎的說親？須誤了我女兒一世！你們好做作！」◎17

喬國老曰：「若用此計，便得荊州，也被天下人恥笑。此事如何行得？」說得孫權默然無語，國太不住口的罵周瑜。喬國老勸曰：「事已如此。劉皇叔乃漢室宗親，不如眞個招他爲婿，免得出醜。」◎18

權曰：「年紀恐不相當！」國老曰：「劉皇叔乃當世豪傑。若招得這個女婿，

〈評點〉

◎15：方知用五百人妙處。不然，以之防患則尚少；以之贈嫁則已多。（毛宗崗）

◎16：都在孔明算中，教孫權賴不得。（李漁）

◎17：前既大哭，此又大怒，俱在孔明算中。（毛宗崗）

◎18：這個媒人老成。（李贄）

注釋

※4：竟然如此。

※5：訂婚而未「過門」的親事中，男方死亡，女方遵從禮教不另嫁人，在娘家守節，叫做「望門寡」。

也不辱了令妹！」國太曰：「我不曾認得劉皇叔。明日約在甘露寺相見；如不中我意，任從你們行事。若中我的意，我自把女兒嫁他。」

孫權乃大孝之人，見母親如此言語，隨接應承。出外喚呂範，分付：「來日甘露寺方丈※6設宴，國太要見劉備。」呂範曰：「何不令賈華部領三百刀斧手，伏於兩廊。若國太不喜時，一聲號舉，兩邊齊出！將他拏下。」◎19權遂喚賈華，分付：「預先準備，只看國太舉動。」

卻說喬國老辭吳國太歸，使人去報玄德言：「來日吳侯，國太親自要見，好生在意。」玄德與孫乾、趙雲商議，雲曰：「來日此會，多凶少吉。雲自引五百軍保護。」

次日，吳國太、喬國老先在甘露寺方丈裏坐定；孫權引一班謀士隨後都到。卻教呂範來館驛中請玄德。玄德內披細鎧，外穿錦袍；◎20從人背劍緊隨，上馬投甘露寺來。趙雲全裝貫帶，引五百軍隨行。

來到寺前下馬，先見孫權。權觀玄德儀表非凡，心中有畏懼之意。二人敘禮畢，遂入方丈見國太。國太見了玄德，大喜！謂喬國老曰：「眞吾婿也！」◎21國

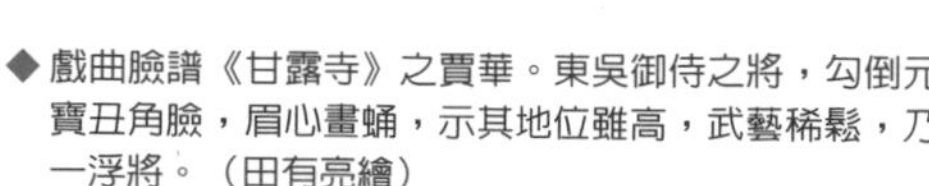

◆戲曲臉譜《甘露寺》之賈華。東吳御侍之將，勾倒元寶丑角臉，眉心畫蛹，示其地位雖高，武藝稀鬆，乃一浮將。（田有亮繪）

老曰：「玄德有龍鳳之姿，天日之表※7；更兼仁德布於天下。國太得此佳婿，眞可慶也！」◎22玄德拜謝，共宴於方丈之中。

少刻，子龍帶劍而入，立於玄德之側。國太問曰：「此是何人？」玄德答曰：「常山趙子龍也！」國太曰：「莫非當陽、長坂抱阿斗者乎？」◎23玄德曰：「然！」國太曰：「眞將軍也！」遂賜以酒。

趙雲謂玄德曰：「卻纔某於廊下巡視，見房內有刀斧手埋伏，必無好意。可告之國太！」玄德乃跪告於國太席前，泣而告曰：「若殺劉備，就此請誅。」國太曰：「何出此言？」玄德曰：「廊下暗伏刀斧手，非殺備而何？」

國太大怒！責罵孫權：「今日玄德既爲我婿，即我之兒女也。◎24何故伏刀斧手於廊下？」權推不知，喚呂範問之，範推賈華。國太喚賈華責罵！華默然無言。

〈評點〉

◎19：讀者至此，又爲玄德捏一把汗。然國太定然相得中，亦在孔明算中矣！（毛宗崗）

◎20：新郎打扮簇新，但不知可曾用烏鬚藥？（毛宗崗）

◎21：中了丈母意，自然中夫人意。（毛宗崗）

◎22：喬國老此等言語，女涕知之，一定埋怨。然女涕計策出醜，還賴丈人爲之斡旋耳。（毛宗崗）

◎23：前事一提，喝采女婿，又喝采從嫁。（李漁）

◎24：親愛之極。（毛宗崗）

注釋

※6：寺院中住持人僧所住的房屋，也用指廟中接待尊貴客人的地方。

※7：這是迷信的相面術所稱「貴相」，意思是有註定要做帝王的相貌。

◆真將軍也。當陽長坂一戰，趙子龍威名遠揚，連吳國太亦有耳聞，嘖嘖稱歎。（鄧嘉德繪）

國太喝令斬之！玄德告曰：「若斬大將，於親不利。備難久住膝下※8矣！」◎25喬國老也相勸。國太方叱退賈華，刀斧手皆抱頭鼠竄而去！

玄德更衣出殿前，見庭下有一石塊。玄德拔從者所佩之劍，仰天祝曰：「若劉備得返回荊州，成王霸之業，一劍揮石爲兩段。如死於此地，劍剁石不開。」言訖，手起劍落，火光迸濺，砍石爲兩段。◎26

孫權在後面看見，問曰：「玄德公如何恨此石？」玄德曰：「備年近五旬，不能爲國家剿除賊黨，心常自恨。今蒙國太招爲女婿，此平生之際遇也！恰纔問天買卦：『如破曹興漢，砍斷此石。』今果然如此。」

權暗思：「劉備莫非用此言瞞我？」亦掣劍，謂玄德曰：「吾亦問天買卦：若破得曹賊，亦斷此石。」卻暗暗祝告曰：「若得再取荊州，興旺東吳。砍石爲兩半！」手起劍落，巨石亦開！至今有十字紋痕雲尚存。後人觀此勝蹟，作詩讚曰：

「寶劍落時山石斷，金環響處火光生；
兩朝旺氣皆天數，從此乾坤鼎足成。」

二人棄劍，相攜入席。又飲數巡，孫乾目視玄德，玄德辭曰：「備不勝酒力，告退！」孫權送出寺前。二人並立，觀江山之景。玄德曰：「此乃天下第一江山也！」◎27至今甘露寺碑上云：「天下第一江山。」後人有詩讚曰：

「江山雨霽擁青螺，境界無憂樂最多；

〈評點〉

◎25：又是他討饒。一發見得女涕好處。（毛宗崗）

◎26：藍田之玉方種爲雙，寺門之石忽分爲二。（毛宗崗）

◎27：一經品題！遂成佳話！（毛宗崗）

◆天津楊柳青年畫《甘露寺》，畫面表現劉備揮劍砍石場景。（清末民間年畫，徐震時提供／人民美術出版社）

注釋

※8：本是子女對雙親的用語，指兒女幼時常跟在父母跟前。因此舊時表示有無兒女，常說「膝下如何如何」。這裏是借用。

昔日英雄凝目處，巖崖依舊抵風波。」

二人共覽之次※9。江風浩蕩，洪波滾雪，白浪掀天。忽見波上一葉小舟，行於江面上，如行平地。玄德嘆曰：「南人駕船，北人乘馬！信有之也。」

孫權聞言，自思曰：「劉備此言，戲我不慣乘馬耳。」乃命左右牽過馬來，飛身上馬！馳驟下山，復加鞭上嶺。笑謂玄德曰：「南人不能乘馬乎？」玄德聞言，撩衣一躍！躍上馬背。飛走下山，復馳騁而上，二人立馬於山坡之上，揚鞭大笑！◎28至今此處名為「駐馬坡」。後人有詩曰：

「馳驟龍駒氣概多，二人並轡望山河；

東吳、西蜀成王霸，千古猶存駐馬坡。」

當日，二人並轡而回，南徐之民無不稱賀。

玄德自回館驛，與孫乾商議，乾曰：「主公只是哀求喬國老早早畢婚，免生別事。」

次日，玄德復至喬國老宅前下馬，國老接入，

◆年畫《劉皇叔洞房續佳偶》，描繪劉備東吳招親，初入洞房場景。（Legacy images 提供）

禮畢，茶罷。玄德告曰：「江左之人多有要害劉備者。恐不能久居！」國老曰：「玄德寬心！吾爲公告國太，令作護持。」玄德拜謝自回。

喬國老入見國太言：「玄德恐人謀害，急急要回。」國太大怒曰：「我的女婿誰敢害他？」即時便教搬入書院暫住，擇日畢婚。◎29玄德自入，告國太曰：「只恐趙雲在外不便，軍士無人約束。」國太教盡搬入府中安歇，休留在館驛中，免得生事。◎30玄德暗喜。

數日之內，大排筵會，孫夫人與玄德結親。至晚，客散。兩行紅炬接引玄德入房！燈光之下，但見槍刀簇滿；侍婢皆佩劍懸刀，立於兩旁。諕得玄德魂不附體！正是：

「驚看侍女橫刀立，疑是東吳設伏兵！」

不知是何故？且看下文分解……

〈評點〉

◎28：英雄相遇疑忌如此，可歎可憐。（李贄）

◎29：竟似養女涕矣！（毛宗崗）

◎30：玄德處處賴丈母之力。（毛宗崗）

注釋

※9：之間，這個當兒。

第五十五回　玄德智激孫夫人　孔明二氣周公瑾

卻說玄德見孫夫人房中兩邊槍刀森列，侍婢皆佩劍。不覺失色！管家婆進曰：「貴人休得驚懼！夫人自幼好觀武事，居常令侍婢擊劍爲樂，故爾如此。」玄德曰：「非夫人所觀之事，吾心甚寒，可命暫去。」

管家婆稟覆孫夫人曰：「房中擺列兵器，嬌客※1不安。今可去之！」孫夫人笑曰：「廝殺半生，尙懼兵器乎？」◎1命盡撤去！令侍婢解劍伏侍。當夜，玄德與孫夫人成親，兩情歡洽。◎2

玄德又將金帛散給侍婢，以買其心。◎3先教孫乾回荊州報喜。自此，連日飲酒。國太十分愛敬！

卻說孫權差人來柴桑郡報周瑜說：「我母親力主，已將吾妹嫁劉備。不想弄假成眞，此事還復如何？」瑜聞，大驚！行坐不安，乃思一計，修密書付來人持回孫權。權拆書視之，書略曰：

「瑜所謀之事，不想反覆如此。既已弄假成眞，又當就此用計。劉備以梟雄之姿，有關、張、趙雲之將；更兼諸葛用謀，必非久屈人下者。愚意莫如軟困之於吳中，盛為築宮室，以喪其心志。多送美色玩好，以娛其耳目。使分開關、張之情，隔遠諸葛之契。各置一方，然後以兵擊之，大事可定矣！◎4今若縱之，恐蛟龍得雲雨，終非池中物※2也！願明公熟思之。」

孫權看畢，以書示張昭。昭曰：「公瑾之謀，正合愚意：劉備起身微末，奔走天下，未嘗受享富貴。今若以華堂大廈、子女金帛，令彼享用；自然疎遠孔明、關、張等。使彼各生怨望，然後荊州可圖也！主公可依公瑾之計而速行之！」◎5

權大喜！即日修整東府，廣栽花木，盛設器用，請玄德與妹居住。又增女樂數十餘人，并金玉、錦綺、玩好之物。國太只道孫權好意，喜不自勝。玄德果然被聲色所

〈評點〉

◎1：雖然厮殺半生，卻不曾與女將軍厮殺。（毛宗崗）

◎2：中間藏著無數歡洽。（毛宗崗）

◎3：不但欲夫人歡洽，并欲侍婢歡洽。妙！（毛宗崗）

◎4：此計亦通，但不可施之玄德耳。（李贄）

◎5：前是假用「美人計」，此卻真用「美人計」矣！（毛宗崗）

◆天津楊柳青年畫《龍鳳配》，描繪劉備與孫夫人成親，洞房中陳列刀槍。（清末民間年畫，徐震時提供／人民美術出版社）

注釋

※1：女婿。

※2：指魚鱉之類，比喻受到限制無法充分施展大作為的人。

迷，全不想回荊州。

卻說趙雲與五百軍在東府前住。終日無事，只去城外射箭走馬。◎6看看年終，雲猛省孔明分付三個錦囊與我。教我一到南徐，開第一個；住到年終，開第二個；臨到危急無路之時，開第三個。於內有神出鬼沒之計，可保主公回家！◎7此時歲已將終，主公貪戀女色，並不見面。何不拆開第二個錦囊，看計而行？◎8遂拆開視之——「原來如此神策！」即日徑到府堂要見玄德。

侍婢報曰：「趙子龍有緊急事，來報貴人！」玄德喚入，問之。雲佯作失驚之狀，曰：「主公深居畫堂，不想荊州耶？」玄德曰：「有甚事如此驚怪？」雲曰：「今早孔明使人來報，說：『曹操要報赤壁鏖兵之恨，起精兵五十萬，殺奔荊州！甚是危急。』請主公便回。」

◆ 樂不思荊州。劉備新婚，被聲色所迷，把荊州拋在了腦後。（鄧嘉德繪）

玄德曰：「必須與夫人商議！」雲曰：「若和夫人商議，必不肯教主公回。不如休說，今晚便好起程！遲則誤事。」◎9玄德曰：「你且暫退！我自有道理。」雲故意催逼數番而出！◎10

玄德入見孫夫人，暗暗垂淚。孫夫人曰：「丈夫何故煩惱？」玄德曰：「念備一身飄蕩異鄉！生不能侍奉二親，又不能祭祀宗祖，乃大逆不孝也。今歲旦在邇※3，使備悒快不已。」

孫夫人曰：「你休瞞我！我已聽知了也。方纔趙子龍報說：『荊州危急！』你

〈評點〉

◎6：玄德太忙，子龍甚閒。（毛宗崗）

◎7：孔明附耳分付語，至此方纔補出。（毛宗崗）

◎8：玄德戀著貼肉的錦被，虧得趙雲有貼肉趙雲的錦囊。（毛宗崗）

◎9：子龍可用。（李贄）

◎10：妙甚！（毛宗崗）

◆ 錦囊計。趙子龍按照諸葛亮留下的計策，謊報軍情，請劉備速回荊州。（鄧嘉德繪）

注釋

※3：近。

欲還鄉，故推此意！」玄德跪而告曰：「夫人既知！備安敢相瞞？備欲不去，使荊州有失，被天下人恥笑！欲去，又捨不得夫人。因此煩惱！」◎11

夫人曰：「妾已事君。任君所之，妾當相隨。」玄德曰：「夫人之心雖則如此，爭奈國太與吳侯安肯容夫人去？夫人若可憐劉備，暫時辭別！」言畢，淚如雨下！

孫夫人勸曰：「丈夫休得煩惱！妾當苦告母親，必放妾與君同去。」玄德曰：「縱然國太肯時，吳侯必然阻擋。」

孫夫人沉吟良久，乃曰：「妾與君正旦拜賀時，推稱江邊祭祖，不告而去。若何？」玄德又跪而謝曰：「若如此，生死難忘！切勿泄漏。」◎12兩個商議已定。玄德密喚趙雲，分付：「正旦日，你先引軍士出城，於官道等候。吾推祭祖，與夫人同走！」雲領諾！

建安二十五年，春正月，元旦。吳侯大會文武於堂上。玄德與孫夫人入拜國太。夫人曰：「夫主想父母宗

◆天津楊柳青年畫《闖宮》，描繪趙子龍闖進劉備夫妻所居府堂，催促其離開東吳回荊州。（王樹村提供／百花文藝出版社）

◆清末年畫《東吳招親》。（fotoe提供）

祖墳墓，俱在涿郡。晝夜傷感不已！今日欲往江邊，望北遙祭！須告母親得知。」◎13 國太曰：「此孝道也！豈有不從？汝雖不識舅姑，可同汝夫前去祭拜，亦見為婦之禮。」孫夫人同玄德拜謝而出。此時只瞞著孫權。

夫人乘車，止帶隨身一應細軟；玄德上馬，引數騎跟隨，出城與趙雲相會。五百軍士前遮後擁，離了南徐，趲程而行。

當日，孫權大醉！左右近侍扶入後堂，文武皆散。比及眾官探得玄德、夫人逃遁之時，天色已晚！要報孫權，權醉不醒。及至睡覺※4，已是五更。◎14

〈評點〉

◎11：前跪丈母，今跪夫人；前在有人處跪，今在無人處跪。此是從來做丈夫的衣鉢，今日流傳更廣。（毛宗崗）

◎12：善哭又善跪，夫人安得不入其彀中？（毛宗崗）

◎13：聽著丈夫之語，連母親面前亦無實話。今日此風亦甚多。（毛宗崗）

◎14：妹夫去遠了！（毛宗崗）

注釋

※4：睡醒了。

次日，孫權聞知走了玄德，急喚文武商議。張昭曰：「今日走了此人，早晚必生禍亂。可急追之！」孫權令陳武、潘璋：「選五百精兵，無分晝夜，務要趕上拏回！」二將領命去了！孫權深恨玄德，將案上玉硯摔爲粉碎。

程普曰：「主公空有沖天之怒！某料陳武、潘璋必擒此人不得。」權曰：「焉敢違我令？」普曰：「郡主自幼好觀武事，嚴毅剛正。諸將皆懼！既然肯順劉備，必同心而去。所追之將若見郡主，豈敢下手？」權大怒！掣所佩之劍，喚蔣欽、周泰聽令，曰：「汝二人將這口劍去！取吾妹并劉備頭來。違令者立斬！」◎15蔣欽、周泰領命，隨後引一千軍趕來。

卻說玄德加鞭縱轡，趲程而行。當夜，於路暫歇兩個更次，慌忙起身！看看來到柴桑界首，望見後面塵頭大起！人報：「追兵至矣！」玄德慌問趙雲曰：「追兵既至，如之奈何？」趙雲曰：「主公先行！某願當後。」

轉過前面山腳，一彪軍馬攔住去路，當先兩員大將厲聲大叫，曰：「劉備早早下馬受縛。吾奉周都督將令，守候多時。」原來周瑜恐玄德逃走，先使徐盛、丁奉二人引三千軍馬，於衝要之處紮營等候。時常令人登高遙望，料得玄德若投旱路，必經此道而過。當日徐盛、丁奉瞭望得玄德一行人到！各執兵器，截住去路。

玄德驚慌，勒馬回問趙雲曰：「前有攔截之兵，後有追趕之兵！前後無路，如之奈何？」雲曰：「主公休慌！軍師有三條妙計，多在錦囊之中，已拆了兩個，並皆應驗；今尚有第三個在此，分付：『遇危難之時，方可拆看。』今日危急，當拆觀之。」便將錦囊拆開，獻與玄德。

玄德看了，急來軍前，泣告孫夫人曰：「備有心腹之言，至此盡當實訴！」夫人曰：「丈夫有何言語？實對我說！」

玄德曰：「昔日吳侯與周瑜同謀，將夫人招嫁劉備。實非爲夫人計，乃欲幽囚劉備，而奪荊州耳。奪了荊州，必將殺劉備。是以夫人爲香餌，而釣備也。備不懼萬死而來，蓋知夫人有男子之胸襟，必能憐備。昨聞吳侯將欲加害，故託荊州有難，以圖歸

〈評點〉

◎15：孫權此時已無兄妹之情，孰知夫人此時止有夫妻之愛。（毛宗崗）

◆玄德智激孫夫人。劉備以言語激起孫夫人對周瑜的不滿和對自己的同情，爭取她和自己共進退。（fotoe提供）

計。幸得夫人不棄，同至於此。今吳侯又令人在後追趕，周瑜又使人於前截路；非夫人莫解此禍。如夫人不允，備請死於車前，以報夫人之德！」◎16

夫人怒曰：「吾兄既不以我爲親骨肉，我有何面目重相見乎？今日之危，我當自解！」於是叱從人，推車直出！捲起車簾，親喝徐盛、丁奉曰：「你二人欲造反耶？」徐、丁二人慌忙下馬，棄了軍器，聲諾於車前曰：「安敢造反？爲奉周都督將令，屯兵在此，專候劉備。」

孫夫人大怒曰：「周瑜逆賊！我東吳不曾虧負你！玄德乃大漢皇叔，是我丈夫。我已對母親哥哥說知回荊州去。今你兩個於山腳去處引著軍馬，攔截道路。意欲刦掠我夫妻財物耶？」徐盛、丁奉諾諾連聲，口稱：「不敢！請夫人息怒！這不干我等之事，乃是周都督的將令。」◎17

孫夫人叱曰：「你只怕周瑜，獨不怕我！周瑜殺得你，我豈殺不得周瑜？」把周瑜大罵一場！◎18喝

◆年畫《回荊州》，描繪趙雲護送劉備夫婦速回荊州，周瑜派大將沿路追趕場景。（Legacy images 提供）

令推車前進！徐盛、丁奉自思：「我等是下人，安敢與夫人違拗？」又見趙雲十分怒氣，只得把軍喝住，放條大路教過去！

恰纔行不得五六里，背後陳武、潘璋趕到，徐盛、丁奉備言其事。陳、潘二將曰：「你放他過去差了！我二人奉吳侯旨意，特來追他們回去。」於是四將合兵一處，趲程趕來！

玄德正行間，忽聽的背後喊聽大起，玄德又告孫夫人曰：「後面追兵又到，如之奈何？」夫人曰：「丈夫先行！我與子龍當後。」◎19玄德先引三百軍，望江岸去了！

子龍勒馬於車傍，將士卒擺開，專候來將。四員將見了孫夫人，只得下馬，拱手而立，夫人曰：「陳武、潘璋！來此何幹？」二將答曰：「奉主公之命，請夫人、玄德回。」

夫人正色叱曰：「都是你這夥匹夫！離間我兄妹不睦。我已嫁他人，今日歸

〈評點〉

◎16：前在丈母面前請死，今又在夫人面前請死。此是從來婦人嚇丈夫妙訣，不意玄德亦作此態。（毛宗崗）

◎17：先喝倒了兩個。（毛宗崗）

◎18：孔明料此，公瑾卻不料此也。（李贄）

◎19：前既仗夫人爲開路先鋒，此又仗夫人爲斷後猛將。（毛宗崗）

去，須不是與人私奔！我奉母親慈旨，令我夫妻回荊州！便是我哥哥來，也須依理而行。你二人倚仗兵威，欲待殺害我耶？」

罵得四人面面相覷，各自尋思：「他一萬年也只是兄妹；更兼國太作主，吳侯乃大孝之人，怎敢違逆母言？明日翻過臉來，只是我等不是，不如做個人情。」軍中又不見玄德，但見趙雲怒目睜眉，只待廝殺！因此四將諾諾連聲而退。孫夫人令推車便行。

徐盛曰：「我四人同去見周都督，告稟此事！」四人猶豫未定，忽見一軍如旋風而來！視之，乃蔣欽、周泰。

二將問曰：「你等曾見劉備否？」四將曰：「早晨過去，已半日矣！」蔣欽曰：「何不拏下？」四人各言孫夫人發話之事！蔣欽曰：「便是吳侯怕道如此，封一口劍在此，◎20教先殺他妹，後斬劉備，違者立斬！」

四將曰：「去之已遠，怎生奈何？」蔣欽曰：「他終是些步軍，急行不上！徐、丁二將軍可飛報都督，教水路掉快船追趕，我四人在岸上追趕。無問水旱之路，趕上殺了！休聽他言

◆天津楊柳青年畫《回荊州》，趙雲作勢欲待廝殺，徐盛、丁奉不敢造次，只得退走。（清末民間年畫，徐震時提供／人民美術出版社）

語。」於是徐盛、丁奉飛報周瑜，蔣欽、周泰、陳武、潘璋四個領兵沿江趕來！

卻說玄德一行人馬離柴桑較遠，來到劉郎浦，心纔稍寬。沿著江岸尋渡，一望江水瀰漫，並無船隻。玄德俯首沉吟，趙雲曰：「主公在虎口中逃命，今已近本界。吾料軍師必有調度，何用憂疑？」玄德聽罷，驀然想起在吳繁華之事，不覺淒然淚下！後人有詩嘆曰：

「吳、蜀成婚此水澄※5，
明珠步幛屋黃金；
誰知一女輕天下，
欲易劉郎鼎峙心。」

玄德令趙雲望前哨探船隻，忽報：「後面塵土沖天而起！」玄德登高望之，但

〈評點〉
◎20：吳侯一劍，怎敵孔明三囊？（毛宗崗）

◆孔明二氣周公瑾。諸葛亮於水路接應劉備等安全回到荊州，周瑜美人計徹底破局。(fotoe提供)

注釋

※5：水邊。

見軍馬蓋地而來！嘆曰：「連日奔走，人困馬乏；追兵又到，死無地矣！」◎21

看看喊聲漸近！正慌間，忽見江岸邊一字兒拋著拖篷船二十餘隻。趙雲曰：「天幸有船在此！何不速下？掉過對岸，再作區處。」玄德與孫夫人便奔上船，子龍引五百軍士，亦多上船。

只見船艙中一人，綸巾道服，大笑而出！曰：「主公且喜！諸葛亮在此等候多時。」船中扮作客人的，皆是荊州水軍，玄德大喜！

不多時，四將趕到。孔明笑指岸上人言曰：「吾已算定多時矣！汝等回去，傳示周郎，教休再使美人局手段！」岸上亂箭射來！船已開得遠了。蔣欽等四將只好呆看。

玄德與孔明正行間，忽然江聲大振！回頭視之，只見戰船無數，「帥」字旗下，周瑜自領慣戰水軍。左有黃蓋，右有韓當，勢如飛馬，疾似流星，看看趕上。孔明教掉船投北岸，棄了船，盡皆上岸而走，

軍馬登程。周瑜趕到江邊，亦皆上岸追襲！大小水軍盡是

◆清末楊家埠年畫《孔明接駕》，描繪諸葛亮於中途接應返回荊州的劉備這一場景。（清末民間年畫，徐震時提供／人民美術出版社）

步行，止有爲首官軍騎馬。周瑜當先，黃蓋、韓當、徐盛、丁奉緊隨！周瑜曰：「此處是那裏？」軍士答曰：「前面是黃州界首！」望見玄德車馬不遠！瑜令迸力追襲。

正趕之間，一聲鼓響，山谷內一隊刀手擁出。爲首一員大將，乃關雲長也。周瑜舉止失措，急撥馬便走！雲長趕來，周瑜縱馬逃命。正奔走間，左邊黃忠，右邊魏延，兩軍殺出。吳兵大敗！

周瑜急急下得船時，岸上軍士齊聲大叫！曰：「周郎妙計安天下，陪了夫人又折兵！」◎22瑜怒曰：「可再登岸決一死戰！」黃蓋、韓當力阻。

瑜自思曰：「吾計不成！有何面目去見吳侯？」大叫一聲！金瘡迸裂，倒於船上。眾將急救，卻早不省人事。正是：

「兩番弄巧翻成拙，此日含嗔卻帶羞！」

未知周瑜性命如何？且看下文分解……

〈評點〉

◎21：幾與檀溪躍馬一般危急。（李漁）

◎22：前在南郡時，則送了城池又折兵，猶可言也；今陪了夫人又折兵，則大不堪矣！（毛宗崗）

第五十六回　曹操大宴銅雀臺　孔明三氣周公瑾

卻說周瑜被諸葛亮預先埋伏關公、黃忠、魏延三枝軍馬一擊大敗，黃蓋、韓當急救下船，折卻水軍無數。遙觀玄德、孫夫人車馬僕從都停住於山頂之上，瑜如何不氣？◎1箭瘡未愈，因怒氣沖激，瘡口迸裂，昏絕於地。眾將救醒，開船逃去。孔明教休追趕，自和玄德歸荊州慶喜，賞賜眾將。

周瑜自回柴桑，蔣欽等一行人馬自歸南徐報孫權。權不勝忿怒，欲拜程普爲都督，起兵取荊州；周瑜又上書請興兵雪恨。張昭諫曰：「不可！曹操日夜思報赤壁之恨，因恐孫、劉同心，故未敢興兵。今主公若以一時之忿，自相吞併，操必乘虛來攻，國勢危矣！」◎2

顧雍曰：「許都豈無細作在此？若知孫、劉不睦，操必使人勾結劉備。備懼東吳，必投曹操。若此，這江南何日得安？爲今之計，莫若使人赴許都，表劉備爲『荊州牧』。曹操知之，則懼而不敢加兵於東吳；且使劉備不恨於主公。然後，使心腹用反間之計，令曹、劉相攻，吾乘隙而圖之，斯爲得耳。」◎3

權曰：「元嘆之言甚善！但誰可爲使？」雍曰：「此間有一人，乃曹操敬慕

者，可以為使。」權問：「何人？」雍曰：「華歆在此，何不遣之？」權大喜！即遣歆齎表赴許都。◎4

歆領命起程，逕到許都求見曹操。聞操會群臣於鄴郡，慶賞銅雀臺，歆乃赴鄴郡候見。

操自赤壁敗後，常思報讎；只疑孫、劉併力，因此不敢輕進。時建安十五年春，造銅雀臺成。操乃大會文武於鄴郡，設宴慶賀。其臺正臨漳河，中央乃銅雀臺，左邊一座，名玉龍臺。右邊一座，名金鳳臺。各高十丈，上橫二橋相通，千門萬戶，金碧交輝。◎5

是日，曹操頭戴嵌寶金冠，身穿綠錦羅袍，玉帶珠履，憑高而坐，文武侍立臺下。操欲觀武官比試弓箭，乃使近侍取西

〈評點〉

◎1：觀看越激惱人。（李漁）

◎2：以此時論之，則張昭之見勝於周瑜。（毛宗崗）

◎3：顧雍之見更勝張昭。（毛宗崗）

◎4：曹操恨劉備之取徐州，而反詔劉備為「徐州牧」，欲使呂布忌之也。今東吳亦恨劉備之取荊州，而反表劉備為「荊州牧」，欲使曹操忌之也。同是一樣機謀。（毛宗崗）

◎5：八言可抵一篇阿房宮賦。（毛宗崗）

◆浙江杭州富陽龍門古鎮的牌坊和孫權故里掠影。（黃金國／fotoe 提供）

川紅錦戰袍一領，挂於垂楊枝上。◎6下設一箭垛，以百步爲界，分武官爲兩隊，曹氏宗族俱穿紅，其餘將士俱穿綠，各帶雕弓長箭，跨鞍勒馬，聽候指揮。◎7

操傳令曰：「有能射中箭垛紅心者，即以錦袍賜之；如射不中，罰水一杯！」號令方下，紅袍隊中，一個少年將軍驟馬而出！眾視之，乃曹休也。休飛馬往前，奔馳三次；扣上箭，拽滿弓，一箭射去，正中紅心！◎8金鼓齊鳴，眾將喝采。

曹操於臺上望見，大喜！曰：「此吾家千里駒也！」方欲使人取錦袍與曹休，只見綠袍隊中一騎飛出，叫曰：「丞相錦袍合讓俺外姓先取，宗族中不宜攙越※1！」操視其人，乃文聘也。

眾官曰：「且看文仲業射法！」文聘拈弓縱馬，一箭亦中紅心！眾皆喝采，金鼓亂鳴。聘大呼曰：「快取袍來！」只見紅袍隊中又一將飛馬而出，厲聲曰：「文烈先射，汝何得爭奪？看我與你兩個解箭！」◎9拽滿

◆瓷壁畫《銅雀臺》，河北磁縣鄴城遺址三臺村。銅雀臺為曹操於建安十五年（西元210年）所建，是曹操與文人騷客宴飲賦詩、與姬妾宮女歌舞歡樂之所，也是兵家戰略要地。（矗鳴／fotoe提供）

弓，一箭射去，也中紅心！眾人齊聲喝采！視其人，乃曹洪也。

洪方欲取袍，只見綠袍隊裏又一將出！揚弓叫曰：「你三人箭法何足爲奇？看我射來！」眾視之，乃張郃也。郃飛馬翻身，背射一箭，也中紅心。四枝箭齊齊的攢在紅心裏，眾人都道：「好射法！」

郃曰：「錦袍須該是我的！」言未已，紅袍隊中一將飛馬而出！大叫曰：「汝翻身背射，何足稱異？看我奪射紅心！」眾視之，乃夏侯淵也。淵驟馬至界口，扭回身，一箭射去！正在四箭當中，金鼓齊鳴。

淵勒馬按弓，大叫曰：「此箭可奪得錦袍麼？」只見綠袍隊裏一將應聲而出！大叫：「且留下錦袍與我徐晃！」淵曰：「汝更有何射法可奪我袍？」晃曰：「汝奪射紅心，不足爲異，看我單取錦袍！」拈弓搭箭，遙望柳條射去，恰好射斷柳條，錦袍墜地。

徐晃飛取錦袍，披於身上。驟馬至臺前，聲諾※2曰：「謝丞相袍！」曹操與眾官無不稱羨。

〈評點〉

◎6：以一錦袍引出無數錦袍人來。（毛宗崗）

◎7：恨不身列其旁。（李漁）

◎8：此日實在好看。（李贄）

◎9：字新。（李漁）

注釋

※1：不依次序、不講禮節，搶先行事。

※2：古代行禮時口中並作頌詞，叫做唱諾。「聲」做動詞，發聲之意，同「唱」。

晃纔勒馬要回，猛然臺邊躍出一個綠袍將軍，大呼曰：「你將錦袍那裏去？早早留下與我！」眾視之，乃許褚也。晃曰：「袍已在此，汝何敢強奪？」褚更不回答，竟飛馬來奪袍。

兩馬相近，徐晃便把弓打許褚。褚一手按住弓，把徐晃拖離鞍轎；晃急棄了弓，翻身下馬。褚亦下馬，兩個揪住廝打。操急使人解開，那領錦袍已是扯得粉碎！◎10

操令二人都上臺。徐晃睜眉怒目，許褚切齒咬牙，各有相鬭之意。操笑曰：「孤特視公等之勇耳，豈惜一錦袍哉？」便教諸將盡都上臺，各賜蜀錦一匹。◎11諸將各各稱謝。

操令各依位次而坐，樂聲競奏，水陸並陳。文官武將輪次把盞，獻酬交錯。操顧謂眾文官曰：「武將既以騎射爲樂，足顯威勇矣！公等皆飽學之士，登此高臺，可不進佳章以紀一時之勝事乎？」眾官皆躬身而言曰：「願從鈞命！」

時有王朗、鍾繇、王粲、陳琳一班文官進獻詩章，詩中多有稱頌曹操功德巍巍，合當受命※3之意。曹操遂一覽畢，笑曰：「諸公佳作，過譽甚矣！孤本愚陋，始舉孝廉，後值天下

◆清代年畫《曹操大宴銅雀臺》。描繪建安十五年（210年）春，銅雀臺建成，曹操設宴召文武百官慶賀，讓武官百步穿楊比試箭法助興的場景。（fotoe提供）

大亂，築精舍於譙東五十里，欲春夏讀書，秋冬射獵，以待天下清平，方出仕耳。不意朝廷徵孤爲『點軍校尉』，遂更其意，專欲爲國家討賊立功，圖死後得題墓道曰：『漢故征西將軍曹侯之墓。』平生願足矣！◎12

「念自討董卓，剿黃巾以來，除袁術、破呂布、滅袁紹、定劉表，遂平天下。身爲宰相人臣之貴已極，又復何望哉？如國家無孤一人，正不知幾人稱帝，幾人稱王。◎13

「或見孤權重，妄相忖度，疑孤有異心，此大謬也。孤常念孔子稱文王之至德，此言耿耿在心。但欲孤委捐※4兵眾，歸就所封武平侯之職※5，實不可耳。誠恐一解兵柄，爲人所害。◎14孤敗則國家傾危，是以不得慕虛名而處實禍也。諸公必無知孤意者。」眾皆起拜，曰：「雖伊尹、周公，不及丞相矣！」後人有詩曰：

「周公恐懼流言日，王莽謙恭下士時，
假使當年身便死，一生眞僞有誰知？」

〈評點〉

◎10：人人射箭奪此袍，卻被一不曾射箭人扯得粉碎。妙極！趣極！（毛宗崗）
◎11：老瞞會和事。（李漁）
◎12：眞情實話，並不是奸雄欺世語。（李贄）
◎13：亦是眞話。（李贄）
◎14：此是實話，亦騎虎難下之勢矣！（毛宗崗）

注釋

※3：該當做皇帝。受命，即受天命。
※4：放棄。
※5：指放棄兵權和丞相的職位，回到侯爵的封國，過雖有榮譽和物質享受，卻無權勢的退休生活。

曹操連飲數盃，不覺沉醉。喚左右捧過筆硯，亦欲作銅雀臺詩。剛纔下筆，忽報：「東吳使華歆表奏劉備爲『荊州牧』，孫權以妹嫁劉備。漢上九郡，大半已屬備矣！」操聞之，手腳慌亂，投筆於地。

程昱曰：「丞相在萬軍之中，矢石交攻之際，未嘗動心。今聞劉備得了荊州，何故如此失驚？」操曰：「劉備人中之龍也。平生未嘗得水，今得荊州，是困龍入大海矣！孤安得不動心哉？」

程昱曰：「丞相知華歆來意否？」操曰：「未知！」昱曰：「孫權本忌劉備，欲以兵攻之。但恐丞相乘虛而擊，故今華歆爲使，表薦劉備，乃安備之心，以塞丞相之望耳。」◎15操點頭曰：「是也！」

昱曰：「某有一計，使孫、劉自相吞併，丞相乘間圖之；一鼓而二敵俱破。」操大喜，遂問其計。程昱曰：「東吳所倚者，周瑜也。丞相今表奏周瑜爲『南郡太守』，程普爲『江夏太守』；留華歆在朝，重用之。瑜必自與劉備爲讎敵矣！我乘其相併而圖之，不亦善乎？」

◆河北邯鄲磁縣鄴城遺址金鳳臺建安七子塑像。建安七子指東漢末建安時期曹氏父子之外的七位著名詩人，分別是孔融、陳琳、王粲、徐幹、阮瑀、應瑒、劉楨，他們也多在朝廷為官。（聶鳴／fotoe提供）

〈評點〉

◎15：當時乖人一個賽一個。（毛宗崗）

◎16：有職而無地，直是挂名太守。（毛宗崗）

◆湖北嘉魚赤壁古戰場遺址。（董文革／fotoe提供）

操曰：「仲德之言，正合孤意。」遂召華歆上臺，重加賞賜。當日筵散，操即引文武回許昌，表奏周瑜爲「總領南郡太守」，程普爲「江夏太守」。封華歆爲「大理寺卿」，留在許都。使命至東吳，周瑜、程普各受職訖。◎16

周瑜既領南郡，愈思報讎。遂上書吳侯，乞命魯肅去討還荊州。孫權乃命肅曰：「汝昔保借荊州與劉備。今備遷延不還，等待何時？」肅曰：「文書上明白寫著：『得了西川便還』。」權叱曰：「只說取西川，到今又不動兵，不等老了人？」肅曰：「某願往言之。」遂乘船投荊州而來。

卻說玄德與孔明在荊州廣聚糧草，調練軍馬。遠近之士多歸之。忽報：「魯肅到！」玄德問孔明曰：「子敬此來何意？」

孔明曰：「昨者孫權表主公爲『荊州牧』，此是懼曹操之計。操封周瑜爲『南郡太守』，此欲令我兩家自相吞併，他好於中取事也。今魯肅此來，又是周瑜既受太守之職，要求來索荊州之意。」◎17

玄德曰：「何以答之？」孔明曰：「若肅提起荊州之事，主公便放聲大哭！哭到悲切之處，亮自出來解勸……。」計會已定，接魯肅入府。

禮畢，敘坐。肅曰：「今日皇叔做了東吳女婿，便是魯肅主人，如何敢坐？」玄德笑曰：「子敬與我舊交，何必太謙？」肅乃就坐。

茶罷，肅曰：「今奉吳侯鈞命，專爲荊州一事而來。皇叔已借住多時，未蒙見還，今既兩家結親，當看親情面上，早早交付。」玄德聞言，掩面大哭！◎18

肅驚曰：「皇叔何故如此？」玄德哭聲不絕！孔明從屏後出，曰：「亮聽之久矣！子敬知吾主人哭的緣故麼？」肅曰：「某實不知！」

孔明曰：「有何難見？當初我主人借荊州時，許下取得西川便還。仔細想來，益州劉璋是我主人之弟，一般都是※6漢朝骨肉；若要興兵去取他城池時，恐被外人唾罵，若要不取，還了荊州，何處安身？若不還時，於尊舅※7面上又不好看。事實兩難，因此淚出痛腸。」孔明說罷，觸動玄德衷腸，眞個搥胸頓足，放聲大

哭。

魯肅勸曰：「皇叔且休煩惱！與孔明從長計議。」孔明曰：「有煩子敬回見吳侯，勿惜一言之勞，將此煩惱情節懇告吳侯，再容幾時。」◎19

肅曰：「倘吳侯不從，如之奈何？」孔明曰：「吳侯既以親妹聘嫁皇叔，安得不從乎？望子敬善言回覆。」

魯肅是個寬仁長者，見玄德如此哀痛，只得應允。玄德、孔明拜謝。宴畢，送魯肅下船，徑到柴桑，見了周瑜，具言其事。

周瑜頓足曰：「子敬又中諸葛亮之計也。當初劉備依劉表，時常有吞併之意，何況西川劉璋乎？似此推諉，未免累及老兄矣！吾有一計，使諸葛亮不能出吾算中。子敬便當一行。」

肅曰：「願聞妙策！」瑜曰：「子敬不必去見吳侯。再去荊州對劉備說：『孫、劉兩家既結爲親，便是一家。若劉氏不忍去取西川，我東吳起兵去取。取得西川時，以作嫁資。卻把荊州交

〈評點〉

◎17：妙見。（李贄）

◎18：虧得那裏來這副急淚?!（毛宗崗）

◎19：妙用只在緩兵之計。（毛宗崗）

◆湖北嘉魚縣赤壁古戰場遺址的周瑜塑像。（董文革／fotoe提供）

注釋

※6：同樣是。

※7：指孫權。舅，舅兄。

還東吳。』」

肅曰：「西川迢遞，取之非易。都督此計，莫非不可？」瑜笑曰：「子敬眞長者也！◎20你道我眞個去取西川與他？我只以此爲名，實欲去取荊州。且教他不做準備，東吳軍馬收川，路過荊州，就問他索要錢糧。劉備必然出城勞軍，那時乘勢殺之！奪取荊州，雪吾之恨，以解足下之禍。」魯肅大喜！便再往荊州來。

玄德與孔明商議，孔明曰：「魯肅必不曾見吳侯，只到柴桑和周瑜商量了甚計策來誘我耳。但說的話，主公只看我點頭，便滿口應承……。」

計會已定，魯肅入見。禮畢，肅曰：「吳侯甚是稱讚皇叔盛德。遂與諸將商議，起兵替皇叔取川，取了西川，卻換荊州，以西川權當嫁資。但軍馬經過，卻望應些錢糧。」◎21

孔明聽了，忙點頭曰：「難得吳侯好心！」玄德拱手稱謝，曰：「此皆子敬善言之力。」◎22孔明曰：「如雄師到日，即當遠接犒勞。」魯肅暗喜。宴罷，辭回。

玄德問孔明曰：「此是何意？」孔明大笑曰：「周郎死日近矣！這等計策，小兒也瞞不過。」玄德又問：「如何？」孔明曰：「此乃『假途滅虢※8』之計也，虛名收川，實取荊州。等主公出城勞軍，乘勢拏下，殺入城來，『攻其無備，出其不意』也。」

玄德曰：「如之奈何？」孔明曰：「主公寬心！只顧準備窩弓，以擒猛虎；安排香餌，以釣鰲魚。等周瑜到來，他便不死，也九分無氣。」便喚趙雲聽計：「如此如此……。其餘我自有擺布。」玄德大喜。後人有詩嘆曰：

「周瑜決策取荊州，諸葛先知第一籌。
指望長江香餌穩，不知暗裏鈎魚鈎！」

卻說魯肅回見周瑜，說：「玄德、孔明歡喜不疑，準備出城勞軍！」周瑜大笑曰：「原來今番也中了吾計！」便教魯肅稟報吳侯，并遣程普引軍接應。

周瑜此時箭瘡已漸平愈，身軀無事。使甘寧爲先鋒，自與徐盛、丁奉爲第二，凌統，呂蒙爲後隊。水陸大兵五萬，望荊州而來。周瑜在船中時復歡笑，以爲孔明中計。

前軍至夏口，周瑜問：「荊州有人在前面接否？」人報：

〈評點〉

◎20：長者是無用之別名。（李漁）
◎21：說得好聽，何不就以荊州爲嫁資。（李贄）
◎22：一個點頭，一個會意。（毛宗崗）

◆清末年畫《蘆花蕩》，描繪張飛智鬥周瑜故事，乃後世演繹，《三國演義》無載。（清末民間年畫，徐震時提供／人民美術出版社）

注釋

※8：春秋時，晉國向虞國借路去攻打虢國。虞國同意了，但是晉國滅虢之後，回來的路上，乘機把虞國也滅掉了。假途：借路。

「劉皇叔使糜竺來見都督。」瑜喚至，問：「勞軍如何？」糜竺曰：「主公皆準備安排下了。」瑜曰：「皇叔何在？」竺曰：「在荊州城門外相等，與都督把盞。」◎23瑜曰：「今爲汝家之事，出兵遠征；勞軍之禮，休得輕易。」糜竺領了言語先回。

戰船密密排在江上，依次而進。看看至公安，並無一隻軍船，又無一人遠接。周瑜催船速行，離荊州十餘里，只見江面上靜蕩蕩的。哨探的回報：「荊州城上，插兩面白旗，並不見一人之影。」

瑜心疑，教把船傍岸，親自上岸乘馬，帶了甘寧、徐盛、丁奉一班軍官，引親隨精兵三千人，逕望荊州來。既至城下，並不見動靜。

瑜勒住馬，令軍士叫門。城上問：「是誰人？」◎24吳軍答曰：「是東吳周都督親自在此！」言未已，忽一聲梆子響！城上軍一齊都豎起槍刀！敵樓上趙雲出曰：「都督此行，端的爲何？」

瑜曰：「吾替汝主取西川，汝豈猶未知耶？」雲曰：「孔明軍師已知都督『假途滅虢』之計，故留趙雲在此。吾主公有言：『孤與劉璋皆漢室宗親，安忍背義而取西川？若汝東吳端的取蜀，吾當披髮入山，不失信於天下也。』」

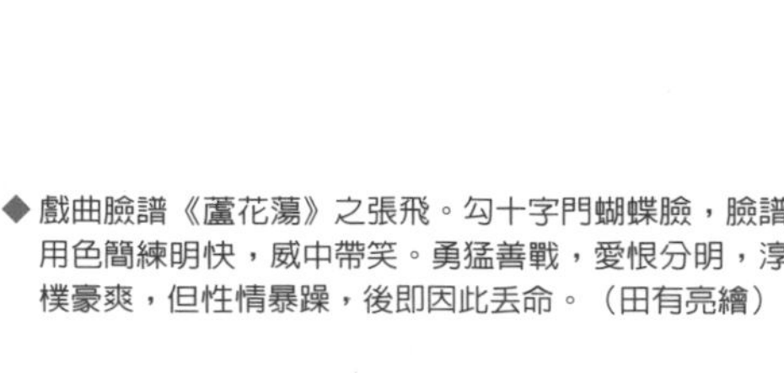

◆戲曲臉譜《蘆花蕩》之張飛。勾十字門蝴蝶臉，臉譜用色簡練明快，威中帶笑。勇猛善戰，愛恨分明，淳樸豪爽，但性情暴躁，後即因此丟命。（田有亮繪）

〈評點〉

◎23：只怕周郎吃不得這一盃。（毛宗崗）

◎24：只做不認得，妙！（毛宗崗）

周瑜聞之，勒馬便回，只見一人打著「令」字旗，於馬前報說：「探得四路軍馬一齊殺到。關某從江陵殺來，張飛從秭歸殺來，黃忠從公安殺來，魏延從彝陵小路殺來！四路正不知多少軍馬，喊聲遠近震動百餘里，皆言要捉周瑜。」

瑜馬上大叫一聲！箭瘡復裂，墜於馬下。正是：

「一著棋高難對敵，幾番算定總成空。」

不知周瑜性命如何？且看下文分解……

◆孔明三氣周公瑾。按小說中的描寫，無論周瑜如何多智，總比孔明略遜一籌，因此如果周瑜不死，還會有孔明四氣、五氣……周瑜的事情發生。（fotoe提供）

第五十七回　柴桑口臥龍弔喪　耒陽縣鳳雛理事

卻說周瑜怒氣塡胸，墜於馬下，左右急救歸船。軍士傳說：「玄德、孔明在前山頂上飲酒取樂。」◎1瑜大怒，咬牙切齒曰：「你道我取不得西川？吾誓取之！」正恨間，人報：「吳侯遣弟孫瑜到！」周瑜接入，具言其事。孫瑜曰：「吾奉兄命來助都督！」遂令催軍前行。

行至巴丘，人報：「上流有劉封、關平二人領軍截住水路！」周瑜愈怒！忽又報：「孔明遣人送書至。」◎2周瑜拆封視之。書曰：

「漢軍師中郎將諸葛亮，致書於東吳大都督公瑾先生麾下：

自柴桑一別，至今戀戀不忘。聞足下欲取西川，亮竊以爲不可：益州民強地險，劉璋雖暗弱※1，足以自守。今勞師遠征，轉運萬里，欲收全功，雖吳起不能定其規，孫武不能善其後也！曹操失利於赤壁，志豈須臾忘報讎哉？今足下興兵遠征，倘操乘虛而至，江南虀粉矣！亮不忍坐視，特此告知。幸垂照鑒！」

周瑜覽畢，長嘆一聲！喚左右取紙筆，作書上吳侯。乃聚眾將，曰：「吾非不欲盡忠報國，奈天命已絕矣！汝等善事吳侯，共成大業。」言訖，昏絕！徐徐又

醒，仰天長嘆曰：「既生瑜，何生亮？」◎3連叫數聲而亡。◎4壽三十六歲。後人有詩嘆曰：

「赤壁遺雄烈，青年有俊聲；絃歌知雅意，杯酒謝良朋。曾謁三千斛，常驅十萬兵。巴丘終命處，憑弔欲傷情！」

周瑜停喪於巴丘，眾將將所遺書緘遣人飛報孫權。權聞瑜死，放聲大哭。拆視其書，乃薦魯肅以自代也。書略曰：

「瑜以凡才，荷蒙殊遇；委任腹心，統御兵馬。敢不竭股肱之力，以圖報效？奈死生不測，脩短有命；愚志未展，微軀已殞，遺恨何極？

方今曹操在北，疆埸未靜；劉備寄寓，有似養虎。天下之事，尚未可知。此正朝士旰食之秋，至尊垂慮之日※2也。魯肅忠烈，臨事不苟，可以代瑜之任。『人之將死，其言也善』，倘蒙垂鑒，瑜死不朽矣！」

孫權覽畢，哭曰：「公瑾有王佐之才。今忽短命而死，孤何賴哉？既遺書特薦子敬，孤敢不從之？」既日便命魯肅為都督，總統兵馬。一面教發周瑜靈柩回葬。

〈評點〉

◎1：但自飲酒，更不來把盞。（毛宗崗）

◎2：催死文書到了。（毛宗崗）

◎3：是恨天語，是自負語，是知分語。（李漁）

◎4：周瑜少年，經怒不起。蓋其讀書養氣之學不及孔明耳。（毛宗崗）

注釋

※1：愚昧軟弱。

※2：朝廷將士努力效命，聖明君主施展心智的時候。旰食，因為公務繁忙，很晚才吃飯。至尊：至高無上的地位，多指皇位。

卻說孔明在荊州夜觀天文，見將星墜地，乃笑曰：「周瑜死矣！」至曉，告於玄德。玄德使人探之，果然死了！

玄德問孔明曰：「周瑜既死，還當如何？」孔明曰：「代瑜領兵者，必魯肅也。亮觀天象，將星聚於東方。亮當以弔喪爲由，往江東走一遭，就尋賢士，佐助主公。」

玄德曰：「只恐吳中將士加害於先生！」孔明曰：「瑜在之日，亮猶不懼。今瑜已死，又何患乎？」◎5乃與趙雲引五百軍，具祭禮，下船赴巴丘弔喪，於路探聽得：「孫權已令魯肅爲都督，周瑜靈柩已回柴桑。」孔明逕至柴桑，魯肅以禮迎接。

◆清代年畫《柴桑口》。描繪諸葛亮前往周瑜靈前弔喪場景，畫面左方著黑衣者為魯肅。（Legacy images 提供）

周瑜部將皆欲殺孔明，因見趙雲帶劍相隨，不敢下手。孔明教設祭物於靈前，親自奠酒，跪於地下，讀祭文曰：

「嗚呼！公瑾，不幸夭亡！修短固天，人豈不傷？
我心實痛，酹酒一觴；君其有靈，享我蒸嘗※3！
弔君幼學，以交伯符，仗義疎財，讓舍以居。
弔君弱冠※4，萬里鵬摶，定建霸業，割據江南。
弔君壯力，遠鎭巴丘，景升懷慮，討逆無憂。
弔君丰度，佳配小喬；漢臣之婿，不愧當朝。
弔君氣概，諫阻納質，始不垂翅，終能奮翼。
弔君鄱陽，蔣幹來說，揮洒自如，雅量高志。
弔君弘才，文武籌略，火攻破敵，挽強爲弱。
想君當年，雄姿英發！哭君早逝，俯地流血。
忠義之心，英靈之氣，命終三紀※5，名垂百世。
哀君情切，愁腸千結！惟我肝膽，悲夫斷絕！
昊天昏暗，三軍愴然！主爲哀泣，友爲淚漣。

〈評點〉

◎5：孔明弔喪，與關公赴會一樣有膽。（毛宗崗）

注釋

※3：祭奠。蒸：冬祭。嘗：秋祭。
※4：男子二十歲左右的年齡。古代男子二十歲行冠禮，因爲還沒有到壯年，所以稱弱冠。
※5：三十六歲。一紀十二年。

亮也不才，丐計求謀，助吳拒曹，輔漢安劉。犄角之援，首尾相儔，若存若亡，何慮何憂？嗚呼！公瑾，生死永別！朴守其貞，冥冥滅滅。魂如有靈，以鑒我心，從此天下，更無知音。◎6嗚呼！痛哉！伏惟尚饗※6。」

孔明祭畢，伏地大哭！淚如湧泉，哀慟不已。

眾將相謂曰：「人盡道公瑾與孔明不睦。今觀其祭奠之情，人皆虛言也！」魯肅見孔明如此悲切，亦爲感傷。自思曰：「孔明自是多情，乃公瑾量窄，自取死耳。」◎7後人有詩嘆曰：

「臥龍南陽睡未醒，又添列曜※7下舒城；
　蒼天既已生公瑾，塵世何須出孔明？」

◆柴桑口臥龍弔喪。諸葛亮宣讀祭文，聲情並茂，甚至感動了東吳眾將。(fotoe提供)

魯肅設宴款待孔明。宴罷，孔明辭回。方欲下船，只見江邊一人，道袍竹冠，皂絛素履。一手揪住孔明，大笑曰：「汝氣死周郎，卻又來弔孝，明欺東吳無人耶？」

孔明急視其人，乃鳳雛先生龐統也。◎8孔明亦大笑。兩人攜手登舟，各訴心事。孔明乃留書一封與統，囑曰：「吾料孫仲謀必不能重用足下。稍有不如意，可來荊州共扶玄德。此人寬仁厚德，必不負公平生之所學。」統允諾而別。孔明自回荊州。

卻說魯肅送回周瑜靈柩。至蕪湖，孫權接著，哭祭於前。命厚葬於本鄉。瑜有兩男一女，長男循，次男胤，權皆厚恤之。

魯肅曰：「肅碌碌庸才，誤蒙公瑾重薦，其實不稱所職，願舉一人以助主公。此人上通天文，下曉地理；謀略不減於管、樂，樞機可並於孫、吳。往日周公瑾多用其言，孔明亦深服其智。見在江南，何不重用？」

〈評點〉

◎6：此亦實話。（李贄）

◎7：寫魯肅處處是實心人。（毛宗崗）

◎8：孔明此來，正爲尋訪賢士。乃不用孔明去尋，偏用龐統自來；又不用順寫，偏用逆接。妙甚！（毛宗崗）

◆皮影戲《臥龍弔孝》。（曹振峰提供／人民美術出版社）

注釋

※6：祭文結尾用語，意思是恭請享受祭品。

※7：耀眼的星辰，這裏代指周瑜。

權聞言大喜，便問此人姓名，肅曰：「此人乃襄陽人，姓龐名統，字士元，道號鳳雛先生。」權曰：「孤亦聞其名久矣！今既來此，可即請來相見。」於是魯肅邀請龐統入見孫權。

施禮畢，權見其人，濃眉掀鼻，黑面短髯，形容古怪。心中不喜，◎9乃問曰：「公平生所學，以何爲主？」統曰：「不必拘執，隨機應變。」權曰：「公之才學，比公瑾何如？」統笑曰：「某之才學，與公瑾大不相同。」

權平生最喜周瑜，見統輕之，心中愈不樂。乃謂統曰：「公且退！待有用公之時，卻來相請。」◎10統長嘆一聲而出！魯肅曰：「主公何不用龐士元？」權曰：「狂士也！用之何益？」肅曰：「赤壁鏖兵之時，此人曾獻『連環策』，成第一功。主公想必知之！」權曰：「此時乃曹操自欲釘船，未必此人之功也。吾誓不用之！」

魯肅出，謂龐統曰：「非肅不薦足下，奈吳侯不肯用公！公且耐心。」統低頭長嘆不語！肅曰：「公莫非無意於吳中乎？」統不答。肅曰：「公抱匡濟之才，何往不利？可實對肅言，將欲何往？」統曰：「吾欲投曹操去也。」肅曰：「此『明珠暗投』矣！可往荊州投劉皇叔，必然重用。」統曰：「統意實欲如此，前言戲耳。」

肅曰：「某當作書奉薦。公輔玄德，必令孫、劉兩家無相攻擊，同力破曹。」

德。

◎11統曰：「此某平生之素志也。」乃藏肅書，逕往荊州來見玄德。

此時孔明按察四郡未回。門吏傳報：「江東名士龐統特來相投。」玄德久聞統名，便教請入相見。

統見玄德，長揖不拜。玄德見統貌陋，心中亦不悅。◎12乃問統曰：「足下遠來不易！」統不即取出魯肅書并孔明投呈，但答曰：「聞皇叔招賢納士，特來相投。」

玄德曰：「荊、楚稍定，苦無閒職。此去東北一百三十里，有一縣，名耒陽縣，缺一縣宰。屈公任之，如後有缺，即當重用。」統思：「玄德待我何薄？」欲以才學動之，見孔明不在，只得勉強相辭而去。

統到耒陽縣，不理政事，終日飲酒爲樂。◎13一應錢糧詞

〈評點〉

◎9：「以貌取人，失之子羽」。獨不思碧眼紫髯，亦自形容古怪耶？（毛宗崗）

◎10：話不投機半句多。（李漁）

◎11：都是豪傑。（李贄）

◎12：曹操初見龐統，恭敬之極。仲謀、玄德反不如之。（毛宗崗）

◎13：豪傑不遇知己，自然以酒爲知己耳，無怪也。（李贄）

◆《聘龐圖軸》（局部），明代倪端繪，現藏北京故宮博物院。描繪三國時荊州刺史劉表親至山林聘請隱士龐德公的故事。此局部繪劉表侍從在院外恭候的情景。相對於叔父龐德公，龐統初時得到的待遇就差遠了。（倪端／fotoe提供）

訟，並不理會。有人報知玄德，言：「龐統將耒陽縣事盡廢。」玄德怒曰：「豎儒焉敢亂吾法度？」遂喚張飛，分付：「引從人去荊南諸縣巡視。如有不公不法者，就便究問。恐於事有不明處，可與孫乾同去。」

張飛領了言語，與孫乾前至耒陽縣。軍民官吏皆出郭迎接，獨不見縣令。◎14飛問曰：「縣令何在？」同僚覆曰：「龐縣令自到任及今，將百餘日。縣中之事並不理問，每日飲酒。自旦及夜，只在醉鄉。今日宿酒未醒，猶臥不起。」

張飛大怒，欲擒之。孫乾曰：「龐士元乃高明之人，未可輕忽。且到縣問之，如果於理不當，治罪未晚。」飛乃入縣，正廳上坐定，教縣令來見。統衣冠不整，扶醉而出。◎15

飛怒曰：「吾兄以汝為人，令作縣宰。汝焉敢盡廢縣事？」統笑曰：「將軍以吾廢了縣中何事？」飛曰：「汝到任百餘日，終日在醉鄉，安得不廢政事？」統曰：「量百里小縣，些小公事，何難決斷？◎16將軍少坐，待我發落。」隨即喚公吏：「將百餘日所積公務，都取來判斷。」

吏皆紛然齎抱案卷，上廳訴詞。被告人等環跪階下。統手中批判，口中發落，耳中聽詞，曲直分明，並無分毫差錯，◎17民皆叩首拜伏。

不到半日，將百餘日之事盡斷畢了。◎18投筆於地，而對張飛曰：「所廢之事何在？曹操、孫權，吾視之若掌上觀文。◎19量此小縣，何足介意？」

飛大驚，下席謝曰：「先生大才！小子失敬。吾當於長兄處極力舉薦。」統乃將出魯肅薦書。飛曰：「先生初見吾兄，何不將出？」統曰：「若便將出，似乎專藉薦書來干謁矣！」

飛顧謂孫乾曰：「非公，則失一大賢也！」遂辭統，回荊州見玄德，具說龐統之才。玄德大驚，曰：「屈待大賢，吾之過也！」飛將魯肅薦書呈上。玄德拆視薦書，略曰：「龐士元非百里之才。使處『治中』『別駕』之任，始當展其驥足。如以貌取之，恐負所學，終爲他人所用，實可惜也！」

玄德看畢，正在嗟嘆，忽報孔明回。玄德接入。禮畢，

〈評點〉

◎14：因飲酒廢事猶勝於以迎接廢事。若善於迎接者，便非好縣令。（毛宗崗）

◎15：故作偃蹇之態。（毛宗崗）

◎16：此不足爲先生事。（毛宗崗）

◎17：畢竟是名下無虛士。（李贄）

◎18：誰云「大受者不可小知」？（毛宗崗）

◎19：一語便露出主角。（毛宗崗）

◆龐統理事。龐統並非不理事，而是事情不經理，以他為縣令，實在過於大材小用了。（鄧嘉德繪）

孔明先問曰：「龐軍師近日無恙否？」

玄德曰：「近治耒陽縣，好酒廢事。」孔明笑曰：「士元非百里之才。胸中所學，勝亮十倍。◎20亮曾有薦書在士元處，曾達主公否？」玄德曰：「今日方得子敬書，卻未見先生之書。」

孔明曰：「大賢若處小任，往往以酒糊塗，倦於視事。」玄德曰：「若非吾弟所言，險失大賢。」隨即令張飛往耒陽縣請龐統到荊州。

玄德下階請罪，統方出孔明所薦之書。玄德看書中之意，言鳳雛到日，宜即重用。玄德喜曰：「昔司馬德操言：『伏龍、鳳雛，兩人得一可安

◆龐統當耒陽縣令，因嫌官小，每天飲酒，不理政事。劉備派張飛前去視察，龐統當堂理事，半天就把百日來的政事了斷完畢，張飛大驚施禮，非常尊敬。（朱寶榮繪）

天下。』今吾二人皆得，漢室可興矣！」遂拜龐統爲「副軍師、中郎將」，與孔明共贊方略，教練軍士，聽候征伐。

早有人報到許昌，言：「劉備有諸葛亮、龐統爲謀士，招軍買馬，積草屯糧。連結東吳，早晚必興兵北伐。」曹操聞之，遂聚眾謀士商議南征。

荀攸進曰：「周瑜新死，可先取孫權，次攻劉備。」操曰：「我若遠征，恐馬騰來襲許都。前在赤壁之時，軍中有訛言，亦傳西涼入寇之事。今不可不防也！」

荀攸曰：「以愚所見，不若降詔加馬騰爲『征南將軍』，使討孫權。誘入京師，先除此人，則南征無患矣！」操大喜！即日遣人賫詔至西涼召馬騰。

卻說騰字壽成，漢「伏波將軍」馬援之後。父名肅，字子碩。桓帝時爲天水「蘭干縣尉」，後失官，流落隴西，與羌人雜處，遂娶羌女，生騰。騰身長八尺，體貌雄異，稟性溫良，人多敬之。

靈帝末年，羌人多叛。騰招募民兵破之。初平中年，因討賊有功，拜「征西將軍」，與「鎭西將軍」韓遂爲弟兄。

當日奉詔，乃與長子馬超商議，曰：「吾自與董承受衣帶詔以來，與劉玄德約

〈評點〉

◎20：此句是過譽。足見孔明之謙，不似今人之妄自矜誇也。（毛宗崗）

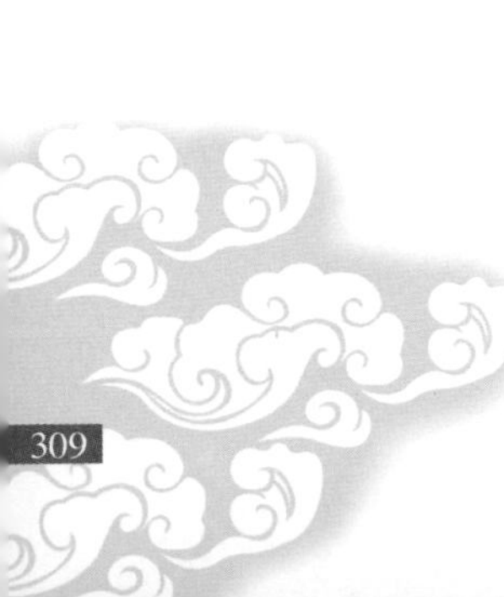

共討賊。不幸董承已死，玄德屢敗，我又僻處西涼，未能協助玄德。今聞玄德已得荊州，我正欲展昔日之志，而曹操反來召我。當是如何？」

馬超曰：「操奉天子之命以召父親。今若不往，彼必以逆命責我矣！當乘其來召，竟往京師，於中取事。則昔日之志可展也！」◎21

馬騰兄子馬岱諫曰：「曹操心懷叵測，叔父若往，恐遭其害。」超曰：「兒願盡起西涼之兵，隨父親殺入許昌，爲天下除害，有何不可？」

騰曰：「汝自統羌兵保守西涼。只教次子馬休、馬鐵，并姪馬岱隨我同往。曹操見汝在西涼，又有韓遂相助，諒不敢加害於我也。」

超曰：「父親若往，切不可輕入京師，當隨機應變，觀其動靜。」騰曰：「吾自有處※8，不必多慮。」於是馬騰乃引西涼兵五千，先教馬休、馬鐵爲前部，留馬岱在後接應。迤邐望許昌而來，離許昌二十里屯住軍馬。

曹操聽知馬騰已到，喚「門下侍郎」黃奎，分付曰：「目今馬騰南征，吾命汝爲『行軍參謀』，先至馬騰寨中勞軍。可對馬騰說：『西涼路遠，運糧甚難，不能多帶人馬，我當更遣大兵，協同前進。』來日教他入城面君，◎22吾就應付糧草與之。」

◆馬岱（183～？），扶風茂陵（今陝西興平）人。為馬超堂弟，蜀漢中後期重要將領，跟隨丞相諸葛亮南征孟獲，北伐曹魏，久經沙場，多負辛勞，作戰冷靜而勇猛，深得諸葛亮信任。官至平北將軍、陳倉侯。（葉雄繪）

奎領命，來見馬騰。騰置酒相待。奎酒半酣，而言曰：「吾父黃琬，死於李傕、郭汜之難。嘗懷痛恨，不想今日又遇欺君之賊。」騰曰：「誰爲欺君之賊？」奎曰：「欺君者，操賊也！公豈不知之，而問我耶？」

騰恐是操使來相探，忽止之曰：「耳目較近，休得亂言。」奎叱曰：「公竟忘卻衣帶詔乎？」◎23

騰見他說出心事，乃密以實情告之。奎曰：「操欲公入城面君，必非好意。公不可輕入。來日當勒兵城下，待曹操出城點軍，就點軍處殺之，大事濟矣！」

二人商議已定。黃奎回家，恨氣未息。其妻再三問之，奎不肯言。不料其妾李春香與奎妻弟苗澤私通。澤欲得春香，正無計可施。◎24妾見黃奎憤恨，遂對澤曰：「黃侍郎今日商議軍情回，意甚憤恨，不知爲誰？」澤曰：「汝可以言挑之曰：『人皆說劉皇叔仁德，曹操奸雄，何耶？』看他說甚言語。」

是夜，黃奎果到春香房中。妾以言挑之，奎乘醉言曰：「汝乃婦人，尙知邪正。何況我乎？吾所恨者，欲殺曹操也。」妾曰：「若欲殺之，如何下手？」奎

〈評點〉

◎21：有馬超之言，方見馬騰此去不是疏虞。（毛宗崗）
◎22：賺他入城，便是誘殺之計。（毛宗崗）
◎23：說得熱鬧。（李漁）
◎24：與董承家秦慶童事又相彷彿。（毛宗崗）

注釋

※8：我自有辦法對付。處，處理，處置。

曰：「吾已約定馬將軍，明日在城外點兵時殺之。」

妾告於苗澤。澤報知曹操。操便密喚曹洪、許褚，分付：「如此如此……。」又喚夏侯淵、徐晃，分付：「如此如此。」各人領命去了。一面先將黃奎一家老小拏下。

次日，馬騰領著西涼兵馬，將次近城。只見前面一簇紅旗，打著「丞相」旗號。馬騰只道曹操自來點軍，拍馬向前！忽聽得一聲砲響！紅旗開處，弓弩齊發！一將當先，乃曹洪也。

馬騰急撥馬回時，兩下喊聲又起！左邊許褚殺來！右邊夏侯淵殺來！後面又是徐晃領兵殺至。截斷西涼軍馬，將馬騰父子三人困在垓心。

馬騰見不是頭，奮力衝殺。馬鐵早被亂箭射死，◎25馬休隨著馬騰，左衝右突，不能得出。二人身帶重傷，坐下馬又被亂箭射倒，父子二人俱被執。

曹操教將黃奎與馬騰父子一齊綁至。黃奎大叫：「無罪！」操教苗澤對證。馬騰大罵曰：「豎儒誤我大事！我不能爲國殺賊，是乃天也！」操命牽出，馬騰罵不絕口。與其子馬休，及黃奎一同遇害。後人有詩讚馬騰曰：

「父子齊芳烈，忠貞著一門；捐生圖國難，誓死答君恩；
嚼血盟言在，誅奸義狀存；西涼推世胄，不愧伏波孫。」

苗澤告操曰：「不願加賞，只求李春香爲妻。」操笑曰：「你爲了一婦人，害了你姐夫一家。留此不義之人何用？」◎26便教將苗澤、李春香與黃奎一家老小並斬於市。觀者無不嘆息！後人有詩嘆曰：

「苗澤因私害藎臣※9，春香未得反傷身。

奸雄亦不相容恕，枉自圖謀作小人！」

曹操教招安西涼兵馬，諭之曰：「馬騰父子謀反，不干眾人之事。」一面使人分付把住關隘，休教走了馬岱。

且說馬岱自引一千軍在後，早有許昌城外逃回軍士報知馬岱。岱大驚！只得棄了兵馬，扮作客商，連夜逃遁去了！

曹操殺了馬騰等，便決意南征。忽人報曰：「劉備調練軍馬，收拾器械，將欲取川。」操驚曰：「若劉備收川，則羽翼成矣！將何以圖之？」言未畢，階下一人進言曰：「某有一計，使劉備、孫權不能相顧，江南、西川皆歸丞相。」正是：

「西川豪傑方遭戮，南國英雄又受殃。」

未知獻計者是誰？且看下文分解……

〈評點〉

◎25：三人中先死了一個。（毛宗崗）

◎26：奸雄快語。（李漁）

◆木偶雕刻曹操頭像。曹操為「奸雄」，既奸詐兇狠，又確有雄才大略。（徐竹初刻／上海人民美術出版社）

注釋

※9：忠臣。

參考書目

1.《三國演義》，羅貫中著，北京：人民文學出版社，一九七三年十二月第三版，二〇〇四年三月重印。
2.《三國演義》（上、下冊），羅貫中著，李國文評點，桂林：灕江出版社，一九九四年八月第一版。
3.《三國演義》（新校新注本），羅貫中原著，沈伯俊、李燁校注，成都：巴蜀書社，一九九三年版。
4.《三國演義、三國志對照本》，許盤清、周文業整理，南京：江蘇古籍出版社，二〇〇二年九月第一版。
5.《三國演義：會評本》（上、下冊），陳曦鐘、宋祥瑞、魯玉川輯校，北京：北京大學出版社，一九八六年七月第一版。
6.《三國演義資料彙編》，朱一玄編，天津：南開大學出版社，二〇〇三年六月第一版。
7.《名家解讀三國演義》，陳其欣選編，濟南：山東人民出版社，一九九八年一月第一版。
8.《三國人物古今談》，曲徑、王偉主編，瀋陽：遼海出版社，二〇〇三年五月第一版。
9.《三國一百零八位大名人》，張書學主編，濟南：山東大學出版社，一九九四年九月第一版。
10.《汗青濁酒：三國演義與民俗文化》，魯小俊著，哈爾濱：黑龍江人民出版社，二〇〇三年五月第一版。

▲備註：本書以通行的清代毛宗崗評本爲底本。根據實際情況，本應署名「原著◎羅貫中／修訂◎毛宗崗」，考慮到市場上通行的署名習慣，仍予沿用，僅署「原著◎羅貫中」。

◆特別感謝本書內頁圖片授權人及授權單位◆

1. 《三國演義人物畫傳》，葉雄繪，北京：百家出版社，二〇〇三年五月第一版。

⊙葉雄，上海崇明人，一九五〇年出生。畢業於上海大學美術學院國畫系，現是中國美術家協會會員、中國美術家協會連環畫藝術委員會委員、上海美術家協會理事……等。他於一九七六年開始從事連環畫、插圖、中國水墨畫創作，其作品在全國藝術大展中連續獲獎。他的水墨畫作品還在日本、韓國、加拿大、臺灣等地參加聯展。上海美術館、上海圖書館及國內外收藏家收藏了他的中國水墨畫作品。其藝術實踐被收入中國美術家大詞典、中國文藝傳集、當代中國美術家光碟、世界華人文學藝術界名人錄、世界名人錄……等。重要作品包括：

二〇〇一年出版《水滸一百零八將》。

二〇〇二年出版《三國演義人物畫傳》。

二〇〇三年出版《西遊記神怪、人物畫傳》。

二〇〇四年出版《紅樓夢人物畫傳》。

個人信箱：yexiong96@163.com

2. 《鄧嘉德三國演義百圖》，鄧嘉德繪，成都：四川美術出版社，一九九五年。

⊙鄧嘉德，四川省成都市人，一九五一年生。中國美術家協會會員，現為四川美術出版社社長。自幼喜愛繪畫，一九八二年畢業於成都大學歷史系，後考入西南師範大學美術系，攻讀中國畫碩士學位。繪畫風格融漢代的概括凝重與宋代的細膩精巧為一體，表現了現代人的審美感受與傳統中國文化的結合。重要作品包括：

一九九四年出版了《關羽．一九九五》掛曆及《三國英雄譜．一九九五》臺曆。

一九九四年〈長坂坡〉獲加拿大海外中國書畫研究會第二屆楓葉獎金獎。

3.《中國戲曲臉譜藝術》，張庚主編，中國藝術研究院戲曲究研所編。南昌：江西美術出版社，一九九三年。

4.《三國》（中國戲曲臉譜叢書），田有亮編，北京：中國畫報出版社，二〇〇三年八月第一版。

5.《清末年畫匯萃》（上海圖書館館藏精選），上海圖書館近代文獻部編。北京：人民美術出版社，二〇〇〇年。

6.《中國美術全集．工藝美術編十二．民間玩具剪紙皮影》，中國美術全集編輯委員會編。主編：曹振峰，副主編：李寸松。北京：人民美術出版社，一九八八年。

7.《潮州剪紙》，楊堅平編著。汕頭：汕頭大學出版社，二〇〇四年。

8.《百姓收藏圖鑒：織繡》，長沙：湖南美術出版社，二〇〇六年六月版。

9.《三國畫像選》，清．潘畫堂繪，上海：上海書畫出版社，一九八七年。

10.《徐竹初木偶雕刻藝術》，李寸松撰文，戴定九責任編輯。上海：上海人民美術出版社，一九九四年二月第一版。

11.《中國戲出年畫》，王樹村著，北京：北京工藝美術出版社，二〇〇六年一月第一版。

12.《圖說三國演義》，王樹村著，天津：百花文藝出版社，二〇〇七年。

13. 朱寶榮授權使用內頁繪圖共三十一張。

⊙朱寶榮，從小酷愛美術，因家庭情況無緣於高等學府深造，引爲憾事。二〇〇四年與兩位志趣相投的好友組成心境插畫工作室至今，能夠從事自己喜愛的工作，覺得是一件很幸福的事！

14. 北京樂信達文化交流公司授權使用部分內頁圖片。（legacyimages.com）

15. 北京CCN圖片網授權使用部分內頁圖片。（ccnpic.com）

16. 廣州集成圖像有限公司「FOTOE」授權使用部分內頁圖片。（fotoe.com）

以上所列圖片，未經許可，不得複製、翻拍、轉載。

國家圖書館出版品預行編目資料

三國演義（三）／羅貫中原著；王暢編撰 .
—— 初版 . ——臺中市　：好讀 , 2007.11
面：　公分，——（圖說經典；09）

ISBN 978-986-178-067-2（平裝）

857.4523　　96019197

好讀出版

圖說經典 09

三國演義（三）

【赤壁鏖兵】

原　　著／羅貫中
編　　撰／王暢
總 編 輯／鄧茵茵
責任編輯／陳詩恬
執行編輯／朱慧蒨、林碧瑩、莊銘桓
美術編輯／王志峰、賴怡君
行銷企劃／劉恩綺
封面設計／山今伴頁設計工作室
發 行 所／好讀出版有限公司
台中市 407 西屯區工業 30 路 1 號
台中市 407 西屯區大有街 13 號（編輯部）
TEL:04-23157795 FAX:04-23144188 http://howdo.morningstar.com.tw
（如對本書編輯或內容有意見，請來電或上網告訴我們）
法律顧問　陳思成律師

線上讀者回函
獲得好讀資訊

讀者服務專線／ TEL：02-23672044 / 04-23595819#213
讀者傳真專線／ FAX：02-23635741 / 04-23595493
讀者專用信箱／ E-mail：service@morningstar.com.tw
網路書店／ http : //www.morningstar.com.tw
郵政劃撥／ 15060393（知己圖書股份有限公司）
印刷／上好印刷股份有限公司
如有破損或裝訂錯誤，請寄回知己圖書更換

初版／西元 2007 年 11 月 15 日
初版十刷／西元 2022 年 11 月 15 日
定價／ 299 元

Published by How-Do Publishing Co., Ltd.
2022 Printed in Taiwan.
All rights reserved.
ISBN 978-986-178-067-2

本書內頁部分圖片由廣州集成圖像有限公司「FOTOE」授權使用，
其他授權來源於參考書目後詳列

讀者回函

只要寄回本回函，就能不定時收到晨星出版集團最新電子報及相關優惠活動訊息，並有機會參加抽獎，獲得贈書。因此有電子信箱的讀者，千萬別吝於寫上你的信箱地址

書名：三國演義（三）

姓名：________ 性別：□男 □女 生日：____年____月____日

教育程度：____________

職業：□學生 □教師 □一般職員 □企業主管

□家庭主婦 □自由業 □醫護 □軍警 □其他____________

電子郵件信箱（e-mail）：____________ 電話：________

聯絡地址：□□□____________________

你怎麼發現這本書的？

□書店 □網路書店（哪一個？）__________ □朋友推薦 □學校選書

□報章雜誌報導 □其他____________________

買這本書的原因是：____________________

□內容題材深得我心 □價格便宜 □封面與內頁設計很優 □其他________

你對這本書還有其他意見嗎？請通通告訴我們：

____

你買過幾本好讀的書？（不包括現在這一本）

□沒買過 □1～5本 □6～10本 □11～20本 □太多了

你希望能如何得到更多好讀的出版訊息？

□常寄電子報 □網站常常更新 □常在報章雜誌上看到好讀新書消息

□我有更棒的想法____________________

最後請推薦五個閱讀同好的姓名與E-mail，讓他們也能收到好讀的近期書訊：

1. ____________________________________

2. ____________________________________

3. ____________________________________

4. ____________________________________

5. ____________________________________

我們確實接收到你對好讀的心意了，再次感謝你抽空填寫這份回函

請有空時上網或來信與我們交換意見，好讀出版有限公司編輯部同仁感謝你！

好讀的部落格：http://howdo.morningstar.com.tw/

請填妥後對折黏貼，直接投郵即可，無須貼郵票。

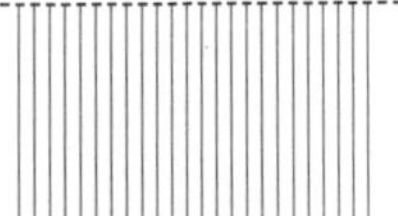

廣告回函
臺灣中區郵政管理局
登記證第3877號
免貼郵票

好讀出版有限公司　編輯部收

407 台中市西屯區何厝里大有街13號

電話：04-23157795-6　傳眞：04-23144188

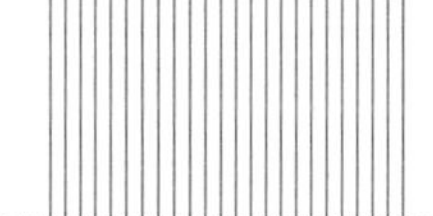

沿虛線對折

購買好讀出版書籍的方法：

一、先請你上晨星網路書店http://www.morningstar.com.tw檢索書目或直接在網上購買

二、以郵政劃撥購書：帳號15060393 戶名：知己圖書股份有限公司並在通信欄中註明你想買的書名與數量

三、大量訂購者可直接以客服專線洽詢，有專人爲您服務：

客服專線：04-23595819轉230 傳眞：04-23597123

四、客服信箱：service@morningstar.com.tw